PLAY LIFE MORE BEAUTIFULLY
by Seymour Bernstein

Copyright © 2016 by Seymour Bernstein
Originally published in 2016 by Hay House, Inc.
All rights reserved.

Korean translation rights © 2017 Maumsanchaek
Korean translation rights are arranged with Hay House UK through Amo
Agency Korea.
Tune into Hay House broadcasting at: www.hayhouseradio.com

이 책의 한국어판 저작권은 AMO 에이전시를 통해
저작권자와 독점 계약한 마음산책에 있습니다.
저작권법에 의해 한국 내에서 보호를 받는 저작물이므로
무단 전재와 무단 복제를 금합니다.

■ 이 도서의 국립중앙도서관 출판예정도서목록(CIP)은
서지정보유통지원시스템 홈페이지(http://seoji.nl.go.kr)와
국가자료공동목록시스템(http://www.nl.go.kr/kolisnet)에서 이용하실 수 있습니다.
(CIP제어번호: CIP2017013973)

시모어 번스타인의 말

피아니스트의 아흔 해 인생 인터뷰

시모어 번스타인 · 앤드루 하비

장호연 옮김

마음산책

옮긴이 장호연

서울대학교 미학과와 음악학과 대학원을 졸업하고, 영국 뉴캐슬 대학교에서 대중음악을 공부했다. 현재 음악과 과학, 문학 분야를 넘나드는 번역가로 활동 중이다.

『슈베르트의 겨울 나그네』『말년의 양식에 관하여』『고전적 양식』『클래식의 발견』『굉음의 혁명』『데이비드 보위의 삶을 바꾼 100권의 책』『죽은 자들의 도시를 위한 교향곡』『리얼리티 버블』등을 번역했다.

시모어 번스타인의 말

1판 1쇄 발행 2017년 7월 5일
1판 9쇄 발행 2022년 12월 10일

지은이 | 시모어 번스타인 · 앤드루 하비
옮긴이 | 장호연
펴낸이 | 정은숙
펴낸곳 | 마음산책

등록 | 2000년 7월 28일(제2000-000237호)
주소 | (우 04043) 서울시 마포구 잔다리로3안길 20
전화 | 대표 362-1452 편집 362-1451   팩스 | 362-1455
홈페이지 | www.maumsan.com
블로그 | blog.naver.com/maumsanchaek
트위터 | twitter.com/maumsanchaek
페이스북 | facebook.com/maumsan
인스타그램 | instagram.com/maumsanchaek
전자우편 | maum@maumsan.com

ISBN 978-89-6090-326-5 03840

* 책값은 뒤표지에 있습니다.

예술가들은 어렵게 얻은 예술적 성취를
일상의 삶으로 끌어들이기 위해 노력해야 합니다.

■ 일러두기

1. 이 책은 앤드루 하비의 시모어 번스타인 인터뷰 『Play Life More Beautifully』(2016)를 우리말로 옮긴 것이다.

2. 외국 인명·지명·작품명 및 독음은 외래어표기법을 따르되 관용적인 표기와 동떨어진 경우 절충하여 실용적 표기를 따랐다.

3. 원서의 부연은 소괄호 안에 넣고, 옮긴이 주는 글줄 상단에 맞추어 작게 표기하였다. 원서에서 기울여 강조한 글자는 고딕 서체로 표기했다.

4. 곡명·영화명·신문명·잡지명은 〈 〉로, 책 제목은 『 』로, 편명은 「 」로 묶었다.

서문

앤드루 하비

　축제에 오신 독자 여러분을 환영한다. 나는 뉴욕 어퍼웨스트사이드에 있는 토니 지토의 아파트 입구에서 반들거리는 감색 벨벳 재킷을 입고 환하게 웃고 있는 시모어를 처음 만났다. 그를 마주친 순간부터 내 앞의 사람이 대단한 위인인 동시에 쉽게 다가갈 수 있는 상냥한 사람이라는 것을 알았다. 잊을 수 없는 그 첫인상은 우리의 우정과 함께 점점 깊어갔다. 시모어는 우리의 친구 에단 호크를 처음으로 만났고 나는 에단의 맞은편에 앉아 시모어의 진득한 매력에 매료되어가는 그의 모습을 바라보았다. 두 사람은 서로를 향해 몸을 숙이느라 머리가 거의 닿을 정도였다. 1년 뒤 시모어는 자신의 아파트에서 에단과 토니, 나 그리고 몇몇 친구들을 불러 연주를 했다. 모두들 크게 감동해 나는 에단에게 이 놀라운 사람에 대한 다큐멘터리를 만들어보라고 했고, 기쁘게도 그는 흔쾌히 그러겠다고 했다.
　내가 아는, 그리고 여러분이 이 책을 통해 알게 될 시모어를 묘사한다면, 도교 신자인 친구가 언젠가 했던 말을 해주고 싶다. "현자는 옥과 같아서 단단하고 결코 망가뜨릴 수 없지만 은은하게 타오른다." 시모어를 단단하다고 할 수 있을지는 모르겠지만, 그는 본질적으로 결코 망가뜨릴 수 없는 사람임은 틀림없다. 나는 포용적이면서 은근히 엄격한 그의 심성과 집중적이면서 강인한 그의 의지력에 깊은 감동을 받았다. 무엇보다 인상적인 것은 그가 이런 내면의 힘으로 이루려고 하는 것들이다. 때로는 가차 없이 솔직하게, 대체로는 유쾌하게 삶과 인간 본성의 우발적인 면을 찬양하고, 모든 생명, 특히 동물을 상대로 계속적으로 봉사 활동을 펼친다. 시모어는 강인하면서 유연하고 여리며 다정다감하다. 내적 소명에 흔들림 없이 응답하며 사명감을 갖고 남들을 위해 봉사한다. 나는 시모어만큼 친구들로부터 사랑받는 사람을 알지 못한다. 에단 호크가 멋진 다큐멘터리를 제작하여 그를 전 세계 수많은 사람들에게 소개했다는 것은 내 삶에서 손꼽히는 기쁨이다. 이제 많은 이들이 이 놀라운 사람에게 친밀감을 느끼고, 그의 본을 받아 더 큰 열정과 목적의식으로 살고 삶을 더 아름답게 연주할 것이다.

시모어와 내가 똑같이 열정을 보이는 다섯 가지가 있다. 음악, 영혼의 치유력, 사람들에게서 최고의 것을 끌어내도록 가르치는 일, 사랑의 가장 완전하고 가변적 형태인 우정, 동물에 대한 크고 지속적인 애정. 우리는 유쾌하게 고독을 즐기고 명예와 성공의 유혹을 경계한다. 삶에서 이루고 싶은 것이나 타고난 기질은 서로 다르지만, 우리의 영혼은 서로 사랑하고 숭배하는 것을 통해 돌이킬 수 없이 연결되어 있고, 함께 있으면 각자에게서 최고의 것이 풍성하고 자연스럽게 쏟아져 나와 지금도 우리를 놀라게 하고 겸허하게 만든다. 우리는 서로를 만난 것이 삶에서 받은 가장 행복한 선물임을 안다. 서로에게 고마워하는 마음이 있었기에 마술 같았던 첫 만남부터 서로에게 뻔뻔할 만큼 툭 터놓고 지냈다.

이 책에 나오는 대화는 메인 주에 있는 바다가 내다보이는 시모어의 소박한 목조 가옥에서 이루어졌다. 화창한 한 주 동안 우리는 허심탄회하게, 또 유쾌하고 행복하게 대화를 나누었다. 들꽃들이 잔디를 헤집고 불쑥불쑥 자란 마당이 보이고 바다가 반짝이는 빛을 받아 출렁이는 가운데, 우리는 거실 소파에 앉아 몇 시간이고 이야기했다. 생선과 크랩케이크를 먹으러 시내에 들를 때만 대화를 멈추었다. 딱 한 번 대머리스코타에 가서 신선한 굴 요리를 먹은 적이 있는데 어찌나 달콤하던지 잊을 수 없다. 그와 이야기를 나누면서 얼마나 많이 배웠는지 모른다. 자신을 진정 사랑하는 법, 용서의 신비로운 힘, 진정한 규율의 엄격함과 책임감, 동물과 인간의 기적 같은 교감, 전폭적인 우정이 선사하는 연금술 같은 창조성. 일주일을 그와 보내고 나자 그 어느 때보다 나 자신이 굳건해지고 고양된 기분이 들었고, 열정적으로 내 일에 다시 몰입하게 되었다. 집으로 돌아오는 비행기 안에서 내가 정말로 희귀한 사람, 가르침과 존재가 일치하는 참된 어른과 이야기를 나누었음을 새삼 깨달았다. 시모어는 다람쥐에게 아몬드를 줄 때나 바흐의 토카타를 가르칠 때나 영화 상영이 끝나고 많은 사람들을 매료시킬 때나 바닷가에서 의자에 앉아 손을 맞잡고 눈을 감고 있을 때나 한결같다. 여든여덟이라는 나이가 무색하게 지금도 여전히 아이 같고 궁금한 것이 많다.

아무쪼록 이 책을 읽는 모든 사람이 내가 받았던 것만큼 큰, 어쩌면 더 큰 선물을 받기를 바란다. 그리고 우리가 함께 나눈 이 춤이 영감이 되어 여러분도 위대한 신비주의 시인이 "신의 불타는 댄스플로어"라고 했던 것에 맞춰 한층 더 대담하고 흥거운 춤을 추기를 바란다.

차례

토니 지토와 에단 호크에게
이 책을 바칩니다.

예기치 못한 축복

"어떤 재능이든 간에 우리가 가진 재능이
우리 존재의 핵심이라고 확신합니다"

하비   바다가 내다보이는 평온하고 소박한 선생님의 집에 앉아 자연을 느끼며 이렇게 흥미진진한 대화를 시작하게 되었네요.

번스타인   근래의 어떤 일보다도 당신과 함께 책을 쓰는 이번 일이 더욱 기대됩니다.

하비   얼마 전 선생님에게 드물고도 놀라운 일이 있었죠. 여든여섯 살이 될 때까지 음악을 가르치고 작곡하고 글을 쓰고 연주하며 비교적 평온한 삶을 살던 선생님은 유명한 영화배우 에단 호크를 예기치 않게 알게 됐고, 그는 선생님에 대한 다큐멘터리를 만들어 깜짝 성공을 거두었습니다. 삶을 바꾼 만남에 대한 이야기가 듣고 싶네요.

번스타인	그 만남은 몇 번을 떠올려도 지겹지 않죠. 3년 전에 피아노 제자인 앤서니 지토가 전화를 해서 나를 저녁 식사에 초대했습니다. 나는 사람들과 어울리는 것을 좋아하는 타입이 아닙니다. 잘 모르는 사람들과 한자리에 앉아서 칵테일을 마시며 잡담을 나누는 모임은 가급적 피하는 편이죠. 그래서 토니에게 누가 더 오기로 했는지 물었습니다.

그가 대답했습니다. "앤드루 하비라고 전 세계를 돌며 강의하고 영혼과 관련된 주제로 글을 쓰는 사람이 오고, 영화배우 에단 호크도 올 겁니다. 그리고 제 아내 다이앤과 제 친구 비어트리스도 불렀어요."

그때까지 솔직히 앤드루 당신과 에단에 대해서 잘 몰랐어요. 하지만 흥미가 생겨서 초대를 받아들였죠. 그런 다음 구글로 당신들에 대해 찾아봤고 알게 된 사실에 놀랐습니다. 에단 호크가 출연했던 〈죽은 시인의 사회〉를 보고 그의 연기에 감동했던 기억이 나더군요. 하지만 그날 당신이 의자에 앉아서 종교적 행동주의에 대해 열변을 토하는 모습을 보고는 시선을 떼지 못했지요. 당신은 에너지가 넘쳤습니다.

하비	저도 그날 저녁의 기억이 생생합니다. 특히 저희가 나누었던 대화가 기억나요. 에단이 선생님에게 허물없이 편하게 마음을 터놓는 것을 보고 놀랐습니다.

번스타인	주로 재능, 공연, 무대 공포증에 대해 이야기했어요. 에단이 최근에 무대 공포증을 심하게 앓았던 일을 고백하면서 이야

기를 꺼냈습니다. 나도 그런 경험이 있고 책에서 그 문제를 여러 차례 다룬 적도 있어서 공연 전에 느끼는 불안에 어떻게 대처해야 하는지에 관한 귀중한 정보를 에단에게 나누어줄 수 있었습니다. 다큐멘터리에서 그는 나의 조언이 실제로 큰 도움이 되었다고 고백하더군요. 저녁을 먹으면서 나는 또 평소 중요하게 여기던 견해를 하나 털어놓았습니다. 우리는 삶이 우리가 글을 쓰거나 연기하거나 음악을 하는 데 영향을 준다는 것을 압니다. 하지만 그 반대도 성립한다는 것은 대부분의 사람들이 몰라요. 우리의 재능이나 예술성도 우리를 규정하고 우리의 삶에 영향을 미칩니다.

그날 모임을 마치고 당신과 에단이 내 연주를 듣고 싶다고 했죠. 아무래도 내 피아노가 편해 당신들을 내 아파트로 초대했습니다. 하지만 당신은 다른 곳에 가기로 되어 있었고 에단은 새 영화 촬영이 있어서 초대가 성사되기까지 1년을 기다려야 했습니다. 오히려 잘된 일이었어요. 나는 쉰 살에 공개 공연에서 은퇴해서 기교적으로 썩 뛰어난 편은 아니었으니까요.

하비 믿기지 않는 말이군요!

번스타인 하지만 사실이에요! 그날부터 나는 당신과 에단을 위해 한시간짜리 공연을 하려고 열심히 연습했습니다. 우리들만의 공연을 마쳤을 때 당신이 제일 먼저 말을 꺼냈죠. 소파에서 일어나 눈물을 훔치며 다가와 내 어깨에 손을 올려놓고는 감격해 떨리는 목소리로 말했어요. "당신이 원하든 않든 우리는 당신에 관한 다큐멘터리를 만들기로 했어요. 에단이 감독을 할 겁니다."

그렇게 시작되었습니다. 그때만 해도 곧 하게 될 프로젝트가 상상하지 못했던 식으로 내 삶을 바꾸리라고는 생각지도 못했습니다. 에단은 우리의 재능이 우리가 어떤 사람인지 나타내고 우리의 삶을 결정할 수 있다는 생각에 매료되어 이를 주제로 다큐멘터리를 만들었습니다. 그는 〈시모어: 서곡 Seymour: the Introduction〉국내 개봉 제목은 〈피아니스트 세이모어의 뉴욕 소네트〉이라는 제목을 생각했습니다. 영화에 담긴 메시지는 이제 세계로 퍼지고 있습니다.

하비   영화가 개봉되고 나서 갑자기 선생님은 비행기를 타고 전 세계 영화제로 날아가서 기립박수를 받고 언론과 인터뷰를 했죠. 누가 알겠어요, 오스카상 후보에도 오를지! 영화가 개봉된 이후로 선생님의 삶은 압도적인 전환기를 맞았는데요. 우리가 뉴욕에서 이 모든 것을 뒤바꾼 저녁 식사를 하기 전 선생님의 삶은 어땠나요?

번스타인   앤드루 당신이 그런 질문을 하니 흥미롭군요. 안 그래도 이 문제에 관해 이런저런 생각을 하고 있었거든요. 물론 세계적으로 유명한 영화배우가 감독한 다큐멘터리의 주인공이 된다는 것이, 처음에는 깨어나기만을 기다리게 되는 꿈 같은 경험이었습니다. 몇 달 동안 멍하니 취한 상태로 보냈죠. 만나는 모든 사람에게 다큐멘터리가 내 삶을 바꿨다는 말을 하고 다

넣어요. 실제로 그랬지만 그게 전부는 아닙니다. 어떻게 보면 다큐멘터리는 앞서 있었던 모든 것의 연속이기도 하니까요. 나는 항상 칭찬과 사랑, 내가 하는 일에 대한 이해에 둘러싸여 살았습니다. 언론도 나에게 몹시 우호적이었고요. 다큐멘터리가 이 모든 것을 크게 증폭시킨 것은 맞지만, 내 삶을 급격하게 바꾼 것은 아닙니다.

예를 하나 들어보죠. 거대한 홀, 영화가 상영되는 강당보다 훨씬 큰 홀에서 독주회를 했을 때 자주 기립박수가 나왔습니다. 그리고 마스터 클래스를 할 때 교사들과 학생들로부터 받는 찬사는 다큐멘터리 상영이 끝나고 청중에게서 나오는 반응과 비슷합니다. 규모가 다를 뿐이죠. 하지만 범주는 같아요. 그래서 나는 다큐멘터리가 마치 제 삶을 마무리하는 사건으로 정해진 것이 아닌가 하는 생각이 듭니다. 뉴저지에서 마스터 클래스를 마치고 기대하게 되는 정도보다 훨씬 과장된 찬사와 인정을 받았죠. 전 세계에서 칭찬이 쏟아졌는데 솔직히 제가 감당하기에 벅찹니다. 하지만 앞서 말했듯이 이런 측면은 내가 이미 경험했던 것과 그렇게 다르지도 않아요. 진정한 변화라면 내가 여든여덟 살에 영화배우가 되었다는 것이겠죠!

"자신을 사랑한다는 말은 자신의 연주에서
좋은 부분과 나쁜 부분을 인식한다는 말과 같습니다"

하비　　　2012년 11월에 우리가 만나기 전으로 돌아가면 선생님은 앞으로의 나날이 어떻게 되리라 상상했나요?

번스타인   오, 그냥 내가 평생 해왔던 일을 계속했을 겁니다. 음악이라는 성스러운 예술에 더 깊이 파고들었겠죠. 무대에서 은퇴하고 그와 관련된 모든 긴장에서 해방된 뒤로 제 연주와 음악에 대한 이해가 깊어지고 있다는 느낌이 듭니다. 그리고 내가 배운 것을 제자들에게 넘겨줄 수 있어서 참으로 행복하죠. 기여를 해야 한다는 게 제 삶의 주된 목표였어요. 제자나 동료가 뭔가를 이해하도록 만들 때면 내가 목표를 이루고 있다는 생각이 듭니다. 그리고 이것은 나 자신에 대한 뿌듯한 감정으로 이어지죠.

"나는 나를 사랑해"라고 말하면 자기도취라고 여기는 사람들이 많을 겁니다. 대부분의 사람들은 자신을 사랑하는 것보다 비판하는 일에 익숙하니까요. 자신을 사랑한다는 말은 자신의 연주에서 좋은 부분과 나쁜 부분을 인식한다는 말과 같습니다. 나는 최고의 연주를 해놓고 그저 "오늘 하루 괜찮았어" 하면서 날려버리는 것에 동의하지 않아요. 우리가 왜 아름답게 연주했는지 알지 못하면 정말 중요한 공연에서 이를 재연할 수 없기 때문입니다. 게다가 제대로 되지 않은 것에 집중하기만 하면 스스로를 미워하게 되기 쉽지요. 자신과 자신의 연주에서 좋은 점을 인식하기보다 스스로를 비판하고 실패에 연연하기 쉽습니다.

하비   그렇다면 계속해서 음악에 깊게 파고들어 자신이 발견한 것을 사람들에게 나눠주는 일이 하고 싶었던 거로군요. 그게 선 생님 삶의 목표였으니까요.

번스타인 그것이 하나이고, 또 다른 목표는 작곡이나 글의 형태로 뭔가 손에 잡히는 것을 남기는 겁니다. 써둔 시와 글이 많아요. 출 판해야겠다는 생각은 전혀 해보지 않았지만요. 내가 떠나고 누군가 그것을 발견하는 상상을 하면서 글을 씁니다. 유튜브 를 보면 내가 피아노 치는 영상이 200개 넘게 있습니다.

하비 영화제작이 확실해졌을 때, 촬영에 어떻게 임하셨나요? 그리 고 어떤 일이 생겼죠?

번스타인 당신들이 내게 영화를 만들겠다고 했을 때 가장 먼저 들었던 생각은 이랬어요. **대체 왜 나 같은 사람에 관해 다큐멘터리를 찍겠다 는 거지? 내가 뭐가 그렇게 특별하다고? 에단 같은 유명한 영화배우가 왜 감독을 맡고 싶어 하는 거지?** 질의응답 시간에 그가 다큐멘터 리를 만들기로 결심한 이유를 적어도 하나는 들었죠. 이렇게 말하더군요. "나는 늘 삶이 내 연기에 영향을 미친다고 생각 했습니다. 그런데 시모어를 통해 내가 연기하는 모든 것이 삶 에 영향을 줄 수도 있다는 것을 배웠습니다. 그런 생각은 한 번도 해보지 못한 것이었죠." 이것이 그가 다큐멘터리를 찍으 면서 알아보려고 하는 핵심이라고 생각했습니다. 그는 이렇 게 생각했던 겁니다. **시모어는 어떻게 음악가의 측면과 개인의 측면 을 통합할 수 있었을까?**

사실 누구든지 이런 통합을 이룰 수 있습니다. 꼭 직업이 아니어도 괜찮아요. 그저 뭔가에 대해 열정을 갖고, 그런 열정이나 관심을 최대한도로 펼치기만 하면 됩니다. 그 과정에서 통합의 모든 요소가 발달하게 됩니다. 당신의 영적 세계, 감성적 세계, 지성적 세계, 육체적 세계가 그에 따라 발달하죠. 중요한 것은 이런 요소들이 어떻게 발달하는지 의식하는 겁니다. 그래야 그것들을 당신의 개인적인 삶으로 끌어들일 수 있습니다.

하비   내가 알기로 에단은 대단히 총명하고 재능이 많은 사람이며, 그런 사람들이 대체로 그러하듯 그는 내면의 자아 탐색에 관심이 많습니다. 자신의 일과 존재를 진정한 차원에서 하나로 합치려고 노력하죠.

번스타인   다른 말로 하면 자신의 정체성을 규명하고 싶어 하는 거죠.

하비   맞아요.

번스타인   그러면 내가 다큐멘터리에서 정체성에 대해 어떻게 말했는지 알겠군요. 나는 우리가 어떤 사람인가 하는 본질은 우리가 가진 재능에 있다고 생각합니다. 그건 그렇고 다큐멘터리에 나오는 모든 것은 즉흥적인 겁니다. 각본이나 리허설 같은 것은 전혀 없었어요.

하비   그랬군요!

번스타인   질의응답 시간을 갖기 전까지 다큐멘터리를 최소한 스무 번은 보았어요. 내가 어떤 것에 대해 이야기하는데 그것이 그냥 머릿속에서 생각나는 대로 한 말이라는 사실에 놀라곤 합니다. 내가 다큐멘터리에서 말한 것처럼, 그렇게 간명하게 글을 쓰라고 해도 못할 겁니다. 에단은 질의응답 시간에 "시모어와 함께 영화를 찍는 것이 어땠나요?"란 질문을 받을 때마다 이렇게 대답했습니다. "시모어는 항상 세미콜론과 콜론을 써가며 문장 전체를 말합니다." 나는 전혀 몰랐던 사실입니다.

나는 모든 사람이 재능을 타고난다고, 혹은 특정한 뭔가를 탐구하려는 내밀한 욕망이 있다고 확고하게 믿습니다. 재봉 기술, 정원 가꾸기, 혹은 요리가 될 수도 있어요. 그게 무엇인지는 중요하지 않습니다. 어떤 재능이든 간에 우리가 가진 재능이 우리 존재의 핵심이라고 확신합니다.

하비   에단과 영화를 찍는다는 게 실제로는 어떻던가요? 영화는 어떻게 만들었죠?

번스타인   아시는지 모르겠지만 30대에 비디오를 하나 찍었습니다. 내가 쓴 책 『자기발견을 향한 피아노 연습With Your Own Two Hands』의 「당신과 피아노」라는 장이었죠. 감독을 맡은 사람은 텍사스 주 댈러스의 뉴스 진행자였던 퀸 매슈스Quin Mathews였습니다. 열렬한 아마추어 피아니스트로, 함부르크 스타인웨이 피아노를 막 구입하여 나에 관한 다큐멘터리를 찍고 싶어했습니다. 그래서 책의 그 부분을 영화로 만들었어요. 물론 에단이 만드려는 다큐멘터리와는 전혀 달랐지요. 에단과 내 아파트에서 첫 촬영이 있던 날, 가슴이 어찌나 쿵쾅거리던지 말도 잘 나오지 않을 것 같더군요. 약속된 시간에 벨이 울렸고 스태프들이 도착했어요. 음향과 촬영을 맡은 헤더 스미스, 그레그 루저, 램지였죠. 장비와 케이블이 워낙 많아서 내 집을 돌아다니지도 못했습니다. 30분 뒤에 에단과 그의 아내 라이언이 도착했습니다. 에단이 내 아파트에 온 것은 특별한 경험이었습니다. 워낙 유명한 배우였으니까요. 에단이 내게 맨 처음 한 말은 "긴장되세요?"였어요. 내가 "무척 많이요"라고 대답했고, 그가 "저도 그래요" 하더군요.

그도 긴장한 겁니다. 영화에 보면 처음에 내 아파트에서 촬영한 장면이 나와요. 무엇에 관한 장면인지 내가 알았을까요? 천만에요. 2년 반에 걸친 촬영 동안 카메라가 돌아가기 전까지 무슨 장면을 찍는지도 몰랐어요. 나는 자발성이 이 다큐멘터리의 매력 중 하나라고 생각합니다. 지금 우리도 이렇게 앉아서 자발적으로 대화를 나누며 녹음하고 있잖아요. 그러니까 근사한 결과물이 나올 겁니다.

내 아파트에서 촬영했던 이야기로 돌아가자면, 에단과 나는 우리가 처음에 만났을 때처럼 이런저런 생각들을 나누기 시작했는데, 라이언이 불쑥 끼어들었습니다. "두 사람 모두 지금은 대화를 멈춰요! 시모어, 저기 소파에 가서 앉고 내 남편에게 말 걸지 말아요. 당신이 말하는 모든 것이 영화에 나와야 해요!" 이 말에 모두가 기분 좋게 웃었습니다.

마침내 준비가 끝나고 촬영이 시작되었죠. 나는 영문도 모른 채 피아노 앞에 앉았고, 촬영감독 램지가 창문 앞에서 카메라로 내 왼손을 화면에 잡았고, 에단은 피아노 옆에 있는 의자에 앉았습니다. 당신은 이 장면에서 그의 모습을 보지 못했을 겁니다. 나만 화면에 나와요. 갑자기 그가 말했습니다. "시모어, 차분한 곡 하나 연주해봐요." 그래서 바흐의 곡을 쳤어요. "당신이 연주한 곡이 뭐죠?" 바흐의 곡이라고 했습니다. 흥미롭게도 이 장면은 최종 편집에서 삭제되었어요. 에단은 설득력 있는 영화에 꼭 필요하다고 생각한 장면들만 남겨두었습니다. 하긴 모든 걸 담을 수는 없으니까요. 아무튼 첫 촬영은 이랬습니다. 처음에는 죽을 만큼 두려웠는데, 세 번째 촬영에 들어갔을 때는 전혀 긴장하지 않았어요.

하비　　　 그는 선생님의 긴장을 풀어주는 재주가 있었군요.

번스타인　 나는 그렇게 생각하지 않아요. 내가 벌어지고 있는 상황에, 그리고 그걸 견뎌내는 내 능력에 자신감을 되찾은 거죠. 대형 콘서트홀에서 긴장감을 견뎌내고 연주한 경험이 있거든요. 한번 그러고 나면 마치 어디선가 든든한 팔이 나를 안아서 다음 도전으로 데려가는 것 같은 기분이 듭니다. 이 경우, 나는 앞선 촬영을 완전히 망치지 않았고, 그러자 든든한 팔이 또다시 나타난 겁니다.

"음악을 진지하게 연구하고 연주하면
그저 더 나은 음악가가 되는 것만이 아니라,
더 나은 사람이 될 수 있다고 말했습니다"

하비   에단이 선생님에게 대단히 극적인 목표를 부여했다고 생각해
         요. 선생님이 무대를 떠난 지 거의 40년 만에 다시 대중 앞에
         서게 했잖아요. 그로서는 참으로 멋진 요구를 했다고 보는데요.

번스타인   첫 촬영 전에 우리는 그가 왜 다큐멘터리를 만드는지에 대해
         이야기했는데, 그가 했던 말이 지금도 생생하게 기억납니다.
         "제가 특히 젊은 사람들에게 보여주고 싶은 것은 예술에 대
         한 헌신이 사람의 인생에 어떻게 영향을 미칠 수 있는가 하는
         겁니다." 나는 내 책 『자기발견을 향한 피아노 연습』의 주제
         가 바로 그것이라고 에단에게 말했습니다. 좀 더 명확하게 말
         하자면, 음악을 진지하게 연구하고 연주하면 그저 더 나은 음
         악가가 되는 것만이 아니라, 이게 더 중요한 것인데, 더 나은
         사람이 될 수 있다고 책에서 말했습니다. 그날 우리가 헤어
         질 무렵에 에단은 자신이 내게 부탁하려는 것이 내게 트라우
         마를 줄 수 있다는 것을 알았던 것 같아요. 아주 감미로운 목
         소리로 이렇게 말했으니까요. "같이 일하는 연극 단체가 있어
         요. 우리는 클래식 음악에 대해서는 잘 모릅니다. 당신이 37
         년 동안 독주회를 열지 않았다는 것을 알지만, 혹시 우리 연
         극 단체를 위해 공연을 해줄 수 있을까요?" 나는 사색이 되고
         말았습니다.

하비   겁에 질렸던 거로군요!

번스타인   맞아요, 앤드루. 순식간에 내가 거부했던 시절의 삶으로 떠밀린 듯한 기분이 들었어요. 나는 한동안 잠자코 있었습니다. 마음이라는 것이 어떻게 작동하는지 당신도 알잖아요. 몇 분 정도 흐른 것 같지만 실은 몇 초였을 겁니다. 갑자기 이런 생각이 들더군요. **에단은 왜 내게 이런 힘든 희생을 요구하는 거지? 왜 은퇴를 접고 다시 독주자로 무대에 서라고 하는 걸까?** 나는 영화가 나의 교수법에 대해 많은 것을 보여주는 자리라고 생각했습니다. 그때 어리석은 속담이 생각났습니다. "연주할 수 있는 사람은 하고, 할 수 없는 사람은 가르친다." 그 순간 내가 여전히 연주할 수 있다는 것을 보여주어야 한다는 생각이 들었어요. 이런 생각이 머릿속을 스치고 있을 때 나 자신이 에단에게 이렇게 말하고 있더군요. "좋아요, 할게요." 그와 헤어지고 집으로 돌아가서 음악들을 다 모았습니다. 내가 무엇을 연주할지 정확히 알았어요. 그리고 넉 달 뒤인 4월로 잡힌 독주회를 촬영할 때까지 매일 여덟 시간 연습에 돌입했습니다. 또 한 번 뉴욕 데뷔를 하는구나 하는 심정으로 연습했어요.

하비   연주할 음악은 어떻게 골랐나요?

번스타인   에단이 말했듯이 그의 동료들은 클래식 음악에 대해 잘 모르는 사람들이었어요. 그래서 30분이나 되는 슈만의 환상곡 전부를 연주할 수는 없었어요. 하지만 마지막 악장은 완벽하게 보였습니다. 사랑과 관련된 곡이니까요. 슈만은 사랑하는 클라라를 위해 그 곡을 썼고, 악보를 보내면서 그녀가 자신의 삶의 음표, "은밀하게 엿듣는 사람"이라고 했습니다. 나는 청중들이 여기에 매료될 거라고 생각했습니다. 다른 곡들은 다소 짤막하고 다양한 분위기를 담고 있어요. 피아노로 편곡한 바흐의 곡, 스카를라티의 소나타, 브람스의 간주곡, 여기에 내가 작곡한 〈새〉라는 작품을 포함시켰습니다. 연주가 끝나고 청중석에 있던 아주 훌륭한 피아니스트가 내게 와서 찬사를 늘어놓으며 이렇게 말했습니다. "어떻게 해서 당신의 〈새〉에는 '매hawk'가 빠져 있는 거죠?" 그래서 내가 어떻게 했는지 당신은 알죠?

하비   메인 주에 가서 에단을 위해 아름다운 곡을 만들었죠!

번스타인   맞아요. 〈매〉라는 곡을 썼어요. 마지막에 e를 더해 'Hawke'라는 제목으로. 내가 연주하고 녹음도 했는데 유튜브에 있어요. 에단이 곡을 듣고는 무척 좋아했습니다.

하비   이제 에단에 대한 이야기를 해볼까요. 영화에서 가장 인상적인 것 가운데 하나는 바로 에단이 선생님을 아주 상냥하고 그윽하고 공손하게 대하는 것이었어요. 그는 세계적인 스타이고 자신의 드라마, 자신의 삶을 다큐멘터리에 얼마든지 끼워 넣을 수 있었음에도 선생님에게 영화 전개의 전권을 내준 것을 보면 진정한 우정과 존경을 깨닫게 됩니다.

번스타인   나도 그 점에 깊은 감동을 받았어요. 2년 넘게 촬영하고 마침
         내 편집이 끝났습니다. 에단은 나와 몇몇 손님들을 초대하여
         편집본을 보여주려고 작은 영사실을 빌렸어요. 그가 이렇게
         말했습니다. "영화에서 자신의 모습을 처음 보면 싫어하실 겁
         니다. 그러니까 친구들을 몇 명 데려오세요. 보고 나서 객관
         적으로 말해줄 수 있는 사람들로요." 나는 마이클 키멀먼, 빌
         피니지오, 영화에 나오는 제자 가운데 한 명인 이치카와 준
         코, 그리고 50년 넘게 친구로 지낸 소니의 오노야마 히로코
         를 데리고 갔습니다. 히로코의 어머니는 내가 1960년에 국무
         부가 조직한 순회공연을 따라 일본에 갔을 때 음악회를 하도
         록 마련해준 사람입니다.

하비   그렇게 해서 〈랩소디 인 블루〉를 연주하게 되었군요.

번스타인   아니에요, 앤드루. 그 공연은 1955년에 있었어요. 나는 그해
         에 당시 도쿄의 히비야 홀이라고 하는 곳에서 거슈윈의 〈랩
         소디 인 블루〉 초연을 했습니다. 지휘자는 고노에 히데마로
         였는데 전쟁 전에 일본 수상을 지냈던 사람의 동생이었습니
         다. 일본 청중들이 이 작품을, 그것도 그렇게 유명한 사람의
         지휘로 처음 듣는 모습을 상상해봐요.
         하지만 다큐멘터리 이야기로 돌아가죠. 우리는 영사실에 있
         었어요. 불이 꺼지고 영화가 시작되자마자 첫 장면이 1년 전
         내 아파트에서 촬영한 것임을 알아보겠더군요. 당시 에단은
         피아노 맞은편의 방 모퉁이에 있었습니다.

"에단, 거기 서서 뭐 하고 있어요?" 내가 물었습니다. 그는 내 질문에는 대꾸하지 않고 곧바로 램지에게 촬영할 준비가 되었는지 물었습니다. 그런 식으로 진행했습니다. 다음 순간 무엇을 할지 전혀 모르는 상태로 촬영에 임했습니다.

그러다가 에단이 갑자기 내게 말했습니다. "오늘은 당신이 내 연극 단체 앞에서 하게 될 독주회를 준비하는 걸로 하죠. 연습하는 동안 큰 소리로 말하세요."

"나는 연습할 때 결코 큰 소리로 말하지 않아요!"

"하지만 혼잣말은 하죠?"

"그야 그렇죠." 내가 인정했습니다.

"그러면 혼잣말을 크게 한다고 생각해요."

나는 스카를라티의 소나타를 연습했는데 옥타브 건너뛰는 것을 자꾸 놓쳤습니다. 이것을 고치는 과정에서 실수를 바로잡으려고 취한 여러 방법들을 크게 말했습니다. 다큐멘터리의 앞에서 이 대목을 보고 나는 이거다 싶어서 나도 모르게 소리쳤습니다. "에단, 정말 놀라워요!" 그러자 내 앞에 있던 마이클 키멀먼이 확연히 짜증이 나서 고개를 돌리고는 언성을 높였습니다. "입 좀 다물어, 지금 네 영화 보고 있는 중이야!"

영화가 다 끝났고 나는 눈물을 흘렸습니다. 내가 처음으로 한 말은 이랬습니다. "에단, 당신이 다큐멘터리에 거의 나오지 않잖아요!" 그가 말했습니다. "제가 원하는 만큼 충분히 나왔어요."

하비   에단과 영화를 찍어보니 어떻던가요? 전 에단과 알고 지낸

지 6, 7년이 되는데, 진정한 예술가이자 심오하고 통합된 인간이 되고자 하는 그의 깊은 열의에 감동했습니다.

번스타인　에단과 저녁 식사를 한 뒤, 그가 뭔가를 탐구하고 있지만 탐구에 진전이 없다는 느낌을 받았습니다. 나는 그가 다큐멘터리를 만든 것이 나를 위한 것만이 아니라 자신을 위한 것이기도 하다고 생각해요.

하비　동감합니다.

번스타인　그가 자신이 찾던 것을 내게서 본 모양입니다. 이를테면 예술가와 개인을 하나로 통합하는 능력이죠. 나는 평생 음악을 하면서 자연스럽게 이런 통합을 이루었어요. 하지만 대부분의 사람들에게는 의식적으로 이루어야 하는 일입니다. 자신의 감성적·지성적·육체적 세계에 주목해야 하고, 예술을 하면서 이것들이 어떻게 하나로 섞이는지 살펴야 합니다. 제 의견을 말하자면, 예술적 세계에서 이런 통합을 이루기가 더 쉽습니다. 사회적 세계는 예측하기가 너무 어려우니까요. 혼자서 예술에 몰입할 때, 연습에 집중할 때, 보다 수월하게 할 수 있습니다.

하비　그러면 선생님은 에단이 인격과 재능의 통합에 관심이 있었다고 보는 건가요?

번스타인   맞아요, 앤드루. 나는 그가 이런 통합을 찾고 있었다고 믿습니다. 다큐멘터리를 만들면서 그는 이런 통합이 어떻게 일어나는지 알아보고 싶었던 겁니다.

"열심히 연습해서 무대 공포증에도 불구하고
최선의 연주를 하도록 하면 됩니다.
이걸 없앨 수는 없어요"

하비   결국에는 그가 스승을 찾고 있었다는 말이군요. 그리고 자신의 영혼과 공감하는 스승을 선생님에게서 찾았고요. 그의 천재성은 자신이 찾은 스승을 모든 사람에게 전하는 영화를 만들었다는 겁니다.

번스타인   뭐니 뭐니 해도 나는 교사입니다. 열다섯 살 때부터 가르치는 일을 해왔어요. 에단을 만났을 때는 여든여섯 살이었어요. 그 정도면 오래 가르쳤다고 할 수 있겠죠? 역시 가르치는 일을 하는 제자가 어느 날 내게 이렇게 물었습니다. "연주를 끝낸 제자에게 무엇을 말해줘야 할지 어떻게 아세요?" 한 번도 그런 질문을 받아본 적이 없었지만 나는 바로 대답을 알았습니다. "오, 그건 아주 쉬워. 네가 너의 제자가 되는 거야. 제자의 모든 면, 감성적·지성적·육체적 세계의 모든 면들을 떠맡아. 그런 다음 스스로에게 이렇게 물어봐. **어떻게 하면 내 연주를 향상시킬 수 있을까? 그 순간 무슨 말을 해줘야 할지 알게 돼.**" 나는 에단이 이것을 알았다고 봐요. 그가 자신의 무대 공포증에 대해 이야기했을 때 내가 깊이 공감했다는 것을 그는 알았습니다. 나도 그런 경험이 있으니까요. 모든 연주자가 공연 전에 어느 정도 불안에 시달립니다. 모두가 심각하게 겪는다고 말할 수는 없겠지만, 연주자들은 무대 공포증에 대해 압니다. 그렇다면 뭐가 문제죠? 이겨내려면 열심히 연습해서 무대 공포증에도 불구하고 최선의 연주를 하도록 하면 됩니다. 이걸 없앨 수는 없어요. 자신이 하는 일의 일부로 받아들여야 합니다. 여러분은 초인적인 무엇을 해야 해요. 음악가는 엄청나게 복잡한 음악 작품을 많은 사람들 앞에서 외워서 연주해야 하죠. 배우의 경우 셰익스피어의 『맥베스』 대본을 외워야 할 뿐 아니라 감정을 한껏 실어서 살려야 합니다. 이런 과정이 자신의 한계를 넘어서도록 도와줍니다. 그 책임감이란 말로 다할 수 없어요! 물론 그 때문에 긴장되겠죠. 이렇게 생각할 겁니다. **내가 정말 이런 일을 할 자격이 있을까? 준비가 되었을까?** 미천한 인간은 그래서 긴장할 수밖에 없어요. 에단은 무대 공포증에 대한 내 논의를 듣고 우리가 같은 경험을 공유한다는 것을 알았습니다.

저녁 식사 때 내가 대담하게 그에게 물었어요. "당신의 긴장은 어떤 형태로 표출됩니까?" 무척 당혹스러운 표정으로 나를 쳐다보더군요. 그가 뭐라고 대답했는지 기억나요?

하비   아니요.

번스타인   이렇게 말했어요. "말을 멈출 것만 같은 기분이 들어요."

하비   맞아요.

번스타인   쉽게 말해서 갑자기 기억이 나지 않는 거죠. 나는 재빨리 그에게 〈뉴욕타임스〉에 실렸던 기사를 이야기해주었습니다. 세계적으로 유명한 연주자들을 대상으로 설문조사를 했어요. 당신은 무엇 때문에 긴장하게 됩니까? 80퍼센트, 그러니까 거의 만장일치로 기억을 잃을지 모른다는 두려움에 긴장하게 된다고 답했습니다.

에단은 무대에서 깜빡하게 될까 두려워 심각한 긴장에 시달립니다. 그가 맡은 배역은 그저 정해진 대사를 외우는 데만도 엄청난 양의 암기를 요구합니다. 60페이지짜리 베토벤 소나타를 외워서 쳐야 하는 나와 비슷해요. 엄청난 책임감입니다! 나는 그에게 마이클 래빈의 이야기를 해주었습니다. 그는 손꼽히는 위대한 바이올리니스트인데 애석하게도 30대에 세상을 떠났습니다. 마이클 래빈의 반주자로 내 친구 미첼 앤드루스가 있었어요. 마이클 래빈은 경력이 절정일 때 갑자기 무대에서 활을 떨어뜨리게 될 거라는 공포증에 시달렸습니다. 그리고 이런 우려는 그의 연주에 악영향을 미치기 시작했습니다. 그래서 어느 날 참다못한 그는 악보 한 부분을 가리키며 반주자 미첼 앤드루스에게 말했습니다. "미첼, 이 화음 보이지? 자네가 이것을 연주하자마자 나는 활을 떨어뜨릴 거야. 그러니 각오하고 있어." 공연 때 그는 그 화음에 이를 때까지 흠잡을 데 없는 연주를 했습니다. 그러고는 활을 놓쳤습니다. 활이 무대에 툭 떨어졌고, 청중은 깜짝 놀라서 얼어붙었습니다. 잠시 침묵이 이어졌죠. 그는 허리를 숙여 활을 잡고 자신에게 이렇게 말했습니다. **거봐, 나는 아직 건재해.** 그러고는 처음부터 다시 곡을 연주했고 기립박수를 받았습니다. 다시는 공포증이 일지 않았습니다. 나는 이 이야기를 에단에게 해주었습니다.

몇 주 뒤 촬영 때 에단이 이런 말을 했습니다. "연극을 하고 있었는데 갑자기 대사가 생각나지 않아 소름 끼치는 비명을 내질렀습니다. 그러고 나서 다시 연극에 돌입했죠. 청중 모두가 내 비명이 연극의 일부라고 생각했어요. 아무도 내가 대사를 잊었다는 것을 모르더군요." 그러고는 이렇게 말했습니다. "이제 공포증이 사라진 것 같아요."

하비   감동적이고도 재밌는 이야기네요. 존 길구드가 언젠가 내게 한 말이 생각납니다. "대사가 생각나지 않으면 나는 미친 듯이 노려보고 혼잣말을 하기 시작합니다. 그러면 청중은 내가 '길구드'를 연기한다고 생각하죠. 다음 대사가 생각나면 활기차게con brio 이어갑니다."

번스타인   오랫동안 연주 생활을 했던 나는 독주자 경력을 마감하기로 결정해야 할 순간이 왔습니다. 내가 연주를 그렇게 오래 해올 수 있었던 유일한 이유는 음악적 도전을 만족시킬 수 없다는 두려움을 무대를 통해 극복할 수 있었기 때문입니다. 내가 음악적 도전을 이겨냄으로써 더 강한 사람이 되어 삶의 온갖 우여곡절에 대처할 수 있었다는 것을 압니다. 사실은 무대에 오르는 것이 싫었어요. 나는 나의 예술과 시모어는 똑같은 것임을 진작부터 알고 있었어요. 따라서 내가 최선을 다해 연주하지 못했다는 사실은 음악가뿐 아니라 시모어라는 인간도 통합되지 못했다는 뜻입니다. 그래서 원래는 연주할 수 있을 때까지 무대를 떠나지 않아야 한다고 생각했지만 이만 접기로 했습니다. 그리고 사실 나는 목표를 이루었어요. 긴장에도 불구하고 연주를 잘했으니까요. 테이프로 연주를 다시 들으면 스스로가 뿌듯했습니다. 이런 목표를 이루었으니 독주자 경력을 마감해도 되겠다고 느꼈습니다.

하지만 긴장에서 도망치고 싶어서만은 아니었습니다. 언론 보도나 다큐멘터리를 보면 그런 생각이 들 수도 있겠지만요. 중요한 이유는 이겁니다. 나는 하루의 반은 교습을 해서 돈을 벌고 나머지 시간에 연습했습니다. 그러다 보니 창작을 할 시간이 없었어요. 작곡하고 글을 쓰는 시간이 부족했습니다. 그래서 쉰 살이 되었을 때 이렇게 생각했습니다. **삶이 이렇게 흘러가는구나. 책도 쓰고 작곡도 하고 싶은데. 그러려면 독주자 생활을 끝내는 수밖에 없겠어.** 92번가에서 고별 독주회를 마치고 내가 은퇴를 선언했을 때 내 가족과 친구들, 제자들은 경악했습니다. 하지만 중요한 공연장에서 실내악 연주는 계속했습니다.

콘서트 무대를 떠나고 나서도 가르치고 작곡하고 글을 쓰면서 대단히 만족스러운 삶을 보냈습니다. 쉰 살에 무대를 떠났을 때 누군가 내게 여든여덟 살에 '영화 스타'가 된다고 말했다면 내가 들은 가장 터무니없는 소리라고 했을 겁니다.

하비 나이를 떠나 영화 스타가 된다는 것 자체가 터무니없는 일이
죠. 하지만 봐요. 선생님은 돌고래가 바다를 즐기듯 유명세를
즐기고 있잖아요. 원래 이렇게 될 운명이었던 거예요.

88년 만에 찾아온 갑작스러운 성공

"나의 두 손으로
하늘을 만질 수 있다니
미처 생각지도 못했네"

하비   영화로 선생님은 하룻밤 사이에 스타가 되었습니다. 그런 경험은 드문 일이고 사실 성공하려면 운이 따라야 할 때가 많습니다. 그리고 슬프게도 누군가에게는 갑작스러운 성공이 축복이 아니라 저주이기도 합니다. 복권에 당첨된 자가 이혼하거나 돈을 탕진하고 다시 가난한 삶으로 돌아가는 경우가 왕왕 있죠. 선생님에게는 영화의 성공이 예기치 못한 것이었고 완전한 축복이었을 텐데요.

번스타인 영화에 쏟아진 반응에 모두가 놀랐습니다. 우리는 다큐멘터리가 초연된 영화제에 참석하려고 텔루라이드에 있었는데, 라이언이 우리를 위해 4층짜리 맨션을 빌렸어요. 헤더, 그레그, 라이언, 나, 이렇게 네 명이었죠. 기대와 불안이 교차했습니다. 청중이 어떻게 반응할지 아무도 몰랐으니까요. 낡은 오페라하우스에서 상영회가 열렸고, 나는 에단 옆에 앉아 스크린을 보았습니다. 내가 옆에서 연습하면서 큰 소리로 말하는 장면이었어요. 옥타브 도약을 계속해서 놓치자 내가 이렇게 말합니다. "여기서 내가 활주로를 자꾸 벗어나네요." 그 순간 청중이 웃음을 터뜨렸습니다. 나는 에단의 손을 꼭 잡고 말했습니다. "에단, 사람들이 다큐멘터리를 따라가고 있어요." 영화 상영이 끝나고 기립박수가 쏟아졌습니다. 에단과 내가 무대에 서서 자리에 일어선 청중들을 바라보는 장면을 찍은 사진이 있어요. 에단이 자랑스럽고 행복하게 나를 쳐다보았어요. 가슴이 뭉클했죠. 당신도 그 사진을 보았겠죠?

하비   그럼요. 그를 보는 사진 속 선생님은 영화를 실제로 만든 것은 사랑과 깊은 자부심과 존경심이라고 느끼는 듯하더군요.

번스타인 다음 날 아침에 열광적인 리뷰들이 컴퓨터와 아이패드로 들어왔습니다. 우리는 다들 믿기지 않는 표정으로 호화로운 거실에 앉아 있었어요. 에단이 나에게 말했습니다. "선생님은 영화계에 대해 잘 모르겠지만, 저는 열두 살 때부터 영화 일을 했습니다. 영화제를 수도 없이 다녔고, 그래서 영화가 끝나면 청중의 절반이 일어나 질의응답 시간이 시작되기 전에 자리를 뜬다고 말할 수 있어요. 텔루라이드에서 한 명도 일어서지 않은 것을 보셨죠? 다들 자리를 지켰어요. 그리고 기립박수를 들으셨죠? 선생님이 또 아셔야 할 것이, 이제까지 이 일을 하면서 오늘 아침처럼 열광적인 평들은 처음 봤다는 거 예요." 친구들과 제자들이 리뷰를 읽고 내게 보낸 이메일들이 아이패드로 쏟아져 들어왔습니다. 우리는 모두 얼떨떨했어요. 빼먹을 뻔했는데, 영화 상영이 끝나고 우리는 점심을 먹으러 돌길을 걸어가고 있었어요. 그런데 두 여성과 한 남성이 갑자기 내 팔에 안겼고, 내 어깨에 대고 눈물을 흘렸습니다. 옆에서 에단이 이 모습을 지켜보았죠. 그때 우리는 히트를 예감했습니다. 모든 것의 시작이었던 겁니다. 계속해서 이랬으니까요. 우리의 다큐멘터리는 로튼토마토 사이트에서 유일하게 100퍼센트 긍정적인 평을 받은 영화였어요.

하비   텔루라이드에서 영화 상영이 있고 나서 선생님이 내게 전화를 걸어 영화를 본 사람들이 감동의 눈물을 흘리며 선생님의 팔에 안겼다고 말했던 것이 기억나네요. 풍성하고 깊은 울림을 주는 무엇이 영화에 있었던 거죠.

번스타인   에단과 나는 완전히 멍했습니다. 사람들이 그토록 감동하는 것을 믿을 수 없었으니까요. 영화제에서 상영하고 격찬의 리뷰와 칭찬을 받은 지 1년이 지났는데, 보고 난 사람이 내게 와서 하는 말은 한결같았습니다. "나는 음악가가 아니어서 음악에 대해서는 잘 모르지만, 다큐멘터리에서 당신이 말하는 모든 것이 제게 와닿았습니다."

하비   무슨 뜻으로 하는 말일까요?

번스타인　우선은 자신이 관심 갖는 활동, 자신의 재능에서 비롯되는 활동을 충분히 진지하게 받아들이지 않는 사람들이 있다는 뜻으로 보입니다. 꼭 음악일 필요는 없습니다. 무엇이든, 열정이 있는 무엇이든 다 해당됩니다. 또 하나는 뭔가에 열정이 있었는데 포기한 사람들이 있다는 뜻입니다. 뉴욕에서 공연 인터미션 때 한 여성이 내게 와서 말했습니다. "당신의 영화를 보았어요. 나는 예전에 작가였는데 10년 동안 글을 쓰지 못했어요. 하지만 당신의 영화를 보고 다음 날 아침부터 다시 글을 쓰기 시작했습니다." 영화의 뭔가가 사람들에게 너무 늦지 않았다고 알려준 겁니다. 나를 봐요, 여든여덟 살인데 아직 정정하잖아요. 질의응답 시간에 나는 과학자들이 사람들에게 하는 말을 계속 되풀이합니다. 뇌손상을 입은 게 아니라면 나이가 들수록 배움의 용량은 커진다고 말입니다. 다시 말해 젊었을 때보다 나이 들어서 더 많은 발전을 이룰 수 있어요. 다큐멘터리가 이제 전 세계에 상영되면서 이런 메시지는 내가 상상한 것보다 훨씬 많은 사람들에게 전해지고 있습니다. 어떤 사람들은 영화 덕분에 용기를 내서 아직 열정이 꺼지지 않은 관심사에 다시 불을 붙이고 이로 인해 행복하게 될 겁니다.

하비　선생님이 열정을 다시 집어 들었을 때 무척이나 두려웠을 수도 있겠다는 생각이 듭니다. 전에는 그냥 사그라지게 내버려 뒀으니까요. 영화에서 선생님의 존재가 사람들에게 할 수 있다는 자신감을 불어넣는 것을 보니 기분이 어떤가요?

번스타인 영화에서 내가 연주한 것을 당신도 보았겠죠. 나는 비록 37년 동안 독주회를 하지 않았지만 상당히 잘 해냈어요. 앤드루, 당신은 내가 거짓말을 하는 것을 원치 않겠죠?

"살아남으려면 필요하다고
생각하는 것보다 두 배 더 준비해야 해요"

하비 물론이죠.

번스타인 나는 그 독주회에서 내가 멋지게 연주했다고 생각합니다. 하지만 그렇게 연주하기 위해 어떤 고생을 했는지 당신은 모를 겁니다. 전에도 말한 바 있지만 인정하고 싶든 그렇지 않든 우리는 연습한 대로 연주해요. 이런저런 이유로 대중 앞에서 연주하는 것을 그만두었다가 다시 컴백해서 비참한 결과를 맞은, 나보다 훨씬 어린 음악가들을 알고 있습니다. 오랫동안 사람들 앞에서 연주하지 않은 경우에는 대체로 그런 결과가 나옵니다.

그렇다면 나는 어떻게 했을까요? 하루에 여덟 시간을 연습했습니다. 살아남으려면 필요하다고 생각하는 것보다 두 배 더 준비해야 해요. 나는 다른 친구들을 사적으로 초대해서 두어 차례 예행연습을 가졌습니다. 내 연주를 내가 지적하고 싶은 평가와 함께 녹음해서 다시 듣고, 해석의 태도를 바꾸고, 어떤 패시지는 다른 운지법으로 연습했어요. 요컨대 살아남기 위해 내가 할 수 있는 모든 것을 했습니다. 그렇게 해서 내가 무대에 다시 섰을 때 기분이 어땠는지 알고 싶어요?

하비 네!

번스타인 친구 빌과 함께 택시를 타고 스타인웨이로 갔습니다. 웨스트 57번가에 있던 스타인웨이 알아요? 지금은 다른 곳으로 옮 겼습니다만. 전 세계를 통틀어 가장 아름다운 피아노 전시실 로 손꼽혔던 곳에서 마지막으로 벌어진 행사였을 겁니다. 내 부 장식이 꼭 궁전 같았어요. 전시실 앞에 웨스트 57번가를 향해 거대한 창문이 나 있어서 지나가는 사람들이 창문을 통 해 안에서 벌어지는 행사를 볼 수 있었습니다. 택시에서 내리 니 가슴이 쿵쾅거리기 시작했습니다. 어찌나 긴장되던지 이 러다 병원에 실려 갈지도 모르겠다 싶더군요. 거리를 건너 창 문 앞에 섰습니다. 유명한 배우들이 안에 앉아 있는 것이 제 일 먼저 눈에 들어왔고, 친구들과 제자들도 여러 명 있었습니 다. 에단이 돌아다니는 것이 보였습니다. 마지막으로, 피아노 가 강렬한 조명에 휩싸인 것이 마치 태양이 위를 비추는 듯한 인상적인 모습이었습니다. 기술자들이 피아노 안에 마이크를 설치하고 있었고, 사방에 카메라가 보였습니다. 피아노 뒤쪽 발코니에도 하나가 있더군요. 나는 생각했습니다. **이런 곳에서 는 도저히 버틸 방법이 없겠어.** 설령 영화 촬영이 예정되어 있지 않더라도 충분히 버거워 보였어요. 하지만 후대를 위해 영화 를 찍는 자리니까 이렇게 생각했죠. **이곳이 내가 죽을 자리구나. 여기 들어갔다가는 심장마비가 오겠어. 그럴더라도 음악 무대에서 죽는**

것이니까 괜찮아.

하비   게다가 영화이기도 하고요!

번스타인   맞아요, 참으로 극적이죠! 어쨌든 나는 건물로 들어갔고, 에
         단이 나를 보더니 껴안았습니다. 내가 아는 사람들 모두가 나
         를 반갑게 맞았습니다. 중요한 공연을 앞둔 연주자들이 그렇
         듯이 나도 모든 것이 아무 문제가 없다는 듯 굴었어요. 원래
         이러는 겁니다. 사실은 그들이 긴장하고 있다는 것을, 죽을
         만큼 두려워한다는 것을 아무도 몰라요. 내가 근사한 안락의
         자에 앉았을 때 에단이 내 쪽으로 와서 발언하기 시작했습니
         다. "내가 여러분들을 왜 이곳으로 불렀는지 말씀드리고 싶습
         니다." 행사가 공식적으로 시작된 겁니다. 앤드루, 에단이 말
         을 시작하자마자 기적 같은 차분함이 내게 밀려들었다는 것
         을 믿겠어요? 나는 생각했습니다. **참으로 편안해, 참으로 다행이
         야.** 한편으로는 의아했습니다. **왜 이렇게 마음이 차분해졌지?**

하비   이유가 무엇이던가요?

번스타인   다음 날에 밝혀졌습니다. 에단이 나를 위해서 해준 모든 것
         에 감사를 표하고자 연주한 것이란 사실을 문득 깨달았습니
         다. 그러니 그를 실망시켜서는 안 될 일이었죠. 다큐멘터리를
         보니 연주하기 전에 내가 이렇게 말하더군요. "설마 그들에게
         사라 베른하르트와 그녀가 긴장했던 이야기를 하지는 않았겠

죠." 내 목소리에는 떨림이 전혀 없었습니다. 완벽하게 차분한 목소리였어요. 나는 그런 차분함을 피아노에 가져와서 독주회를 곧장 짜깁기 없이 연주했습니다. 비디오나 영화로 촬영하는 음악회는 재촬영을 하는 것이 관례입니다. 연주자는 실수를 하기 마련이고, 그러면 다시 촬영해서 이어 붙이죠. 나도 몇몇 실수를 했지만 대수롭지 않은 실수여서 그냥 넘어갔습니다. 며칠이 지나고 곰곰이 생각했습니다. 한 순간 공황장애에 가깝게 긴장했던 내가 다음 순간에는 어떻게 그렇게 놀랄 만큼 차분할 수 있었을까. 내가 내린 결론은 이렇습니다. 다른 누군가를 위해 뭔가를 할 때면 일시적으로 자신의 취약한 상태를 넘어선다는 겁니다. 바로 이것이 내게 일어난 일이었어요. 나는 에단을 위해 연주했습니다.

하비   선생님, 제가 수행하면서 배운 것은 진정한 봉사란 사적인 관심이 아니라 다른 사람에게 완전히 맞춰지는 이타적인 것이라는 사실입니다. 선생님은 에단에게 완전히 봉사했고, 그와 그가 선생님을 위해 행한 모든 것을 존중했어요. 불교 현자 사라하가 했다는 말이 생각나는군요. "이것은 나 자신이고 저것은 타인이라는 환상, 당신을 속박하는 이런 구별의 환상에서 자유로워야 자신의 자아가 해방된다."
선생님은 온전히 에단을 위해 봉사함으로써 자신을 해방시켰어요.

번스타인   맞아요, 앤드루. 나는 모든 음을 에단이 들으라고 연주했습니다. 이제 끝나고 보니 내가 공포에 질려 연주를 그만두었더라면 어떻게 되었을까 싶습니다. 에단은 이것을 생각했을까요. 만약 그랬다면 공연이 끝났을 때 나보다 더 안도했겠죠. 그것도 성공으로 끝났으니까요. 공연이 끝나고 우리는 자신의 정체성과 긴장하는 대목을 찾는 문제에 대해 청중과 잠깐 이야기를 나누었습니다. 청중 전체가 한꺼번에 나한테 몰려드는 기분이었습니다. 마침내 떠날 시간이 되었어요. 에단과 나는 팔짱을 끼고 57번가를 건너 러시안 티룸으로 갔습니다. 촬영감독 램지가 뒤에서 우리를 찍었습니다. 영화를 보니 이 장면이 수록되지 않았는데, 스태프들은 이런 장면을 몰래 아껴두고 있었습니다. DVD에는 다큐멘터리 뒤에 공연 전부가 수록될 예정입니다. 우리가 러시안 티룸으로 의기양양하게 걸어가는 모습으로 끝날 겁니다.

"우리는 자신이 가진 것으로
최선을 다할 뿐입니다"

하비   아름다운 이야기네요! 선생님이 이렇게 공연과 차분해진 순간에 대해, 에단을 위해 어떻게 공연했는지에 대해 이야기하는 것을 들으니 좋아요. 사람들이 왜 영화가 끝나고 기쁜 마음으로 선생님에게 다가갔는지 너무도 잘 이해하겠어요.

번스타인   그 생각만 하면 겸손해지고 한없이 고마운 마음이 듭니다. 나는 청중들이 다큐멘터리를 보고 내 메시지에 반응하리라 믿

습니다. 내가 비록 천재는 아니지만 나의 모습에서 사람들이
영감을 받고 용기를 얻어 자신의 재능을 추구하리라 믿습니
다. 꼭 천재가 아니라도 말입니다. 우리는 자신이 가진 것으
로 최선을 다할 뿐입니다.

하비   선생님이 전하는 것은 자신의 깊은 열정을 확인하고 그것을
        살려내는 것이 절대적으로 중요하다는 것이죠. 이것은 천재
        인지 아닌지하고는 아무런 관계가 없습니다. 이 세상에 존재
        한다는 것의 의미를 실현하는 것과 관계가 깊습니다.

번스타인   그리고 각자 타고난 재능으로 그렇게 한다는 것이 중요해요.

하비   맞습니다.

번스타인   이것은 내가 제자들에게 말하는 것이기도 해요. 그들은 유튜
        브에서 누군가의 연주를 찾아 듣고 이렇게 말합니다. "그의
        템포를 들으셨어요? 제가 치는 것보다 훨씬 빠른데요."
        "만약에 네가 그렇게 빨리 칠 수 없다면 어떻게 되지?" 내가
        말하지요. "너는 이 작품의 올바른 메시지를 드러낼 수 있는
        템포를 골라야 해. 너의 재능을 존중하고 보호해야 해. 너의
        경쟁자는 그 누구도 아닌 바로 네 자신이야."
        이렇게 제자들은 대가만큼 빠르고 정확하게 칠 수 없으면 연
        주할 자격이 없다는 왜곡된 생각을 하고 있어요. 당신이 방금
        했던 말과 같은 맥락입니다. 나는 내가 가진 재능을 최대한으

로 펼치고 싶고, 이것은 내게 겸손을 가르칩니다. 내가 가르치거나 작곡하거나 글을 쓰는 일에서 호평을 받아 성공하면, 비록 이 분야의 최고 이름들과 겨룰 수는 없더라도 내게는 여전히 엄청난 성과입니다. 그래서 나 자신이 자랑스럽고 행복합니다.

하비   더 중요한 것은 자신의 마음속 깊은 노래를 부르는 것입니다. 이것만이 사람을 행복하게 만드는 유일한 것이에요.

번스타인 맞아요.

하비   다른 어떤 것도 사람을 행복하게 만들지 않습니다. 세계적 명성이 있거나 돈이 엄청나게 많다고 해서 행복해지지 않습니다. 내 경험으로 볼 때 행복해지려면 쇼핑을 하거나 청소를 하거나 세금을 내는 도중에라도 문득문득 자신의 삶이 가장 깊은 진실, 가장 깊은 열정에 맞닿아 있음을 느낄 수 있어야 해요.

번스타인 전적으로 동감해요. 나는 사람들이 다큐멘터리를 보고 얻어간 것이 바로 그것이라고 생각합니다.

"삶을 자신의 양손으로 쥐어야 한다는 것입니다.
다른 사람이 우리를 구해주기를 바라서는 안 됩니다"

하비   그들은 영화에서 자신들이 진정으로 공감할 수 있는 사람을 보았어요. 선생님이 무대 공포증으로 고통 받는 모습을 보고, 한국에서 겪은 일 때문에 괴로워하는 것을 보며 한 인간의 모습을 보았죠. 그러나 그들은 또한 자신의 고통이 자신의 삶을 규정하도록 내버려두지 않은 사람을 보았어요. 누구든지 다른 인간의 그토록 발가벗겨진, 그러면서도 그토록 묵묵히 용감한 모습을 보면 큰 힘을 얻게 됩니다. 우리 모두 연약하고 쉽게 상처 받는 존재이지만 마음속 깊은 진실을 행동으로 옮겨야겠다고 마음먹는 사람은 정말 극소수입니다. 거기에 진정한 행복이 있다는 것을 모두가 알면서도 말입니다.

번스타인   그들은 다큐멘터리에서 내가 역경을 이겨내고 승리를 거두는 모습을 봅니다. 내가 제자들을 어떻게 배려하는지 봅니다. 나는 제자들을 사랑합니다. 사람들도 이런 것을 얼마든지 누릴 수 있다는 것을 알게 되기를 바랍니다. 우리는 좋은 멘토를 찾아야 합니다. 다큐멘터리의 또 다른 메시지는 우리가 삶을 자신의 양손으로 쥐어야 한다는 것입니다. 다른 사람이 우리를 구해주기를 바라서는 안 됩니다. 우리가 도움을 바라고 찾은 멘토로부터 많은 것을 배우되 자신을 구하는 일은 스스로 해야 합니다.

하비   '자신을 구한다'라는 것이 무슨 뜻인가요?

번스타인   내가 에단의 연극 단체를 위해 공연했던 것을 생각해보죠. 그

때 누가 나를 도와줄 수 있었을까요? 나는 외로이 혼자 앉아서 매일 여덟 시간 연습했습니다. 내가 그와 같은 공연을 하는 책임감을 이겨낼 준비가 되었다고 확신하기 위해서였죠. 청중들은 나의 이런 모습을 보면서 뭔가를 느낍니다. 내가 할 수 있다면 자신들도 할 수 있다는 것을 깨닫는 것입니다.

하비 또 다른 메시지는 돈도 중요하고 물론 먹을 것도 사야겠지만, 자신의 마음이 진정으로 갈구하는 것을 잊지 말라는 것이겠죠.

번스타인 맞습니다.

하비 선생님이 목표를 실현하는 방법이 관습적인 방법과 대단히 다르다는 것도 사람들의 마음을 움직였을 겁니다. 선생님은 화려한 세상을 선택하지 않았어요. 돈도 명예도 선택하지 않았어요. 마음속에 자리한 음악을 위한, 그리고 남을 돕고자 하는 깊은 사랑을 따르기를 선택했죠.

번스타인 흥미롭게도 당신이 방금 말한 것이 영화의 한 장면으로 확인된 셈인데, 사실을 말하자면 나는 썩 내키지 않았습니다. 에단이 해야 한다고 고집해서 하게 된 겁니다. 바로 내가 소파 침대를 접는 장면입니다. 에단은 내가 아직도 방 하나 반짜리 아파트에 살고 번듯한 침대 하나 없다는 것을 청중에게 보여줌으로써 내 예술이 물질적 안락함보다 더 중요하다는 것을 말하고 싶었던 것 같아요. 솔직히 말하면 내가 계속해서 그 아파트에 사는 것은 돈을 아끼기 위함이에요. 덕분에 재능은 있지만 가난한 제자들에게 돈을 받지 않고 가르치고 내가 하고 싶은 예술을 추구하며 삽니다.

하비 　깊게 보자면 선생님이 진정으로 중요하다고 생각하는 것을 위해 진심으로 희생했음을 보여주는 장면이겠군요.

번스타인 　그렇죠.

"관건은 관심 가는 것을 꼭 붙들고
결실을 맺을 때까지 매달리는 겁니다"

하비 　많은 사람들이 그 장면에서 큰 감동을 받았을 겁니다. 아마도 그들은 삶에 이리저리 치이다 보니 자신이 진정한 목표를 놓쳤다고 느낄 겁니다. 그래서 자아를 실현하기 위해 희생할 준비가 된 사람을 보고 한없는 존경과 애정을 느낍니다. 한편으로는 자신이 하지 못했던 것에 대해 아쉬움을 느끼겠죠. 영화에서 선생님의 모습이 아름답게 다가오는 것은 아무도 나무라지 않기 때문입니다. 선생님은 진정한 사랑에서 깊은 평온함을 찾은 사람의 향기를 풍겨요. 그 모습을 보고 여러 차례 포기했던 사람들도 마음속 깊은 자아로 돌아가서 화해하고 실현할 용기를 얻습니다.

　　　　코냐에 있는 루미13세기에 활동한 이슬람의 신비주의자 시인의 무덤에 가면 이런 묘비명이 있습니다. "오라, 오라, 그대가 누구이든, 얼마나 많이 맹세를 깨뜨렸든, 오라, 오라, 오라. 우리의 왕국은 기쁨의 왕국이니." 선생님이 자신의 목표를 완전히 실현할 때 모두를 아우르는 사랑과 기쁨을 발휘하는 것을 보고 참 아름답다는 생각을 했습니다. 바로 그런 관용적인 사랑이 사람들에게 다시 꿈을 찾도록 만들겠지요.

번스타인 영화를 보고 많은 사람들이 나에게 와서 눈물을 흘리는 하나의 이유는 살면서 올바른 선택을 하지 못한 데 대한 죄책감 때문이라고 생각합니다. 그러나 그들의 눈물은 기쁨의 눈물이기도 할 겁니다. 나의 경우를 보고 너무 늦지 않았다는 것을 알았으니까요. 질의응답 시간에 한 남성이 일어서서는 승리에 찬 커다란 목소리로 이렇게 말했습니다. "당신의 다큐멘터리를 보고 내 삶이 바뀌었다는 것을 말씀드리고 싶네요." 그러고는 갑작스럽게 자리에 앉더군요. 참으로 감동적이었습니다. 앤드루, 우리가 살아가는 가장 큰 이유가 뭐죠? 사람들의 고통을 어떻게든 덜어주는 것이 우리의 사명이라는 내 말에 당신도 동의할 겁니다. 고통 받는 사람들이 많은데 다큐멘터리에 보면 고통을 덜어주는 여러 방법들이 나옵니다. 관건은 관심 가는 것을 꼭 붙들고 결실을 맺을 때까지 매달리는 겁니다.

하비 맞습니다.

번스타인   앤드루, 내가 만약 여든여덟이 아니라 쉰 살이었어도 다큐멘
         터리가 사람들에게 똑같은 영향을 미쳤을까요?

하비   물론 아니겠죠. 하지만 나는 선생님의 생각에 공감합니다.

번스타인   내가 나이가 많다는 것이 영화의 영향력에 중요한 요소로 작
         용했다고 생각해요.

하비   그런데 어째서 노년이라는 것이 다큐멘터리에서 선생님에게
         그런 자유와 권위를 주었다고 생각하시죠? 왜 사람들이 쉰 살
         이 아닌 지금의 선생님 모습에 더 감동을 받는다고 생각하시
         나요?

번스타인   그건 다들 노년이 쇠퇴의 시기, 능력과 기력이 떨어지는 시기
         라고 생각하는데, 여든여덟 살의 노인이 30년간 은퇴했다가
         다시 나와서 독주회를 열고 계속해서 가르치고 계단을 가뿐
         하게 오르고 말을 조리 있게 하는 모습을 보니까요. 아마 속
         으로 이렇게 생각하겠죠. **어쩌면 늙어가는 것을 그렇게 두려워할 필**
         요는 없겠어. 저 노인이 하는 것을 봐.

하비   사람들이 진정으로 현명하게 나이 든 사람의 상냥함과 연민
         과 지혜와 관용에 굶주려 있다는 생각도 들어요. 하긴 우리의
         문화는 아름답고 젊은 몸을 찬양하고, 영화관에서도 최근 영
         화에 나오는 스타에 열광하죠. 대단히 시시한 형식의 성공이

에요. 옛날에는 나이 든 사람들이 존경받는 문화였습니다. 원시 부족들에서는 지금도 그렇고요.

번스타인   저도 알고 있습니다.

하비   따라서 어떻게 보면 에단은 진정한 연장자를 마주하고 싶다는 우리의 오랜 갈망을 다큐멘터리의 형식으로 슬쩍 가져왔고, 여기에 사람들이 반응하는 것이라고 볼 수 있어요. 그들은 물론 선생님이 우아하게 나이 드는 법에 대해 가르치는 것에 반응하고 있지만, 그보다 훨씬 마술적인 무엇, 바로 노인이란 어떠해야 하는가 하는 모습에 반응하는 것이기도 합니다. 풍요로운 삶을 살고, 자신의 삶을 진심으로 사랑하고, 평온하게 자신을 받아들이는 것이 너무도 익숙한 사람의 모습. 그것이 나이 든 사람이 사람들에게 보여주도록 되어 있는 모습이고, 바로 선생님이 그것을 한 겁니다. 우리 문화에서는 그와 같은 사람과 마주할 기회가 드물죠. 결국 선생님은 피아노 교사 시모어 번스타인이고, 이렇게 매력적인 삶을 살았겠지만, 사람들이 선생님에게 끌리는 것은 그것을 넘어서는 무엇인 겁니다.

번스타인   네, 물론 나도 이해합니다.

하비   사람들은 온갖 굴곡을 겪은 누군가에 의해 자신의 존재를 인정받고 사랑받는 것에 굶주려 있어요. 영화에서 선생님이 사람들에게 준 것이 바로 그것이죠. 선생님이 제자들과 함께 앉아 있는 모습에서, 선생님이 에단에게 말하는 모습에서, 선생님이 카메라를 대하는 모습에서 누구든지 선생님이 속마음을 함께 나눌 수 있는 사람이라는 것을 압니다. 이것은 인간의 마음속 가장 깊은 곳에 있는 갈망 가운데 하나, 바로 자신을 제대로 봐줄 수 있는 사람을 만나고 싶다는 갈망을 충족시킵니다.

번스타인　앤드루, 그래서 하는 말인데, 이런 메시지들이 전 세계로 퍼져가고 있는 지금 내 심정이 어떤지 알겠어요? 얼마나 많은 사람이 거기서 도움을 받을지 상상이나 갑니까? 감당하기 벅찰 정도예요. 영광스러운 일이기도 하고요. 당신과 에단이 가능하게 도운 겁니다.

하비　대화를 시작하면서 선생님이 이렇게 말한 것이 맘에 들어요. "어떻게 보면 기적 같은 일이 일어났지만, 다르게 보면 그것은 이미 내 삶에서 일어났던 일의 연장이기도 합니다."

번스타인　사실이 그러니까요. 다큐멘터리 이전에도 내 삶에서 엄청난 기쁨을 느꼈습니다. 사랑과 칭찬을 많이 받았죠. 영화는 그것을 내 상상을 훌쩍 뛰어넘는 수준으로 확장했어요. 그리고 나의 고마움도 그에 비례하여 커졌습니다.

하비　이전에도 칭찬을 받았겠지만 이렇게 전 세계적으로 인정받고 사랑받는 것은 선생님에게 일어난 대단히 신비로운 무엇을 반영하는 것이 틀림없습니다.

번스타인   분명히 말해두고 싶은데 그것은 신비로운 것이 아닙니다. 앞서 말했듯이 내 평생 해왔던 일의 연장입니다. 반응이 커질수록 겸손의 마음도 더 크게 듭니다. 내가 **겸손**이라는 말을 사용하는 것은 한 번도 나 자신이 그렇게 중요한 인물이라는 생각을 해보지 않았기 때문입니다. 내가 그렇게 기여했다는 것을 알게 되어 한없이 고마울 따름입니다.

하비   선생님의 가장 큰 열망은 언제나 기여하는 사람이 되고 싶다는 것이었고, 이제 일련의 마술 같은 탈바꿈을 통해 선생님의 삶, 선생님의 비전, 선생님의 세상에 대한 이해가 수많은 사람들에게 감동을 주고 있어요.

번스타인   그래요, 멋진 일이죠. 하지만 당신을 봐요. 당신은 서른 권이 넘는 책을 펴냈고, 전 세계를 돌아다니며 강의하죠. 당신도 이 다큐멘터리가 하고 있는 것과 똑같은 것을 사람들에게 하고 있어요.

하비   그렇게 봐주시면 고맙죠. 하지만 겨우 60대 초반인걸요. 나는 선생님의 모든 행동, 모든 말에 선생님의 나이가 주는 권위가 있다고 생각합니다. 최근에 팔순을 넘긴 달라이 라마를 만나 닷새를 보냈습니다.

번스타인　오, 달라이 라마를 만났군요?

하비　그와는 여러 차례 만났어요. 최근에 닷새 동안은 그의 가르침을 받았습니다.

번스타인　그래요?

하비　참으로 대단했습니다! 그와 알고 지낸 지 35년이 되는데 언제나 비범함을 잃지 않았고, 항상 이렇게 사랑스럽고 다정하고 멋진 존재였어요. 그런데 이제 삶의 마지막을 향해 가고 있는 그를 보니 한층 놀라운 모습이 보이더군요. 한층 깊어진 지혜, 한층 깊어진 사랑을 그에게서 느꼈습니다.

번스타인　초월적인 분이니까요.

하비　그분은 삶의 신비에 더 깊이 다가가고 있어요. 나도 사람들에게 영향을 행사하지만 겨우 내 삶의 4분의 3 지점에 왔음을 압니다. 앞으로도 발전할 여력이 많습니다.

번스타인　발전의 관점에서 보자면 당신은 아직 아이예요.

하비　아직 아이이고 많이 배워야죠. 특히 선생님처럼 삶과 하나가 된 사람에게서. 모두가 선생님을 편하게 여깁니다. 영화를 보고 모든 사람이 선생님에게 사랑받고 인정받는 느낌을 얻어

갑니다. 저는 사람들에게 그렇게 하고 있을까요? 모르겠습니다. 저는 열정을 갖고 열심히 하고 그것이 사람들에게 감동을 준다고 생각해요. 내 일이 사람들을 흥분시킨다고 생각해요. 하지만 나를 보러 오는 모두가 나에게서 사랑받고 인정받는 느낌을 받는다고는 믿지 않습니다. 사실은 그렇지 않다는 것을 압니다. 제 부족한 면이죠. 판단하고 재단하려는 자아를 버리고 가끔 사납게 달아오르는 것을 자제하려고 더욱 노력해야 합니다. 선생님이 보여준 연민과 겸손으로 더 깊이 들어가야 합니다. 선생님이 60대에 그런 면을 가졌었는지 모르겠지만, 오로지 나이 들고 고통 받고 성숙해서야만 얻을 수 있는 무엇이 있다고 생각합니다. 진정한 노년의 지혜겠죠. 선생님은 그것을 가졌어요. 그리고 그것이 제게 희망을 줍니다. 목표로 하는 무엇, 내가 계속해서 자신에게서 끌어내야 하는 무엇을 얻었으니까요.

번스타인   앤드루, 당신에게 이 말을 꼭 해야겠네요. 우리의 대화에서 당신이 내게 배우는 것보다 내가 당신에게 배우는 것이 더 많아 보여요. 당신이 자신의 사고와 감정을 표현하는 방법과 내용 말입니다. 표현의 강도, 단어 선택, 대화에서 논의를 전개하는 방식이 내게 아주 인상적으로 와닿았어요. 내가 보기에는 내가 당신에게 준 것보다 당신이 내게 더 많은 것을 주었는데요. 이에 대해 어떻게 생각해요?

하비   하지만 사랑하면 항상 그렇게 느끼지 않나요? 지금 우리처럼 순수하게 단순하게 완전히 누군가를 사랑하면 상대방이 항상 훨씬 더 아름답고 훨씬 더 지적이고 자기가 주는 것보다 더 많은 것을 준다고 느끼죠.

번스타인   그래요? 당신은 사랑이 그렇게 작동한다고 생각하는군요?

하비   맞아요. 그리고 저는 선생님에게서 더 많이 배운다고 느낍니다. 왜냐하면 선생님을 점점 더 알고 사랑하게 되면서 선생님의 더 많은 모습을 보거든요.

번스타인   시모어의 더 많은 모습을 본다See more of Seymour?

하비   시모어의 더 많은 모습을 보게 됩니다!

번스타인   하지만 아무튼 두 사람이 서로 사랑할 때는 동등한 수준에서 상호 관계가 되는데요.

하비   상호 관계라……

번스타인   당신이 나보다 깨달음에서 훨씬 앞서 있어요.

하비   그렇지 않아요. 나랑 생각이 정반대군요. 나는 선생님이 나보다 훨씬 앞서 있다고 생각해요. 하지만 이런 식으로 계속 이야기하다가는 끝이 없겠네요!

번스타인   대화를 다시 이어가기 위해 노력하는 게 좋겠어요.

"나이가 들면서 내가 생각하고 느끼는 대로
뭔가를 말하는 자유와 확신을 얻은 것 같습니다"

하비   그래요. 이제 영화에 대한 사람들 반응으로 돌아갑시다. 살펴
볼 만한 멋진 주제가 두 개 더 남았으니까요. 아마도 가장 중
요한 것은 선생님이 완전한 진실을 말하고 있다고 사람들이
느낀다는 점입니다. 게다가 사람들은 이런 것에 익숙하지 않
아요. 그러므로 선생님은 그저 자신이 느끼고 아는 대로 말하
기 위해 노년의 특권을 이용하고 있는 겁니다. 이것은 사람들
에게 아주 신나는 일입니다.

번스타인   나도 나이가 들면서 내가 생각하고 느끼는 대로 뭔가를 말하
는 자유와 확신을 얻은 것 같습니다. 이것은 대체로 다른 사
람들이 하리라 예상되는 말과 반대되는 것이죠. 나는 자신의
감정을 진실하게 말하는 것은 상대방에게 바치는 최고의 찬
사라고 확신합니다. 심지어는 사랑의 행위라고 부를 수도 있
어요.

하비   영화 속에서 사람들이 그것에 반응하는 것을 보셨나요?

번스타인   네, 봤어요. 일상생활에서와 똑같습니다.

| 하비 | 영화에서 또 하나의 큰 매력은 선생님 주위에서 영적 기운 같은 것이 느껴진다는 점입니다. 선생님이 자신을 드러내는 방식은 종교의 분위기나 다른 사람을 자기편으로 끌어들이려는 욕망에서 벗어나 있어요. 그저 완전한 자신의 모습으로 존재하면서 깊은 영적 자아를 되찾고 그것을 발산합니다. |

| 번스타인 | 이 사실이 나를 놀라게 합니다. 왜 그런지 알아요? 청중 가운데 많은 이들이 종교의 신봉자들이기 때문입니다. 나는 신을 대문자 G를 써서 표기하지 않습니다. 끝이 없을 뿐 아니라 지금도 계속 팽창하는 우주를 생각하고 너무도 다양한 모습을 하고 있는 생명을 생각할 때면 나는 너무도 크나큰 경외감이 들어, 이른바 천국이라고 하는 곳의 왕좌에 사람 형상을 한 존재가 앉아서 이 모든 것을 관장한다는 것이 도저히 믿기지 않습니다. 내 이해를 넘어섭니다. 나는 이런 관념이 모든 것을 관장하는 존재—그런 것이 있다면—를 모욕하는 것이라고 생각합니다. 그것은 이름을 부여받을 수 없습니다. 우리가 그 이름을 알도록 주어지는 것이 아닙니다. 내가 생각하는 바로는 살아 있는 모든 존재 안에서 드러나는 것입니다. 나는 그것을 **영혼의 저장고**라고 부르고 싶습니다. 여기에는 우리가 살아가면서 알고 행할 필요가 있는 모든 것에 답할 수 있는 능력이 담겨 있습니다. 우리는 각자의 질문에 대답하고 도움이 필요한 순간 도움을 구하기 위해 신의 존재에 항상 의지하는 것이 아니라 우리 안에 있는 바로 그 **영혼의 저장고**와 상의해야 합니다. |

하비   그러니까 선생님은 사람들에게 어른이 되라고, 성장하라고, 그래서 영혼의 지성을 담아두는 이런 엄청난 저장고가 선물로 모든 사람들 안에 있음을 알아보고, 그것을 주장하고 의식적으로 활용하라고 요구하는 것이로군요.

번스타인   정확히 그겁니다. 신은 스스로를 돕는 자를 돕는다는 말이 있지 않습니까. 물론 나라면 그것을 '신'이라고 부르지 않겠습니다. 거기에 이름을 부여하는 것은 모욕이라고 생각하니까요.

몇 년 전에 내가 가르치던 제자 하나가 계시를 받고 기독교도가 되었습니다. 어느 날 레슨에서 그가 갑자기 연주를 멈추고 내게 말했습니다. "진심으로 선생님이 걱정됩니다."

"무엇이 걱정된다는 거지?" 내가 물었습니다.

그의 대답은 나를 놀라게 했어요. "선생님이 돌아가시면 선생님 영혼에 무슨 일이 벌어질지 걱정돼요."

나는 이렇게 대답했습니다. "내 영혼 걱정은 그만두고 지금 연주하는 드뷔시 작품이나 걱정하렴. 내 영혼은 내가 알아서 할 테니."

제자는 왕좌에 앉아 있는 이 존재를 믿으면 죽어서 천국에 간다고 실제로 상상했던 겁니다. 믿지 않으면 지옥으로 떨어지는 거죠. 그야말로 어처구니없는 생각입니다.

당신이 쓴 멋진 책들을 읽어보니 불교도들은 신이나 천국, 지옥을 믿지 않더군요. 그들은 신의 개념이 죽음에 대한 두려움에서 나왔고, 종교는 그 같은 심연을 희망으로 대체하기 위해 만들어진 것이 틀림없다고 생각합니다. 유대인들도 천국이나 지옥을 믿지 않습니다.

하비   그렇다면 선생님은 내세를 믿지 않는군요. 시모어라는 이런 의식이 계속 이어지리라는 것을 믿지 않는군요.

번스타인   그것을 어떻게 알겠습니까. 나는 나 자신이 계속된다고 생각하고 싶지만, 내가 알 수 없는 일이죠. 내가 대답을 알도록 주어지지 않았다고 겸손하게 생각하렵니다. 내 인식을 넘어서는 것입니다. 나는 내가 지각하는 모든 것, 지금도 계속 팽창하는 우주, 다양한 모습의 생명체, 이런 모든 것들의 신비를 관장하는 존재를 결코 알 수 없습니다. 이런 질문들에는 대답이 존재할 수 없다고 믿어요.

하비   대답이 필요하지도 않은 것 같네요.

번스타인   맞아요, 나는 대답이 없어도 됩니다. 경외감에 사로잡혀 무릎 꿇고 경탄하는 것으로 충분해요. 저기 바깥에 저 나무 보이죠? 또 하나의 생명체입니다. 아무도 보지 않을 때 내가 나무 줄기에 팔을 두르면 우리의 맥박이 만나고 있다는 느낌이 정말로 들어요. 나는 나무가 되고 나무는 내가 되죠. 우리는 하나입니다. 나는 지금 경이로운 영혼의 존재인 당신과 앉아서 바깥의 멋진 풍경을 바라보면서 우리 모두 하나로 연결되었다고 느낍니다. 당신과 나, 나무들, 다람쥐, 바다, 모두가 말입니다. 하나로 된 감정을 느낍니다. 그리고 그것으로 충분합니다. 더 나아가서 내가 죽으면 내게 무슨 일이 생길까 궁금하지 않아요. 죽음을 또 다른 모험으로 여기고 기대합니다. 죽음의 순간은 심오한 경험임에 분명합니다. 그러니 두려워할 게 없어요. 윌리엄 컬런 브라이언트는 「죽음에 관하여 Thanatopsis」라는 시에서 죽음을 아름답게, 위로가 되게 노래했습니다.

> 그러니 살아라, 그리고 그대를 소환하는 날이 되어
> 저 무수한 행렬, 죽음이라는 고요한 홀에서
> 모두가 자기만의 방을 갖게 되는 그 신비의 영역으로
> 떠나는 행렬에 합류할 때
> 그대는 한밤에 매를 맞으며 지하 감옥으로
> 채석장 노예처럼 끌려가지 말고
> 굳건한 신념으로 버티고 마음을 달래 그대의 무덤에 가라,
> 침상의 천으로 몸을 감싸고
> 행복한 꿈에 누워 있는 사람처럼.

내가 생각하기에 시는 인간의 사고와 감정의 정수를 포착할 수 있다는 점에서 음악에 가까워요. 나는 여러 편의 시들을 썼는데 당신도 시를 쓰죠?

하비   네, 맞습니다.

번스타인   삶이 가장 강렬한 방식으로 응축되는 것이 시예요. 시의 끝,

마지막 단어에 이르면 시의 심오한 의미가 폭발해서 우리의 의식에 쏟아지는 느낌이 들어요. 모든 단어 하나하나가 이 심오한 의미를 향해 차곡차곡 쌓이죠.

하비   각별히 좋아하는 시인이라도 있나요?

번스타인   음, 릴케는 다들 좋아하는 시인이죠.

하비   그렇죠.

번스타인   당신 책에서 다른 시들을 읽었는데요. 다른 세기의 시들, 내가 한 번도 들어보지 못한 시인들의 시였습니다. 고대 그리스 시인 사포를 봐요. 세상을 떠난 내 친구 플로라 레빈은 고전주의자였고 고대 그리스 글들을 영어로 번역하기도 했는데, 그녀가 내게 글 쓰는 법을 가르쳤다는 사실을 알고 있나요? 그녀에 관한 멋진 이야기를 해드리죠. 내 책 『자기발견을 향한 피아노 연습』이 세상에 나온 것도 그녀의 도움 덕분이었답니다. 책이 마침내 완성되어 맥밀런 출판사에서 발간하기로 했습니다. 당신에게 말하는 도중에 울지 않아야 할 텐데. 지금도 내게는 가슴 뭉클한 이야기거든요.
어느 날 제자를 가르치고 있을 때 플로라가 전화를 했습니다. "교습을 방해하고 싶지는 않지만, 책이 인쇄에 들어갈 참이라는 것을 알고 전화했어. 당장 교습을 중단하고 출판업자에게 전화를 걸어 인쇄를 멈추라고 해."

"플로라, 지금 무슨 말을 하는 거야?"

"시간이 없어. 사정을 이야기하다가는 너무 늦을 거야. 내가 시키는 대로 그냥 해. 설명은 나중에 해줄 테니까."

그래서 나는 전화를 끊고 편집자에게 연락해서 인쇄를 중단하라고 말했어요. 내 책 5000부가 인쇄에 들어갈 참이었는데 중단시켰습니다. 나는 플로라에게 다시 전화해서 왜 그러느냐고 물었습니다.

"이유를 말해줄게. 고대 그리스 글을 번역하다가 사포가 쓴 시를 발견했어. 한 번도 영어로 번역된 적이 없는 시야."

> 나의 두 손으로
> 하늘을 만질 수 있다니
> 미처 생각지도 못했네.

나도 모르게 눈물이 나왔습니다. 플로라는 내 책의 제목으로 더없이 잘 어울리는 책의 원제 'With Your Own Two Hands'는 사포의 시의 한 구절인 'With My Own Two Hands'에서 얻은 것이다 고대의 가장 위대한 여성 시인이 쓴 시 구절을 찾은 겁니다. 출판업자에게 당장 연락해서 책의 맨 앞 페이지에 넣게 했어요. 그들도 무척 감동했습니다. 플로라가 그때 전화하지 않았다면 책은 그 시가 없는 채로 나왔을 겁니다.

하비   멋진 이야기네요.

번스타인 단 세 줄에 불과하지만 강렬한 임팩트가 있죠. 내가 카메라를 쳐다보고 시를 암송했던 것이 기억납니다. 에단이 그것을 어떻게 처리할지 궁금했어요. 다큐멘터리 마지막에 그것을 배치한 것을 보고 그가 감수성이 풍부한 사람임을 새삼 느꼈습니다. 많은 사람들이 그 대목에서 눈물을 흘렸지요. 한 평론가는 이렇게 썼습니다. "영화가 끝날 때 도저히 눈가가 촉촉해지지 않을 수 없다." 나도 시의 의미에 공감해서 울컥하기 시작했습니다.

하비 아마도 그것이 사람들이 영화 속 선생님의 모습에 그토록 매료되는 가장 큰 이유일 겁니다. 그들은 선생님에게서 하늘에 닿은 사람을 봅니다. 그리고 선생님은 누구든지 자신 안에 있는 깊은 재능과 열정을 선택한다면 평범한 삶 속에서도 이런 일을 해낼 수 있음을 우리에게 말하고 보여주죠. 사람들에게 큰 희망을 주는 메시지가 아닐 수 없습니다. 삶에서 무슨 일이 일어나든, 온갖 고통과 어려움과 곤혹에 시달리고 이른바 '성공'이라는 것을 얻지 못해도, 자신의 손으로 하늘에 닿는 일이 모두에게 항상 열려 있다는 뜻이니까요.

번스타인 그것이 에단이 다큐멘터리를 만든 이유예요. 그는 열정을 느끼는 뭔가에 깊이 몰두하다 보면 삶이 바뀔 수 있고 손을 뻗어 하늘에 닿을 수 있다는 것을 말하고 싶었던 겁니다.

음악의 마술

"진실하게 쓰이고,
깊고도 개인적인 무엇을 전달하는
음악 같은 존재가 되고 싶습니다"

하비　　　시모어 선생님, 영화를 찍으면서 느꼈던 흥분과 의미에 대해
　　　　　이야기했으니 이제 선생님이 평생 추구했던 열정으로 넘어가
　　　　　보죠. 선생님에게 음악이란 무엇입니까?

번스타인　누구도 음악이 뭔지 몰라요. 세계의 내로라하는 사상가들이
　　　　　음악의 기적을 정의하려고 시도했어요. 음악을 들으면 왜 이
　　　　　런 기분이 들까, 같은 의문들 말이죠. 플라톤이 이런 말을 했
　　　　　다고 하죠. "음악은 영혼의 가장 내밀한 부분까지 파고든다."
　　　　　고대 그리스 시대에 이런 말을 한 겁니다. 그러니까 음악은
　　　　　예나 지금이나 항상 사람들을 크게 감동시켰어요. 조직화된
　　　　　소리에는 인간이 경험하는 온갖 감정적 반응을 일으킬 수 있
　　　　　는 무엇이 있습니다. 그리고 우리가 말로 표현하지 못하는 반

응들도 있죠. 우리는 그런 반응을 느끼고 그것이 존재한다는 것을 압니다. 한편으로 우리는 음악의 구조 내에서 질서와 조화를 인식합니다. 이런 것이 우리에게 스며들어 우리도 그렇게 되고 싶다고 생각하게 만들죠. 나는 위대한 대가들의 작품을 연주할 때면 나도 음악처럼 체계와 조직을 갖추고 소통할 수 있으면 참 좋겠다고 생각해요. 그러니까 내게 음악은 되고 싶은 존재의 모범 같은 겁니다. 그리고 나는 이런 생각을 제자들에게 전하려고 노력합니다. 우리가 음악처럼 될 수 있다면 우리에게 엄청난 혜택이 있을 겁니다. 그렇다면 음악은 무엇일까요? 간단한 대답은 감정의 언어라는 것이 되겠죠. 나는 진실하게 쓰이고, 대단히 조직적이면서 깊고도 개인적인 무엇을 전달하는 음악 같은 존재가 되고 싶습니다. 꼭 클래식 음악에만 해당되는 이야기는 아닙니다. 나는 제프 버클리가 부른 〈할렐루야 Hallelujah〉라는 노래도 참 좋아한답니다.

하비   위대한 작곡가들은 저마다 소리와 감정의 세계가 다른데요, 선생님이 좋아하는 작곡가의 곡을 연주할 때 그의 세계를 어떤 식으로 경험하는지 궁금합니다. 제가 알아들을 수 있도록 말로 설명해줄 수 있으신가요?

번스타인   당신 말이 백번 옳아요. 작곡가는 자신만의 독특한 언어로 감정을 표현하죠. 이것은 독일, 프랑스, 이탈리아 작가가 희열에 대해 쓰는 것과 같습니다. 그들은 각자 다른 언어를 사용하여 자신이 희열을 어떻게 느끼는지 기술하는데, 그 의미를 파악하려면 그들의 언어를 알아야 해요. 음악의 기적이란, 바흐와 라흐마니노프가 다른 시대에 태어나 다른 세계에서 살았음에도 그들의 음악이 우리에게 아주 깊은 감정을 전한다는 겁니다. 음악은 이렇게 시대를 초월해요. 다른 시대 음악이어도 상관없습니다. 메시지가 명확히 드러나거든요. 슈만이 환상곡의 악보 맨 앞에 집어넣은 글에 보면 "은밀하게 엿듣는 사람"이라는 구절이 나와요. 음악가가 바로 은밀하게 엿듣는 사람이죠. 우리는 메시지를 알아듣습니다. 모두가 다 그렇지는 않겠지만 음악가들은 그래요. 음악은 정말로 보편적인 언어입니다.

놀라운 건 보르네오 섬의 원주민들도 우리와 똑같이 느낀다는 거예요. 1960년에 나는 미국 국무부가 주관하는 순회공연에 참가하여 보르네오에서 독주회를 연 최초의 피아니스트가 되었습니다. 그곳에 사람 사냥꾼들을 상대로 사업을 하던 부유한 중국인 제재업자가 있었어요. 사람 사냥꾼들이 적의 머리를 베는 일을 그만둔 지 겨우 10년밖에 지나지 않았을 때였죠. 나는 중국인과 함께 배를 타고 열대의 강을 16킬로미터를 달려 그들이 사는 집을 방문했습니다. 장대에 매달려 쪼그라든 머리들을 보니 어찌나 등골이 오싹했는지 모릅니다. 추장이 우리를 자기 방으로 데려가더니 끔찍한 맛이 나는 차를 주더군요. 그와 이런저런 잡담을 나누던 중에 놀랍게도 휴대용 축음기와 식탁 위에 놓인 낡은 78회전 음반들이 내 눈에 들어왔습니다. 베토벤, 슈만 같은 거장들의 음반이었어요. 이른바 원시인이 클래식 음악을 사랑했다는 것이 믿겨져요? 그건 내가 앞에서 말한 것 때문입니다. 음악의 언어는 보편적으로 통한다는 기적 말입니다.

하비   선생님이 사랑하는 위대한 작곡가들로 넘어가볼까요? 선생님이 그들의 메시지를 엿듣는 사람이라고 한다면, 바흐 음악에서 무엇을 엿들으세요? 위대한 작곡가들이 우리에게 전하는 메시지는 무엇입니까?

번스타인   대체로 이렇게 말할 수 있겠네요. 나는 작곡가들이 전하는 메시지를 들으면 울고 싶어집니다. 대가들의 음악에는 슬픔이 뚜렷하죠. 나만 이런 생각을 하는 게 아닙니다. 많은 섬세한 음악가들이 여기에 동의해요. 내가 말하는 이들은 그저 음악을 듣는 사람이 아니라 악기로 혹은 노래를 통해 음악을 연주하는 사람입니다. 연주는 청취와는 상당히 다른데, 음악의 의미를 받아들이는 과정에서 몸의 언어가 수반되거든요. 물론 위대한 작곡가들은 기쁨도 주죠. 요컨대 인간의 모든 감정을 표현합니다. 또 작품에서 자연에 존재하는 아름다움을 포착하기도 해요. 세상을 떠난 내 친구 플로라 레빈은 음악가는 사물의 진리를 찾는 사람이므로 철학자라고 생각했어요. 그렇게 위대한 작곡가들은 소리를 조직하여 인간 감정의 정수를 포착하는 방법을 찾았습니다.

하비   바흐의 음악을 들어보면 엄청난 기쁨과 날아갈 듯한 행복감, 우주적 춤의 찬양이 있습니다. 음악은 베르길리우스가 "사물의 눈물"이라고 말한 삶의 슬픔으로 우리를 끌어들이는 어마어마한 능력이 있지만, 삶의 희열, 우주적 춤의 기쁨을 맛보게 하는 능력도 마찬가지로 대단하지요. 두 능력이 다 존재해요. 그렇지 않나요? 물론 음악은 이외에도 온갖 종류의 상태와 감정을 유도해낼 수 있습니다. 분노, 다정함, 당혹스러움, 애끓는 노스탤지어……

번스타인   인간에게 알려진 모든 감정을 담아내죠. 그러나 슬픔을 가장 먼저 말한 것은 내가 볼 때 슬픔이 가장 두드러지는 감정이기 때문이에요.

하비   슈베르트가 그랬던가요, 위대한 모든 음악은 슬프다고.

번스타인   그런 말을 했어요?

하비   네.

번스타인   물론 슈베르트 음악에서도 기쁨의 노래를 들을 수 있습니다. 음높이뿐만 아니라 리듬으로도 기쁨을 담아내죠.

"그들이 표현하는 것은
우리 모두 알아보고 우리 모두 경험하는
인간의 감정들입니다"

하비 　나에게 있어 음악은 우주에 존재하는 신비롭고 조직적인 지성이 소리로 반영된 것입니다. 음악은 형체가 없지만 그럼에도 만물에 들끓고 만물의 전개에 모습을 드러내는 **질서**를 기적과도 같이 강력하게 표상하니까요.

번스타인 　나는 그 생각에 그다지 동의하지 않습니다. 작곡가 이야기로 시작해볼까요. 바흐와 베토벤은 신과 같은 존재로 숭상되지만, 신이 아니라 그저 우리와 같은 인간이었어요. 하지만 우리가 감히 상상할 수 없는 재능을 갖고 있었죠. 그 정도 재능은 타고나는 겁니다. 과학자들은 측두평면planum temporale이라고 하는 뇌의 특정 부위가 재능이 위치한 곳이라고 확인하기까지 했어요. 예외적 재능을 가진 사람은 태어날 때부터 이 부위가 남달리 크다고 해요. 결국 누군가를 모차르트가 되도록 가르칠 수는 없습니다. 모차르트로 태어나야 하는 거죠. 당연히 그런 재능은 교육을 통해 발휘되는 것이고요. 이렇게 신으로 추앙받는 이들이 그저 인간이라면, 그들이 만든 음악은 인간의 감정이 표출된 것으로 볼 수 있겠죠. 작곡가가 우주의 개념과 자연에서 영향을 받을 수는 있겠지만, 그들이 특별하게 표현하는 것은 우리 모두 알아보고 우리 모두 경험하는 인간의 감정들입니다. 우리가 그들의 음악에 그토록 끌리는 것도 그런 이유예요. 우리는 그런 것을 생각할 필요도 없습니다. 음악이 알아서 우리의 감정 세계를 열어젖히니까요. 그건 그렇고 과학자들은 음악이 우리가 통제하지 못하는 뇌 부위에서 처리된다고 합니다.

하비 그래요?

번스타인 생각 없이 우리를 자극시켜요. 곰곰이 생각해야 하는 철학적 개념과는 다릅니다. 과학자들이 이를 증명하는 실험을 마련했죠. 대표적 예로 정신분열증 환자들이 갇힌 병동에서 실험한 것이 있는데, 그들은 말로 소통할 수 없는 상황이었고, 아침에 침대 정리를 무지 게으르게 했어요. 스피커를 통해 행진곡을 흘려보내자 환자들이 자동적으로 리듬을 타고 하나, 둘, 셋, 넷 하고 발을 구르기 시작했습니다. 아드레날린이 그들의 몸속을 돌았던 겁니다. 그들은 평소보다 훨씬 빠르게 침대를 정리했습니다.

하비 물론 음악은 많은 사회에서 치료 목적으로 사용됩니다. 이슬람 문화는 음악을 정신병 치료에 사용했고, 16세기 유럽의 정신병원에서는 음악을 연주함으로써 환자들을 차분하게 만들어 온전한 정신으로 돌아가도록 했다고 하죠. 음악 치료에 대해 어떻게 생각하세요?

번스타인 음악 치료는 내가 20대였을 때부터 직업이 되었어요. 그리고 믿을지 모르겠지만 나는 그것이 직업이 되기도 전에 음악 치료를 한 적이 있답니다. 뉴저지의 한 보호시설에서 독주회를 열어달라는 초청을 받았어요. 모든 환자들이 강당에 착석하고 관리인들이 주위에 둘러선 가운데 무대에 올랐죠. 연주회가 끝나고 정신과 의사들이 나와 음악에 대해 이야기하고 싶어 한다는 말을 들었습니다. 음악을 연주할 때 어떤 기분이었는지, 음악이 환자들에게 도움이 된다고 생각하는지 알고 싶다더군요. 당시에는 음악이 장애인에게 미치는 효과에 대해 거의 알려진 것이 없었습니다.

프로그램 마지막 곡이 쇼팽의 A♭장조 폴로네즈였어요. 내가 무대에서 그 곡을 연주할 때 한 여성이 의자에서 벌떡 일어나더니 무대로 뛰쳐나왔습니다. 그녀는 손에 말아든 신문지를 휘두르며 "연주해, 계속 연주해!" 하고 소리쳤습니다. 강당에 있던 관리인들이 그녀를 에워쌌고, 비명 소리가 나더니 이내 침묵이 에워쌌어요. 그들이 그녀를 데려갔습니다. 음악이 이 환자의 깊은 감정을 건드렸던 모양입니다. 나중에 들었는데 그녀의 이름은 애들레이드였고, 줄리아드에서 피아노를 전공했다고 하더군요.

연주회가 끝나고 의사들이 나를 어떤 방으로 데려가 가운데 앉혔습니다. 그들은 주위에 동그랗게 앉아서 음악에 대한 온갖 질문들을 내게 던졌습니다. 마지막으로 그들이 부탁하기를, 예전에 피아니스트였던 환자들과 실험을 할 텐데 참여해 줄 수 있느냐고 물었습니다. 나는 "당연히 참여해야죠"라고 말했어요. 이것을 적어놓은 일기를 지금도 갖고 있습니다. 무슨 일이 일어났는지 믿기지 않을 겁니다. 환자들 중에 로이드라고 하는 30대 젊은 남자가 있었어요. 어릴 때 신동이었다는데 15년간 그는 한마디도 하지 않았어요. 중증 정신분열증 환자였죠. 그들이 그를 피아노에 앉히고 그의 앞에 악보를 놓았는데, 그는 결코 페이지를 넘기지 않았습니다. 똑같은 페이지만 계속해서 치고 또 쳤어요. 그러다가 갑자기 고개를 들더니 외워서 치더군요. 사진적寫眞的 기억이 있었던 모양입니다. 그들은 그를 계속하게 만들지 못했습니다. 이것이 삶의 미래를 마주하고 싶지 않은 그의 모습을 나타내는 것이라고 생각했습니다. 그들은 그를 나에게 데려왔어요. 내가 그와 작업하는 동안, 사실은 단순한 실험이었지만, 그의 담당 의사가 옆에 앉아서 지켜봤습니다. 그가 나를 위해 첫 소절을 연주했습니다. 나는 종이를 집어 들고 그 소절을 보이지 않게 가렸습니다. 그러자 그는 다음 소절을 연주했고, 나는 그것도 가렸습니다. 이렇게 해서 페이지의 마지막에 이르렀고, 나는 페이지 전체를 다 가렸습니다. 그는 손을 들어 15년 만에 처음으로 페이지를 넘겨 연주를 계속했습니다. 다음 순간에는 나를 "시모어" 하고 불렀습니다. 15년간 말하지 못했던 그가 말입니다. 의사는 도저히 믿기지 않는다는 표정이었어요.

정신질환자의 특이한 점은 그들이 비정상적인 리듬을 보인다는 겁니다. 예를 들어 로이드는 왈츠를 칠 때 대단히 왜곡된 맥박을 보여, 어떤 마디는 두 박, 다음 마디는 네 박 하는 식으로 연주합니다. 나는 메트로놈을 켜고 그의 뒤에 서서 하나에 그를 앞으로 밀고 둘과 셋에 뒤로 끌었습니다. 그는 고른 세 박으로 마디를 연주했을 뿐 아니라 나와 대화도 나누기 시작했습니다.

하비   정말 놀랍군요.

번스타인   음악은 행동에 엄청난 영향을 미칩니다. 과학자들이 설명하기를 음악은 편도체amygdala라고 하는 뇌 부위에 들어옵니다. 이곳은 의식적인 생각과 무관한 곳이에요. 편도체는 감정적 반응을 일으킵니다. 우리는 자신이 무엇을 느끼는지 생각할 필요가 없습니다. 뭔가를 느낀다는 것을 그냥 알죠.

하비   나이를 먹어가면서 삶을 둘러보니 나 자신의 삶도 그렇고 친구들의 삶과 운명, 세상이 돌아가는 모습, 만물의 우주적 전개라고 하는 것이 푸가와 대단히 흡사하다고 이해하게 되었습니다. 푸가는 주제는 단순하지만 그것을 바탕으로 놀랍도록 복잡한 변주를 펼치죠. 그러나 유심히 들으면 그 모든 격렬한 변형에서 주제의 단순함을 알아볼 수 있어요. 자연의 작용이, 기질의 전개가 꼭 이렇습니다. 그래서 내게 음악 형식은 인간의 발명품 이상으로 보여요. 현실의 무엇을 반영하고, 더 깊은 수준에서 우리가 현실과 하나가 되고 현실을 경험하도록 돕는 것입니다.

번스타인   그러니까 당신의 말은 모든 것이 하나로 통한다는 말 같군요. 고대 그리스에서 말한 일자—者라는 개념이 바로 그겁니다. 모든 존재는 하나이고 우리는 그것의 일부라는 생각이죠. 당신이 말하고 있는 것을 단순화시키면 이렇습니다.

"바흐만큼 푸가를 경이롭게
써내려간 작곡가는 없습니다"

하비   맞습니다. 요전에 우리가 푸가에 대해 이야기했을 때 선생님이 푸가가 어떤 식으로 작동하는지 설명하면서 멋진 말들을 했었죠. 내게 푸가는 음악 형식을 통틀어 가장 통찰력이 번뜩이는 형식이자 우리의 삶과 현실이 펼쳐지는 방식을 제대로 보여주는 형식입니다.

번스타인   바흐만큼 푸가를 경이롭게 써내려간 작곡가는 없습니다. 음악학자들은 그가 푸가를 어떤 식으로 구성했는지 추정합니다. 바흐는 푸가에 사용할 모티브를 악보에 적으면서 모티브에서 푸가가 어떻게 전개될지 정확히 알았던 것 같아요. 얼마나 많은 성부를 더할 수 있는지, 다른 주제를 감당할 수 있는지, 대주제가 어떤 모습일지 알았을 겁니다. '주제subject'와 '대주제countersubject'는 푸가에서 서로 엮이는 짤막한 악구(선율)를 가리킵니다. 지금도 나는 『평균율클라비어곡집』 1권에 나오는 C#단조 푸가를 제대로 하지 못합니다. 세 개의 주제(세 개의 선율 라인)가 나오고 각자 별도로 등장합니다. 그런데 놀랍게도 등장하고 나서는 세 주제가 푸가 내내 동시에 모습을 보입니다. 그럴 때마다 수직적으로 완벽한 화성을 이루죠. 우리가 작곡할 때는 각각의 선율 라인의 수평적 흐름을 생각합니다. 선율이 여러 개 있으면 이것이 수직적으로 겹치는 곳에서 화성이 만들어집니다. 그러므로 선율들이 수직적으로 만나는 모든 대목에서 화성이 설득력 있게 들려야 해요. 이것은 미묘하고 복잡한 작업입니다. C#단조 푸가에서 세 개의 선율은 그 자체로 아름다우면서 기가 막힌 화성으로 만납니다. 가히 인간의 마음이 만들어낸 손꼽히는 걸작이라고 봅니다.

하비   마치 바흐가 만물의 창조의 수학적 희열을 옮겨 적고 있는 것처럼 들리네요.

번스타인   그가 하고 있는 것이 바로 그거예요. 정확하게 표현하셨어요.

하비   선생님 이야기로 돌아가볼까요. 음악을 접하게 된 과정이 궁금하군요. 음악에 대한 열정이 어떻게 일어났나요? 선생님이 갑자기 반응을 보인 음악 작품은 무엇이었죠?

번스타인   똑똑하게 기억합니다. 내가 세 살 때 부모님 손에 이끌려 에설 고모 집에 간 적이 있어요. 어른들이 대화를 나누는 동안 나는 방 안을 신나게 돌아다니다가 커다란 검은색 상자를 발견했습니다. 고모의 업라이트 피아노였죠. 그 위에 있는 검은색, 흰색 물체를 보고 도저히 참을 수 없어서 하나를 눌러보았습니다. "딩!" 하는 소리에 **이 놀라운 것은 뭐지?** 하고 생각했습니다. 이어 작고 우묵한 손가락으로 흰색, 검은색 건반들을 연달아 눌렀어요. 선율이 상자에서 흘러나오더군요. 바로 그 순간 그곳에서 이것이 내 운명이라는 것을 알았습니다.

하비   그 순간 알았군요.

번스타인	그때 안 겁니다. 겨우 세 살이었지만 똑똑하게 기억나요. 세 살부터 여섯 살 때까지 고모의 피아노를 가지고 놀았고, 주위에서 들리는 모든 음악을 진지하게 듣기 시작했습니다. 특히 학교에서 강당으로 행진할 때 한 선생이 연주했던 음악을 귀 담아 들었죠. 그러다가 여섯 살이 되었을 때 누가 나에게 자동피아노를 주었는데, 마치 그 순간 내 삶이 시작된 것만 같아요. 어머니가 피아노 선생을 어떻게 구했는지 알아요? 어느 날 우유를 배달하러 집에 온 로비 씨한테 어머니가 이렇게 물었답니다. "혹시 피아노 선생 아는 사람 있어요? 아들이 피아노를 배우고 싶어 해서요." "내 딸이 피아노를 가르칩니다." 배달원이 대답했습니다. 이렇게 나의 첫 번째 피아노 선생을 구했답니다. 이름이 리타 로비였는데 레슨 한 번에 50센트였죠. 그녀가 피아노 시범을 보이면 나는 감탄했어요. 그렇게 황홀한 것은 처음 들었으니까요. 그녀는 악보에 관한 기초들을 가르쳤고, 초보자용 책을 몇 권 빌려주었습니다. 첫 레슨이 끝나고 곧바로 나는 내가 악보를 보고 바로 연주할 수 있다는 것을 알았습니다.
하비	우아.
번스타인	나도 이해가 안 가지만 피아노를 치려고 애써 노력했던 기억이 없어요. 그냥 모든 것이 자연스럽게 와닿았죠. 악보를 보고 건반을 누르면 되었으니까요. 선생이 레슨 때마다 준 책

을 탐욕스럽게 읽었고, 모든 것을 한번 보면 외워서 연주했어요. 암보라는 것이 뭔지도 모르면서 말이죠. 토요일에 레슨이 있었는데 다섯 번째 레슨이었나 그녀가 유명한 곡조들을 편곡한 책을 내게 주었습니다. 다음 날 일요일, 나는 새 책이 너무 궁금해서 아침 일찍 일어나 피아노가 있는 아래층으로 살금살금 내려갔어요. 새 책을 아무 데나 폈더니 슈베르트라고 하는 사람이 쓴 〈세레나데〉라는 곡이 나왔습니다. 앤드루, 그 작품은 내게 **친숙했어요.** 순간 내 속의 뭔가가 깨어났고 내가 그것을 바로 알아보았다니까요. 너무 감격스러워서 나도 모르게 눈물이 나왔습니다. 부모님과 누이들은 2층에서 자고 있었는데, 피아노 소리에 갑자기 잠이 깬 어머니가 서둘러 아래층으로 내려와 울고 있는 나를 발견했죠.

"왜 울고 있니?"

"오 엄마, 이렇게 아름다운 음악은 처음이에요. 나는 이 곡을 알아요."

당신은 이것을 어떻게 설명하겠어요? 무슨 말을 할지 대충 짐작이 가요. 아마도 전생 같은 것이라고 말하겠죠.

하비   아, 그래요. 나는 환생을 믿으니까요. 나는 우리가 여러 생을 살면서 솜씨를 익히고 실력을 쌓는다고 믿어요. 선생님도 음악가로서 여러 생을 살았을 겁니다. 이 생애에서 선생님은 그 모든 것을 하나로 통합하고 여태까지 자신이 배운 것의 정수를 사람들에게 나눠 줍니다. 영화도 이 책도 그런 과정의 일부죠.

번스타인 심리학자 융이 우리는 모든 문명을, 동물까지 포함해서 다 물려받은 존재라고 생각했다죠. 나는 그것도 환생의 일종이라고 봅니다. 유전적 환생이죠. 어쨌든 그 경험은 내게 기적처럼 여겨졌습니다. 내 음악 모험은 그 순간부터 지금까지 계속되고 있습니다.

하비 위대한 작곡가들에 대해서 어떻게 생각하는지 묻고 싶습니다. 슈만, 모차르트, 바흐를 처음 접했던 순간을 기억하세요? 선생님의 음악 취향은 어떻게 발전했나요? 어렸을 때 특히 중요하게 다가온 작곡가는 누구였습니까?

번스타인 솔직하게 말해야겠죠. 내가 만난 모든 작곡가들이 하나같이 깊은 감동을 주었고 최고의 친구가 되어주었습니다. 다 좋아한다고 하면 문란한 사람으로 생각할지도 모르겠군요. 그러나 나는 차이를 둬서 "이 사람이 더 좋아요" 하고 말하지 못하겠어요. 모두가 참신했고 모두가 발견이었으니까요. 다양한 사람들을 만나는 것과 그렇게 다르지 않습니다. 누구든지 서로 다른 사람에게서 매력을 느끼고 다 좋아하잖아요. 특별히 슈베르트보다 바흐가 더 좋다거나 슈만보다 슈베르트가 더 끌린다고 말할 수 없습니다. 저마다 특색이 있고 세상에 남긴 메시지가 있어서 모두 다 좋아해요. 스트라빈스키의 몇 곡을 좋아합니다. 그러나 대체로 무조음악은 질색이고요.

하비 그렇다면 선생님이 좋아하는 저 사람들의 특색과 메시지가 어떤 건지 설명해주실 수 있겠죠. 선생님의 친구들을 소개해 주세요. 바흐, 슈베르트, 슈만 씨의 어떤 점을 사랑합니까?

번스타인　내가 사랑하는 모든 음악에는 아름다운 주제가 있습니다. 내 사랑은 거기서 시작했죠. 바흐의 2성 인벤션을 처음 접하고 도입부 모티브를 들었을 때를 결코 잊지 못합니다. 그가 무엇을 하는지 바로 알아차렸어요. 바흐는 첫 모티브를 이루는 연속적인 음들을 바탕으로 작품 전체를 만들고 있었어요. 믿기지 않더군요. 모티브가 작품 전체를 관통하는 방식이 어찌나 감동적이고 놀랍던지. 모티브가 돌아올 때마다 각기 다른 느낌으로 다가왔어요. 그래서 나는 구조의 경험과 감정의 경험을 따로 분리할 수 없습니다. 감정과 솜씨는 하나로 엮이니까요.

나는 음악의 몇몇 구조적 요소들이 불러일으키는 감정을 경험하고 한참 뒤에야 그것이 무엇인지 배웠습니다. 대표적인 예로 종지終止가 있는데 몇몇 종지는 내가 말 그대로 입을 떡 하니 벌리고 감탄하게 만들었죠. 그런 종지의 마지막 화음을 나는 본능적으로 살짝 뒤로 늦추고 항상 여리게 연주했습니다. 일곱 살 때 그런 종지를 위종지僞終止 거짓마침. deceptive cadence라고 부른다고 배웠어요. 음계의 첫 음을 바탕으로 하는 1도 화음이 아니라 여섯째 음 위로 쌓은 화음으로 끝나 곡이 완전히 마무리되지 않았다는 느낌을 주거든요. 귀는 1도 화음으로 끝나기를 원하니까요. 만약 내가 위종지를 경험하기 전에 누군가가 이것을 내게 설명하려 했다면 나는 전혀 이해하지 못했을 겁니다. 그래서 나는 학생들이 음악 구조에 내

재된 감정을 경험하기도 전에 분석부터 가르치는 교육이 영 못마땅합니다.

*"일단은 모두가 노래를 해야 해요.
그런 다음 리듬에 맞춰 몸을 움직이며 춤을 춥니다"*

하비　　선생님이 이상적으로 생각하는 음악교육은 어떤 건가요? 본
　　　　인이라면 학교에서 음악을 어떤 식으로 가르치겠어요?

번스타인　일단은 모두가 노래를 해야 해요. 그런 다음 리듬에 맞춰 몸
　　　　을 움직이며 춤을 춥니다. 리듬과 선율이 이런 식으로 하나가
　　　　되는 겁니다. 그리고 이제 피아노 앞으로 가서 소리의 드라마
　　　　를 만들어요. 내가 어렸을 때 한 것처럼 말입니다. 폭풍이 온
　　　　다고 칩시다. 저음을 쾅쾅 내리치다가 번개가 치면 고음에서
　　　　비명을 지르고 건반을 미끄러지고 온갖 장식음을 곁들입니
　　　　다. 이제 해가 모습을 비추고 모든 것이 차분하고 조용해집니
　　　　다. 나는 항상 피아노로 이런 소리의 드라마를 만들며 놀았어
　　　　요. 이것이 즉흥연주입니다.

　　　　여기서 베토벤 이야기를 하자면, 그의 아버지는 술에 취해서
　　　　아들이 피아노 연습을 잘하고 있는지 감시했어요. 어린 루트
　　　　비히가 열 살 정도 되었을 때 그는 연습을 잠시 미루고 내가
　　　　한 것처럼 소리의 드라마를 지어내기 시작했습니다. 그러면
　　　　아파트 저쪽에서 이런 목소리가 들렸죠. "루트비히, 헛짓하지
　　　　말고 연습이나 해라. 그런 건 나중에 나이가 들면 실컷 할 수

있어. 우선은 음을 읽는 법부터 열심히 배워."

하비   그러니까 즉석에서 소리를 만들라고 하면서 음악의 뿌리를 발견하도록, 그리고 우리 모두에게 잠재되어 있는 작곡가 자질을 발견하도록 유도하는 것이군요.

번스타인   정확한 지적이에요. 이론을 체계화하는 것은 사실이 있고 나서의 일입니다. 우선은 자발적으로 마음에서 우러나서 해야죠.

하비   누군가에게 음악의 마술을 소개해야 한다면 어떻게 하시겠어요?

번스타인   제 경험담인데 캘리포니아에 있을 때 내 수업을 듣던 학생 중에 캘리포니아에서 상이라는 상은 다 수상한 뛰어난 여학생이 있었어요. 그녀는 베토벤의 소나타 op.109를 연주하기로 했습니다. 그녀에게 내가 물었어요. "op.109를 이해하려면 어떻게 해야겠니?"
"우선은 베토벤이 이 곡을 썼을 당시에 일어났던 일들에 대해 찾을 수 있는 모든 것을 다 알아내야겠죠."
"어떤 종류의 일을 말하는 거지?"
"오, 제가 알고 싶은 것은 사회와 관련된 모든 것들이에요. 그리고 정치적인 것들도요. 이 모든 것이 베토벤이 이 곡을 작곡하는 과정에 영향을 미쳤다고 생각하니까요." 나는 그녀에게 이렇게 말했습니다. "단언하건대 네가 이런 분야에서 조사해서 얻은 어떤 지식도 네가 op.109의 첫 두 음을 어떻게 연주해야 할지 가르쳐주지 않을 거다." "정말로요?"

"정말이고말고. 일단은 네가 작품을 알고 음악적 기초, 다른 어떤 기초도 아닌 음악적 기초 위에서 곡을 연구한 뒤에야 이런 사실들이 흥미를 더할 수 있어."

나는 그녀에게 지적 세계를 중립에 두고 아무 선입견 없이 op.109를 시작하라고 권했어요. 그런 다음 그녀 안의 다양한 반응에 귀 기울일 것을 청했습니다. 마침내 음악이 그녀에게 하고 싶은 것을 정확히 말해주었어요.

그녀에게 작곡가 알렉산드르 체레프닌의 이야기를 해주었습니다. 나는 그의 3중주를 연주한 적이 있어서 그와 친분이 있어요. 그는 내가 자신의 3중주를 연주했다는 사실을 결코 넘겨버리지 않았던 겁니다. 당시 그는 한 음악대학의 이론과 과장이었습니다. 그의 작품이 CD로 발매되어 나는 그와 부인과 내 학생들 모두를 우리 집으로 초대하여 음악을 듣는 시간을 마련했습니다. 어느 순간 체레프닌이 피아노로 갔고 다들 이야기를 멈추었어요. 한 학생이 그에게 질문을 해서 그가 시범을 보여주려 했던 모양입니다. 그는 아주 기본적인 여덟 개 화음을 특정한 순서로 쳤습니다. 그러고는 우리를 향해 돌아서서 이렇게 목소리를 높였어요. "방금 나는 모차르트의 교향곡 〈주피터〉를 여덟 개 화음으로 환원했습니다. 이런 화음들을 전부 안다고 해서 〈주피터〉에 한층 가까워지는 것은 아닙니다." 이렇듯 사실이 있고 나서 분석이 뒤따르는 것입니다. 분석은 당신을 음악의 핵심으로 데려가지 않아요.

하비   맞습니다. 지나치게 서둘러 분석부터 하면 음악이 안겨주는 경험을 만끽하는 데 도리어 방해가 됩니다.

번스타인   바로 그겁니다.

하비   이것이 오늘날 음악교육의 위험 가운데 하나란 말이죠?

번스타인   가장 큰 위험이죠.

하비   선생님의 말을 들으니 제가 음악의 열정에 처음으로 눈떴을 때가 생각나는군요. 내게 음악의 아름다움을 가르쳐준 것은 분석이나 음악에 대한 이런저런 말이 아니라 외할머니였어요. 콘서트 피아니스트셨는데 외할머니와 함께 살 때 아침 일찍 피아노를 치셨죠. 아침에 일어나 외할머니가 연주하는 쇼팽과 브람스를 들었어요. 옆에 앉아서 외할머니가 풍부하고 격정적인 감정을 피아노에 쏟아붓는 것을 보았죠. 말로 표현할 수 없는 음악의 힘이 전달되었고, 그것이 내 삶을 바꿔놓았습니다. 그것을 보며 콘서트 피아니스트가 되고 싶다고 생각하게 되었으니까요. 일곱 살부터 열네 살 때까지 여러 명의 선생 밑에서 피아노를 배웠는데, 내가 호로비츠 같은 피아니스트가 될 수 없다는 것을 깨달았습니다. 그 무렵 시와 소설의 매력을 발견해서 나는 셰익스피어나 디킨스로 목표를 바꾸었습니다. 음악이 일깨운 열정을 형편없는 소네트를 쓰는 데 바쳤고, 열네 살 때는 다섯 시간짜리 첫 번째 교향곡이 초

연되는 동안 자살하는 미치광이 작곡가가 주인공으로 나오
는 정말 끔찍한 소설을 쓰기도 했습니다. 또 열세 살 무렵부
터는 다양한 형식의 음악 작곡에 갈수록 푹 빠졌죠. 호로비츠
가 아니면 모차르트가 될 수도 있다는 생각에서 말이죠. 당시
내 마음을 가장 매료시킨 것은 소나타 형식이었습니다. 소나
타 형식에 대해 내가 찾을 수 있는 모든 것을 읽고 또 읽었어
요. 그러나 어린 시절 외할머니의 연주에서 받은 감동이 없었
다면 이런 것들은 아무 의미가 없었을 겁니다.

번스타인   소나타 형식을 배운 것이 음악을 즐기는 데 도움이 되었나
          요?

하비   도움이 되었죠. 덕분에 음악이 대단히 질서정연한 예술인 동
          시에 대단히 자유분방한 예술임을 깨닫게 되었으니까요. 작
          곡이라는 것이 심오한 기획임을 이해하는 계기도 되었어요.
          그래서 나는 음악교육에서 가장 중요한 첫째 사항은 사람들
          이 음악의 힘을 풍부하게 경험하도록 조건을 만들어주는 것
          이라고 생각합니다. 그러면 왜 이토록 음악의 힘에 매료되는
          지 이해하고 싶다는 욕구가 사람들에게 생겨나고, 보다 지적
          인 분석에도 차츰 관심을 가질 수 있겠죠. 그러나 이런 분석
          은 항상 음악적 표현성의 깊이를 깨닫는 데 봉사합니다.

번스타인   두 가지 특별했던 경험이 생각나네요. 하나는 뉴욕의 한 영재
          학교와 관련되는데요, 러시아 피아니스트가 교장이었고 다른

러시아 선생들이 그곳에서 가르쳤습니다. 아들을 그 학교에 보낸 부모를 내 제자가 알고 있었어요. 어느 날 어머니가 아들을 제자에게 데리고 와서 연주를 시켰는데 들어보니 해석이 빈약하더랍니다. 그래서 그는 아이가 표현적으로 연주하도록 도와주었어요. 다음 레슨 때 어머니가 아들과 내 제자가 어떤 식으로 연습했는지 말했고, 러시아 선생은 이렇게 대답했다고 합니다. "우리 방침은 이렇습니다. 무엇보다 학생들이 음표 하나하나를 정확하게 적절한 운지법과 테크닉으로 연주하도록 하는 것이 우선입니다. 그런 뒤에야 우리가 거기에 해석을 입힙니다." 이 말을 듣고 나는 기겁했습니다.

하비   끔찍하군요. 두 번째 이야기는 뭐죠?

번스타인   나와 특별히 가까운 사이여서 이름을 밝힐 수는 없는데, 아무튼 이 사람은 현존하는 최고의 음악 천재로 꼽히는 인물 가운데 하나입니다. 업스테이트 뉴욕의 유명한 학교에서 가르쳤고, 나는 두 명의 제자를 그 학교로 보냈습니다. 어느 날 그가 '화성 분석을 통해 음악 해석에 이르는 법'이라는 주제로 강의를 하다가 도중에 이런 말을 했답니다. "열두 살 때까지 테크닉이 완성되어 있지 않으면 피아니스트로 살아가는 것은 생각도 말게."

그 학교에 등록해서 음악을 하며 살아가려 했던 두 제자가 레슨을 마치고 와서는 내게 이렇게 말했습니다. "연습을 계속하는 것이 무슨 소용이 있죠? 열두 살에 테크닉을 완성하지 못

했으니 나는 음악 경력은 꿈도 꾸지 못하겠네요." 제자들은
그가 하는 말을 믿었던 겁니다. 하긴 워낙 유명한 인물이었으
니까요. 나는 그들의 자신감을 되찾아주느라 진땀을 흘렸습
니다.

하비   음악을 경험하고 연습할 때 마음의 느낌을 우선시하도록 돌
려놓고 싶으신 것이죠.

번스타인   그렇고말고요.

하비   그래서 사람들이 선생님의 연주와 존재에 그토록 열렬히 호
응하는 것입니다. 그러나 이것은 많은 점에서 옛날식 접근법
이라는 것을 선생님도 틀림없이 알 겁니다. 전통 깊은 곳에서
유래한 접근법으로, 오늘날의 빈곤하고 유리된 지적인 접근
방식과는 맞지 않습니다.

번스타인   왜 그런 접근법이 과거의 것이라고 생각해요? 과거는 지금보
다 훨씬 나빴어요.

하비   그런가요?

번스타인   끔찍했고 테크닉 관점에서 잘못되기도 했죠. 재능 있는 아이
들의 손가락 하나하나를 자유롭게 놀리도록 하려고 사람들이
무슨 짓을 했는지 압니까? 손가락 사이의 살을 실제로 찢기

까지 했어요. 그 결과 많은 아이들의 손이 망가졌죠.

슈만이 자신의 손에 무슨 짓을 했는지 알아요? 그는 넷째 손가락의 힘을 키우려고 했어요. 그런데 넷째 손가락은 셋째 손가락과 새끼손가락 인대가 그 위로 겹쳐서 자라요. 그러니까 해부적으로 영원히 갇힌 몸이에요. 결코 자유롭게 놀릴 수 없어요. 결국 넷째 손가락의 힘을 키우려면 손목 회전을 활용하는 법을 배워야 해요. 이런 해부적 사실을 몰랐던 슈만은 넷째 손가락에 끈을 묶었어요. 이것을 도르래에 연결해서 무거운 추를 반대편에 매달고 손가락을 강제로 아래로 끌어당기다가 손을 다쳤죠. 그래서 그는 자신이 원했던 멋진 피아니스트의 꿈을 접어야 했습니다.

이렇듯 초창기에는 지금보다 훨씬 나빴어요. 분석으로 시작했고, 손목과 팔 동작 없이 손가락만 놀리는 식으로 연습했어요. 꽤나 야만적이었죠. 재능 있는 많은 이들이 어떻게 이것을 견뎌냈는지 모르겠습니다. 그러다가 쇼팽이 앞장서 모두를 자유롭게 했습니다. 그의 연주에 대한 여러 설명들과 제자들의 증언으로 보건대, 쇼팽은 아래팔과 손목의 회전을 활용한 최초의 피아니스트였습니다.

하비   제 말뜻은 이런 거였어요. 20세기 초에 피아니스트들이 연주한 쇼팽, 브람스, 베토벤을 들으면, 적어도 음반으로는 연주가 담아내는 폭이 무척 넓고 감정이 풍부하다는 것을 느낄 수 있습니다. 그들이 대작곡가들의 제자들한테서 배웠기 때문이죠. 강렬한 감정과 표현을 담아 음악의 영광을 드러내는 이런 전통은 사라질 위험에 있고, 그래서 선생님이 보존하려고 하는 겁니다. 선생님의 존재의 핵심이자 영혼이니까요. 지금 우리는 감정의 장대함에 가치를 두지 않는 대단히 척박한 문화에 살고 있습니다.

번스타인 그 점은 내가 확인해줄 수 있습니다. 줄리아드에서 공부한 한 아이가 생각나는군요. 내가 그 아이를 봐준다는 것을 아이의 선생도 알고는 허락했습니다. 레슨 때 내가 쇼팽의 야상곡에서 뉘앙스를 어떻게 표현하는지 시범으로 보여주었어요. 왼손이 오른손보다 살짝 먼저 들어가는 대목인데, 아이는 그렇게 하려고 애썼지만 못하더군요. 문득 머릿속에 스치는 것이 있어서 아이한테 물어봤습니다. "사실대로 말해주렴. 혹시 그렇게 치는 게 당혹스럽니?" "네, 맞아요."

하비 표현을 드러내는 것이 아이한테는 당혹스러운 일이었군요.

번스타인 네.

하비 선생님이 주류의 음악학교를 그렇게 적대시하는 이유 중 하나죠.

번스타인 그래요. 연주에서 가장 아름다운 많은 뉘앙스들을 젊은이들이 당혹스러워해요. 자신의 내밀한 세계, 마음속 가장 깊숙한 곳을 드러내고 싶지 않은 겁니다. 그들은 이것을 세련되지 못하게 마구잡이로 분출하는 것이라고 생각합니다. 어떤 제자는 뉘앙스를 살려 연주하는 것을 청중 앞에 벌거벗고 나서는 것에 비교하기도 했습니다.

"직접 소리로 시범을 보여
그들의 감수성을 일깨우는 겁니다"

하비   교사로서 선생님은 어떻게 젊은 친구들이 용기를 내어 자신의 마음속 움직임을 표출하게 합니까?

번스타인   내가 연주자가 아니고 지금까지 계속해서 음악을 연구하지 않았다면, 음악의 진정한 영혼을 제자들에게 결코 보여주지 못했을 겁니다. 방법은 하나예요. 직접 소리로 시범을 보여 그들의 감수성을 일깨우는 겁니다. 성공할 때도 있지만, 앞서 말한 아이처럼 이것을 이해시키지 못할 때도 있습니다. 그 아이는 극단적일 정도로 자기표현에 서투른 아이가 아니었을까 싶습니다. 정상급 경력을 이어가면서도 연주로 감동을 주지 못하는 피아니스트들과 악기 연주자들이 많습니다. 기교적으로 놀랍지만 마음을 움직이지 못하죠. 요약하자면 신동에도 다양한 종류가 있어요. 천부적인 귀가 있어서 한 번 듣고 곡을 터득하는 사람, 테크닉이 뛰어난 사람, 암기력이 탁월한 사람. 그리고 해석에 강점을 보이는 사람들도 있죠. 음악가가 이 모든 능력을 조화롭게 갖추고 있을 때 비로소 진정한 천재라고 할 수 있습니다. 이런 사람은 한 세대에 손꼽을 정도로 드물어요.

하비 세계 정상급 음악가들 중에 기교는 탁월하지만 진심을 담지 않고 연주하는 사람들이 의외로 상당히 많군요.

번스타인 아쉽지만 사실입니다. 진정한 예술가는 모든 것을 다 해야 합니다.

하비 제자들이 선생님이 젊음을 유지하는 비결이라고 하셨죠. 여든여덟의 나이에도 전보다 더 열심히 가르치는데, 이것이 선생님이 우리 모두에게 전하려는 메시지가 아닐까 생각합니다. 절대 일을 멈추지 말고, 자신의 재능을 끊임없이 쏟아내고, 자신의 지혜를 남김없이 퍼주어라. 그래야 열정적이고 젊고 활기찬 삶을 이어갈 수 있다.

번스타인 물론입니다. 뇌를 활성화하는 것은 중요해요.

하비 뇌뿐만이 아니죠. 계속해서 사랑하고 사랑을 쏟아내야 하는 것은 마음이니까요.

번스타인 뇌가 우리 몸의 나머지에 메시지를 보낸다고 알고 있어요. 감정은 이 모두와 연결되어 있고요. 사랑과 공감이 어디서 나오는지 확실히는 모릅니다. 그런데 사랑과 공감이 일으키는 효과를 몸으로 느끼고 그것을 다른 사람들에게 나눠줄 수 있으면 어디서 나오든 그게 뭐 중요하겠습니까. 뇌와 감정의 세계는 훈련시키지 않으면 위축되기 시작해요. 그러면 세상에 기여하지 못하고 일찍 죽는 것과 다를 바 없어요. 나는 세상에 기여하고 싶습니다. 많은 면에서 이제 막 시작이라고 느낍니다.

하비　여든여덟에 이제 시작이라고요?

번스타인　그래요. 많은 면에서 내가 공부하고 가르치고 생각하면서 갑자기 알게 된 작은 비밀들이 있다는 생각이 들어요. 여든여섯 살에 갑자기 내 인생으로 들어온 다큐멘터리 작업을 생각해봐요. 거기서 내가 전하려는 메시지는 뉴저지의 마스터 클래스에서 가르치던 것과는 달라요. 게다가 전 세계가 대상이죠. 사소하게 넘길 일이 아닙니다. 그저 놀라울 따름입니다.

"내 모든 제자들이 베토벤과 연결되어 있는데,
어떻게 연결돼 있는지 아십니까?"

하비　앞선 대화에서 클래식 음악에 대한 진정한 관심이 사라졌다, 최고로 위대한 음악 예술을 통해 영혼과 마음을 솔직하게 나누는 것이 위험에 처했다는 이야기를 나누었던 기억이 납니다. 이런 전통을 계속 이어가는 것이 선생님의 가장 큰 열정이겠죠. 위대한 클래식 전통은 감정들의 진실과 깊이를 전하고, 이것은 기꺼이 봉사하려는 사람들이 없다면 사라지고 말 테니까요.

번스타인   이런 진실을 위해 애쓰는 사람들이 많고, 나도 그 가운데 한 명이고 싶습니다. 그리고 가르침을 통해 내 제자들이 전통을 계속 이어가리라 생각합니다. 내 모든 제자들이 베토벤과 연결되어 있는데, 어떻게 연결돼 있는지 아십니까?

하비   아니요, 모릅니다.

번스타인   내가 그들에게 말해주면 다들 경외감에 사로잡힙니다. 허투루 넘길 수 없는 일이니까요. 내가 새로 가르치는 제자가 베토벤의 소나타를 배우고 있다면 이렇게 말합니다. "네가 베토벤과 연결된다는 것을 알고 있니?" 제자는 어리둥절해서는 내가 농담하는 줄 압니다. 그러면 이렇게 계속 설명합니다. "나는 알렉산드르 브라일로프스키의 유일한 제자였지. 클라라 후설한테도 배웠는데, 두 사람 모두 레셰티츠키의 제자였어. 레셰티츠키는 체르니의 제자였고, 체르니는 베토벤의 제자였어. 그러니 베토벤은 너의 고조부 하고도 아버지가 되는 셈이지. 그렇다고 그저 이름만으로 베토벤과 연결되었다고 생각해서는 안 돼. 전통은 교습을 통해 대물림되는 것이니까. 그래서 나는 베토벤이 체르니에게 무엇을 말했는지 알아. 체르니가 그것을 적어 레셰티츠키에게 물려주지 않았다면 베토벤에 대한 몇 가지 것들을 우리가 결코 몰랐을 거야. 이것이 브라일로프스키를 통해 나에게, 그리고 이제 너에게로 전달되는 거란다. 전통은 이런 식으로 돌아가지." 내 제자는 자신이 일부가 된 전통을 알고는 깊이 감동합니다.

하비   전통은 가까운 관계가 연쇄적으로 연결된 것이군요.

번스타인   그렇죠. 예를 들어 늘임표fermata라고 하는 기호가 있는데, 음
표나 화음을 악보에 기록된 것보다 더 길게 연주하라는 뜻이
죠. 베토벤은 체르니에게 이렇게 말했습니다. "내가 악보에
늘임표를 적은 곳에서는 항상 그 앞에서 살짝 느려지게 연주
해. 급하게 멈추지 말고." 이 같은 지시는 베토벤뿐만 아니라
모든 음악에 다 적용됩니다.

하비   교사로서 선생님이 누군가의 재능을 격려할 때, 그 사람의 주
관적인 재능을 치켜세우고 싶지만 전통이 엄격하게 지켜야
할 비개인적 규칙들임을 주지시키는 것도 필요한데, 이 둘을
조화시키기가 대단히 어렵겠어요.

번스타인   물론입니다.

하비   어떻게 아슬아슬하게 조화시키죠?

번스타인   아슬아슬하지 않아요. 이것도 가르치는 일의 일부죠. 나는 제
자들에게 작곡가가 셈여림이나 템포 변화를 표시한 것을 무
시하면 잘못된 음을 연주하는 것과 같다고 말합니다. 가령 베
토벤이 테누토tenuto라고 표시하여 템포를 충분히 붙들고 있
으라고 했는데 그렇게 하지 않으면 음을 틀리게 연주한 것과
마찬가지예요. 이것은 죄를 짓는 거예요. 나는 이것을 확실히

인식시켜 양심의 가책을 느끼게 합니다.

하비   저에게 시를 가르친 W. H. 오든은 세 가지 종류의 시인이 있
          다고 했어요.

번스타인   W. H. 오든과 같이 공부했군요?

하비   네, 멋진 경험이었어요. 그는 내 시를 마치 예이츠나 릴케를
          읽듯 예의를 갖춰 읽고 또 읽었고, 그런 다음 시에서 거의 모
          든 것을 지워 때로는 반 줄만 남겨놓기도 했습니다. 그는 슬
          프고 금욕적인 지혜와 친절함을 보였어요. 상실과 고독을 잔
          혹하게 경험한 사람의 성품 같더군요. 오든은 시인에 세 가
          지 종류가 있다고 말했습니다. 뛰어난 시인, 진정한 시인, 위
          대한 시인. 뛰어난 시인은 많으며 어느 정도의 지성이 있으면
          누구든지 이렇게 되는 법을 배울 수 있다고 했습니다. 진정한
          시인이 되려면 상당한 용기와 존재의 강렬함이 필요합니다.
          그러나 이 단계에서 위대한 시인으로 올라서는 것은 무척 어
          렵습니다. 신비로운 내면의 특징에 달려 있고, 이것은 가르치
          고 흉내 낼 수 있는 것이 아니기 때문이죠.

번스타인   모든 분야의 종사자들에 대해서도 똑같은 말을 할 수 있겠네
          요.

하비   지금에야 하는 말이지만 제가 정말로 묻고 싶었던 질문이 있

는데요. 바흐를 제대로 연주하고 싶다면 누구의 연주를 들어야 할까요? 쇼팽을 연주할 생각이라면 누구를 들으라고 추천해주시겠어요?

번스타인   내가 하는 대답을 좋아하지 않을걸요. 당신은 이런 작곡가들을 경험하고 싶은 모양이네요, 그렇죠?

하비   그렇습니다.

번스타인   그러니까 당신이 피아니스트의 연주를 들으려는 것은 관심 있는 작곡가들의 음악을 이해하려는 목적인 것이죠. 안 그런가요?

하비   바로 그겁니다.

번스타인   내 말 들어요, 앤드루. 음반은 듣지 말아요. 내가 하려는 말은 당신이 악보를 읽을 줄 안다고 가정하고 하는 말입니다. 초견 연주는 음악을 익히는 가장 중요한 기술입니다. 먼저 이해하고 싶은 작품을 골라요. 음악에 마음을 활짝 열어요. 자신이 카메라의 필름이라고 생각해요. 어떤 선입견도 갖지 마요. 음악 소리가 당신의 귀에 떨어져서 오로지 당신에게 속하는 감정적 반응을 끌어내도록 해요. 빛이 카메라 필름에 떨어지듯 말입니다. 그러면 작곡가의 메시지가 당신에게 와닿을 겁니다. 다른 사람의 연주를 들어서는 이것을 절대로 알 수 없어요. 괜히 다른 사람의 반응을 똑같이 따라 하려고만 할 겁니다. 완성된 연주를 들으면 다른 위험도 있는데 좌절하게 될 수 있어요. "내가 언제 배워서 이런 수준으로 연주하겠어?" 하면서 포기하죠. 내 말 믿어요, 앤드루. 다 경험에서 하는 말이니까.

"자신만의 결론을 얻어야 해요.
음악의 마술적 언어가 자신을 감동시켜서
눈물로 범벅이 되도록"

하비   그 말 마음에 드네요.

번스타인 나는 다른 사람의 연주를 전혀 듣지 않습니다. 애초에 음반을 구입해본 적도 없어요. 물론 내 친구들과 동료들은 이런저런 CD를 구입하죠. 지금은 유튜브도 있고요. 그래서 내 제자가 어떤 곡을 공부해야 하면, 유튜브로 스무 개의 연주를 듣고 이들이 모두 권위자라고 생각해서 자신이 들은 것을 따라 하려고 합니다.
그렇게 연습해서 내 앞에서 곡을 치면 나는 그들에게 보여줍니다. "여기서 어떻게 했지? 악보에는 반대로 적혀 있는데."
"아, 그거요. 폴리니가 그렇게 치는 것을 들었어요." 마치 폴리니가 모든 해석의 권위자라도 되는 것처럼 말하죠. 이렇게 해서 대단히 왜곡된 관념이 생겨납니다. 그래서 내가 다른 사람의 연주를 듣지 말라는 겁니다.

자신만의 결론을 얻어야 해요. 음악의 마술적 언어가 자신을 감동시켜서 눈물로 범벅이 되도록. 그러면 음악이 이런 것이로구나 하고 깨닫게 됩니다. 자신의 결론을 끌어냈다면 이제 여러분을 올바른 방향으로 인도해줄 멘토가 필요합니다. 좋은 멘토는 당신 안에 있는 것을 끌어내거나 당신 안에 없는 것을 그럴듯하게 꾸미도록 도와줄 겁니다. 최선을 다해 곡을 익혔다고 당당히 말할 수 있다면, 그런 다음에는 다른 피아니스트가 곡을 어떻게 해석했는지 들어도 좋아요. 그게 순서입니다.

뉴저지 포트딕스에서 훈련받을 당시의 모습

음악과 그림자

"당신은 항상 내가 일하는 모습을 보지만,
나한테는 충분하지 않습니다.
지금보다 더 많이 하고 싶어요"

하비   이 대화를 마무리하기 전에 시모어 선생님에게 꼭 묻고 싶
은 질문이 있는데요. 스스로의 모습을 돌아볼 때 선생님의 그
림자는 무엇이라고 생각합니까? 자신의 부정적인 특성, 어쩔
수 없이 껴안고 가는 것은 무엇입니까?

번스타인   그런 걸 그림자라고 부르는군요.

하비   네, 그림자.

번스타인   게으름이네요.

하비   게으름이라고요?

번스타인   맞아요. 나는 더 많은 것을 할 수 있을 것 같거든요. 충분히 오래 일하지 않아요. 내가 많은 시간을 일한다는 것을 알고, 당신은 항상 내가 일하는 모습을 보지만, 나한테는 충분하지 않습니다. 지금 내가 하는 것보다 더 많이 하고 싶어요. 다른 그림자는 내가 과체중인 것이 마음에 들지 않는다는 점이네요. 어떻게 고칠지 방법도 알지만, 냉동고가 있는 이곳 메인 주에서 황홀한 아이스크림선디를 과감히 포기하지 못하겠어요. 뉴욕에서는 냉동고가 없어서 선디를 먹지 못하지만, 메인에서는 거의 매일 밤 선디를 만들어 먹는답니다. 죄책감을 느끼면서도 어쩔 수 없어요. 이런 게 그림자죠? 그것만 빼면 나는 상당히 괜찮은 사람인데 말이죠. 절제력 있고 정리정돈 잘하고, 사람들을 사랑하고 기꺼이 도우려고 하죠.

정리정돈에 대해 말하자면, 나는 환경을 혼란스럽게 방치하는 사람들을 경계합니다. 뒤죽박죽 어지러운 곳을 지나면 우리의 눈이 혼돈을 포착하고 정신에 혼란스러운 신호를 보내는 것이 확연히 느껴집니다. 그러니까 혼돈이 우리의 존재에 인식되고 영향을 미친다는 겁니다. 그래서 나는 아침마다 침대를 꼼꼼하게 정리하고, 처리해야 할 일, 예컨대 공과금 납부 같은 것이 있으면 그때그때 바로 처리합니다. 더러운 접시를 싱크대에 두는 일은 절대로 없죠.

하비   저도 그렇다면 얼마나 좋을까요. 저는 절제력은 있지만 천성적으로 깔끔하지 못해요. 매년 새해가 되면 달라져야겠다고 다짐하지만 늘 실패하죠. 이제 한 가지 질문을 하려 합니다.

많은 철학자들이 깊이 있게 성찰하는 주제이자 몇몇 작가들이 열정적으로 파고든 주제, 바로 음악의 그림자입니다. 예전에 우리 토마스 만의 소설 『파우스트 박사』에 대해 이야기한 것 기억하죠? 그 소설에서 토마스 만은 음악이 진리에서 눈을 돌리는 오락거리가 되고, 삶의 피곤한 요구들과 연민과 정의구현의 열정을 위해 행동해야 하는 도전에서 벗어나는 유혹이 될 수 있다며 우리에게 이런 가능성을 즐기라고 권합니다. 플라톤은 마지막 저술 『법률』에서 음악을 금지했어요. 키르케고르는 예술 전반이 실제적인 행동, 윤리, 책임감을 은폐할 수 있는 일종의 심미주의를 조장한다며 공격했죠. 스스로의 음악에 대한 열정을 생각할 때, 선생님은 삶을 회피하려고 음악을 사용한다고 느끼나요? 선생님에게 음악은 가끔 그 밑에 숨어서 세상의 고통과 절망으로부터 눈을 돌리는 것인가요?

번스타인   당신이 말하는 것을 나도 생각한 적이 있어요. 대답에 앞서 내가 세 살 때 고모의 피아노 건반을 눌렀던 이야기를 다시 하고 싶군요. 그 순간 즉시 이것이 내 운명임을 알았습니다. 그 문제에 대해 철학이니 뭐니 하는 것은 전혀 모르는 상태였죠. 그것은 진정한 경험이었습니다. 그러나 내가 음악에 매혹되고 아버지와 갈등을 겪고 그의 학대를 겪으면서, 어쩌면 내가 아버지로부터 벗어나려고 그렇게 음악에 더 매달렸던 것일 수도 있겠다는 생각을 최근에 했습니다. 그가 전혀 아는 바가 없고 나를 간섭하지도 해치지도 못하는 분야에서 나는 안전했으니까요. 반대의 경우도 생각해봤어요. 만약 아버지가 나를 제대로 보살펴주는 멋진 아버지였다면 그래도 내가 음악에 그렇게 열의를 보였을까? 으음, 대답하기 어려운 문제네요.

하비   그래도 선생님은 열의를 보였을 것 같아요. 그건 그렇고 선생님이 음악을 약물처럼 사용했다고 느낀 적이 있나요? 세상에서 벌어지는 고통을 느끼지 않으려고, 끔찍한 부당함에 맞서 그것을 바꾸려는 노력을 피하려고 음악에 몰입했다고 생각해요? 위대한 예술의 아름다움이 행동에 자극을 주기보다 진정제로 전락할 수도 있는 위험은 없을까요?

번스타인   나는 음악을 결코 진정제로 사용한 적이 없습니다. 그러나 힘들고 특히 목숨이 위태로운 상황에서 음악이 여러 차례 구원자 역할을 했다는 것을 말씀드리고 싶습니다. 대표적인 예로 군대가 생각나네요.

하비   그 이야기를 듣고 싶군요. 선생님은 전쟁이라고 하는 광기와 고통과 공포로 얼룩진 상황에서 음악을 연주하면서 분명 깊은 깨달음을 얻었을 테니까요.

번스타인   내가 2년 동안 겪었던 대조적인 경험들에 대해 어떻게 이야기를 시작해야 할지 모르겠군요. 목숨이 위협받은 일도 있었고, 가슴 뭉클한 감동의 순간도 있었죠. 기초 군사훈련 이야기부터 시작하죠. 대부분의 사람들은 한국전쟁 때 젊은이들이 14주간의 보병 훈련 동안 무슨 일을 겪었는지 모를 테니까요. 나는 포트딕스Fort Dix에 배치되었습니다. 한겨울에 군사훈련을 받았는데, 군인들이 그렇게 엄격하고 잔혹하기까지 한 훈련을 견뎌낸다는 것이 지금도 믿기지 않습니다. 수많은 시간 음악 연습을 통해 얻은 강한 정신력이 내가 시련을 이겨내는 데 도움을 주었다고 믿습니다. 기초 훈련을 받고 나서 나는 음악이 어떻게 삶의 구원자 역할을 할 수 있는지 처음으로 깨달았습니다. 특별 서비스를 관리하는 대위가 나를 영화관에 배치했는데 사무실에 업라이트 피아노가 있었어요. 덕분에 나는 피아노 연습을 할 수 있었습니다.

정말 운이 좋게도 뉴욕 필하모닉의 부악장이었던 바이올리니스트 케네스 고든이 제 동료였습니다. 우리는 동시에 한국으로 파병되었습니다. 시애틀까지 비행기로 가서 3000명의 군인들과 함께 거대한 굴뚝 하나가 달린 배에 올랐어요. 거기에는 캐나다 군인들도 1000명 있었습니다. 우리는 두 명씩 네 줄을 이루어 배의 안쪽 바닥에서 잤습니다. 일본에 도착하기까지 14일이 걸렸습니다. 첫날 아침에 일어났을 때 상상할 수 있는 최악의 뱃멀미에 시달렸습니다. 변기에 토하는 사람들이 하도 많아서 그곳에는 들어갈 수도 없었어요. 다들 사방에 토했고 심지어 더플백에도 게워낸 토사물이 묻었답니다. 그야말로 악몽이었죠. 시간이 흐르자 대부분의 사람들이 일렁대는 배에 적응했습니다. 그러나 나는 그렇지 못했습니다. 매일 밤 배 아래쪽 작은 방 벽에 끈으로 고정시켜놓은 업라이트 피아노로 리스트의 〈헝가리 광시곡〉 6번을 케네스 고든과 같이 연주하다가 위층 갑판으로 달려가 태평양에 토했습니다. 결국 의사가 나보고 탈수증세가 있으니 배의 병실로 가서 링거를 맞아야 한다고 했습니다. 나는 심한 메스꺼움을 느끼며 진짜 침대에 누웠습니다. "정맥 주사액이 몸속을 돌면 금세 기분이 좋아질 걸세." 의사는 그렇게 말하고 바늘을 내 팔에 꽂고는 나갔습니다. 10분 뒤에 그가 돌아왔는데 내 상태는 오히려 악화되었습니다. 급기야 경련을 일으켰습니다. 그가 주삿바늘을 뽑고 다른 것을 주사한 기억만 어렴풋이 납니다. 눈앞이 소용돌이치기 시작했고, 결국 나는 의식을 잃었습니다. 다시 깨어났을 때 목사가 침대 발치에 앉아 있었습니다. 정맥 주사액이 오염되어 내가 거의 죽을 뻔했던 모양입니다.

일본에 도착한 우리는 다른 배에 올랐습니다. 하지만 이번에는 철모와 군사훈련 때 익힌 M1 소총을 받았습니다. 오전 5시 반, 배가 인천항으로 천천히 들어설 때 우리는 갑판에 정렬했습니다. 전쟁이 벌어지고 있는 나라에 들어선다는 생각에 다들 겁에 질렸습니다. 연주회 전에 긴장하는 것은 여기에 비하면 아무것도 아니군, 하고 생각했던 기억이 납니다. 더더욱 서러운 것은 그날 1951년 4월 24일이 내 스물네 번째 생일이었다는 겁니다.

한창 전쟁 중이었지만 대단히 운 좋게도 나는 전투를 피했습니다. 전선에서 막 싸우고 돌아온 전사들과 장교들을 위해 음악회를 열라는 요청을 받았던 겁니다. 케네스와 나는 전선을 돌며 유엔 군대를 위해 100회가 넘는 공연을 했습니다. 서울

전선에서 공연 중인 시모어 번스타인(가운데)

교향악단과도 연주했고, 또한 서울의 사령관 사무실에서 제임스 A. 밴 플리트 사령관과 유엔의 모든 장군들을 모아놓고 연주했습니다.

하비   그와 같은 극한의 상황에서 선생님은 음악의 힘에 대해 무엇을 배웠나요?

번스타인   오 앤드루, 음악은 대부분의 사람이 실감하는 것보다 훨씬 강력하답니다. 거기에는 클래식 음악은 한 마디도 들어보지 못한 사내들이 있었어요. 그중 한 명이 〈아베 마리아〉를 편곡해서 연주하여 전율을 안겨준 케네스 고든에게 와서는 이렇게 말했습니다. "내 생전에 이런 것은 처음 들어보는군요. 바이올린 연주를 계속해요. 멈추었다가는 내가 바이올린을 박살내고 말 겁니다." 우리에게 와서 눈물을 쏟아낸 사람들도 있었어요. 얼마나 뭉클하던지 말로 표현할 수가 없군요.

하비   이런 극한의 상황에서 음악이 그들에게 무엇을 했을까요? 결국 그들은 죽음을 앞두고 있었고, 선생님들은 서양 전통의 위대한 걸작 음악을 그들에게 제공했는데요.

번스타인   우리는 우리가 죽음을 앞두고 있다는 것을 인식했습니다. 음악에는 이런 공포를 일시적으로 유보하는 뭔가가 있습니다. 그러니까 우리는 가장 강력한 의미의 음악 치료를 실행하고 있었던 겁니다.

"하루하루 전쟁의 공포를 안고 살아야 했을 때
음악이 나의 구원자였습니다.
음악이 나를 살렸다고 생각합니다"

하비 어떤 면에서는 선생님이 한국에서 경험한 것이 플라톤과 키르케고르 그리고 음악이 현실로부터 눈을 돌리게 하는 유혹이라며 비난하는 사람들에 대한 대답이겠군요. 선생님은 전쟁이라는 위태롭고 으쓱한 현실에서 음악이 또 다른 현실을 제공하여 사람들이 감당해야만 했던 것을 감당하게끔 도와주었다고 말하고 있습니다.

번스타인 어떻게 보면 이런 철학자들과 지도자들은 자신이 책임지고 있던 시민들을 통제해야 했을 겁니다. 그래서 국가가 그들에게 요구한 현실을 제대로 보지 못하게 마비시키는 음악은 허락할 수 없었습니다. 저는 그렇게 봅니다. 그건 그렇고 내 기억으로는 플라톤이 사람들을 바람직하지 못한 행동으로 이끈다고 본 음악의 몇몇 선법旋法들만 금지했다고 어디서 읽었던 것 같아요. 그러나 내 개인의 관점에서는 하루하루 전쟁의 공포를 안고 살아야 했을 때 음악이 나의 구원자였습니다. 음악이 나를 살렸다고 생각합니다.

하비 그러니까 음악은 부정적 의미를 띠지 않는다는 말이네요. 선생님은 예를 들어 말러의 신경증적인 과장에 유해한 광기가 있을 수도 있다고 생각하지 않는군요. 베토벤의 몇몇 음악에서 자아에 대한 지나친 집착을 결코 느끼지 않고요. 음악이 개인의 광기로 인해 교묘하게 뒤틀릴 수 있다고 느끼지 않으세요?

번스타인   전혀요.

하비   그렇다면 선생님에게 음악은 자기만의 영역에 존재합니까?

번스타인   음악은 그 자체로 완전한 세계입니다. 음악 말고 다른 무언가를 의미하지 않아요. 물질적인 세계와 전혀 연관성이 없습니다. 표제음악이라고 하는 것조차 그래요. 음악이 무언가를 모방할 수는 있겠죠. 베토벤이 교향곡 6번에서 플루트를 활용하여 나이팅게일 소리를 모방한 것처럼 말입니다. 그렇더라도 결국에는 플루트 독주는 물질적인 세계와 무관한 음악 걸작의 일부분으로 남습니다. 나이팅게일 울음소리가 아니라 그저 음악적 경험인 것이죠. 요컨대 음악은 음악 자체를 의미할 뿐입니다.

하비   그리고 그것이 음악이 우리를 구원하는 힘이고요.

번스타인   모든 생명과 우주를 책임지고 있는 누군가가 우리에게 준 최고의 선물입니다.

하비   선생님도 알겠지만 나는 오랫동안 음악의 신비한 힘의 정수

를 표현하는 인용문들을 모아왔어요. 여기서 내가 가장 좋아
하는 것을 소개하죠. 루미가 쓴 것입니다.

> 음악이 사랑하는 사람들의 양식임을 알지어다.
> 음악은 영혼을 높은 곳으로 끌어올리고
> 차가워진 재가 다시 타오르고 불씨가 되살아나니
> 음악을 들으면 마음이 기쁨과 평화로 충만하도다.

용서하거나 용서하지 않거나

"많은 아버지들이 그렇듯이
그도 아들이 어떤 사람이 되어야 한다는
고정된 틀을 갖고 있었어요"

하비　　시모어, 지금까지 우리는 선생님 인생에서 영광스러운 시간
　　　　인 영화 작업과 그 흥분, 놀라운 반응들에 대해 이야기했습
　　　　니다. 그리고 선생님의 최고 열정인 음악에 대해서도 이야기
　　　　했죠. 이제 주제를 바꿔서 선생님 인생에서 몇 가지 도전들에
　　　　대해 살펴보겠습니다. 초창기 삶의 결정적인 경험들에 대해
　　　　듣고 싶습니다. 먼저 선생님 아버지와의 관계로 시작하고 싶
　　　　은데요.

번스타인　좋아요, 앤드루. 그러나 미리 말해두는데 썩 아름다운 모습
　　　　은 아닙니다. 여섯 살 때부터 어두운 구름이 내 머리 위를 맴
　　　　돌고 있었던 것 같은 기분이 듭니다. 이렇게 말하면 슬프지만
　　　　이런 불길한 기분이 든 것은 아버지의 존재 때문입니다.

아버지는 러시아에서 남자 형제 셋, 여자 형제 둘을 둔 가정에서 태어났습니다. 열다섯 살 때 미국으로 건너왔고 혹독한 이민자 환경에서 자랐어요. 그의 형제자매들 모두 새 나라에서 살아남으려고 무슨 일이든 다 했는데, 대공황이 닥치면서 고생이 말이 아니었습니다. 그러나 그들은 수완과 끈기가 있었습니다. 폐물과 고철, 마대를 파는 등의 일을 하며 잘해나갔죠. 하지만 문화에 대해서는 말도 마요! 음악회나 연극을 보러 간 적이 한 번도 없었습니다. 그런 경박한 일에는 시간과 돈을 쓰려 하지 않았죠. 그래서 내가 음악적·예술적 재능을 타고났다는 것이 밝혀졌을 때, 그것은 자랑하거나 축하할 일이 전혀 못 되었습니다. 적어도 처음에는 그랬습니다. 아버지 세대의 이민자들 거의 모두에게 당혹스럽고 짜증나는 일이었습니다.

많은 아버지들이 그렇듯이 그도 아들이 어떤 사람이 되어야 한다는 고정된 틀을 갖고 있었어요. 문제는 내가 이것과 완전히 상반되는 성향이었다는 점입니다. 이것이 내게 어떤 영향을 미쳤는지는 불을 보듯 뻔했습니다. 내게 아버지는 늘 시무룩하고 엄격하고 화를 내는 사람이었습니다. 일례로 그는 저녁 식사 때 내가 여자 형제들과 쾌활하게 떠드는 것을 참지 못했습니다. "그만 떠들고 밥이나 먹어!" 혹은 "남자답게 굴어!" 같은 엄한 질책을 하곤 했죠. 이게 통하지 않으면 손을 들어 후려쳐서 나의 활발한 기세를 꺾고 복통을 일으켰습니다.

어느 날 저녁, 집에 손님이 왔는데 아버지가 사업 관계로 아는 네덜란드 출신의 남자였어요. 저녁 식사를 마치고 우리는 거실에 서 있었습니다. 내 옆에 아버지가 있었고, 그 옆에 키가 더 큰 아버지 친구가 있었죠. 먼저 아버지가 이야기를 꺼냈습니다. 내가 너무 예민하고 남자답지 못하다는 것이었습니다. 네덜란드 사람은 열 살짜리 나를 쳐다보더니 완벽한 해결책이랍시고 이렇게 말했습니다. "너는 페더급 권투 선수로 훈련받는 게 좋겠구나." 그의 눈은 사악한 만족감으로 빛났습니다. "체격이 페더급에 딱 맞아!" 아버지가 뭐라고 대답했는지는 기억나지 않지만, 나는 완전히 공포와 당혹감에 휩싸여 바닥에 털썩 주저앉았습니다.

며칠 뒤에 아버지가 권투 장갑을 들고 집에 왔습니다. 그것을 보는 순간 기겁을 했습니다. 일이 더 커진 것은 매형 프랭크가 내 손에 장갑을 채워주고 첫 번째 권투 레슨을 하기 위해 나를 뒤뜰로 데려간 겁니다. 그는 내 오른쪽 어깨에 가볍게 잽을 날렸는데, 아마도 내가 되받아치거나 적어도 피할 줄 알았던 모양입니다. 내가 아무 반응도 보이지 않자 그는 주먹을 세게 날렸고, 나는 바닥에 넘어져서 눈물을 쏟았습니다. 집 안으로 들어가 장갑을 벗어 바닥에 팽개쳤어요. 프랭크는 그런 나를 위로하거나 격려하지 않았습니다. 아버지가 괜한 계획을 했구나 생각했을 겁니다. 아버지는 아무 반응도 보이지 않았습니다. 아마도 아들이 소문난 약골로 크겠구나 생각했던 모양입니다. 나를 강하게 키우려는 시도를 접은 것을 보면 말입니다.

하비　선생님은 대단히 강해요. 선생님 아버지가 원했던 방식이 아닐 뿐이죠. 끊임없이 연습하고 악보에서 어려운 구절을 익히고 순회공연에 나서서 밤마다 사람들 앞에서 연주하는 것은 보통 정신력으로 되는 것이 아니니까요. 권투만큼이나 힘든 일이고 어마어마한 힘이 필요합니다. 유대인으로서 선생님 아버지는 선생님에게 어떤 식의 종교적 훈련을 강요했나요?

번스타인 종교적 훈련에 대해 아버지는 강한 신념을 갖고 있었어요. 내가 "진정한 유대인"이 되어야 한다고 생각했죠. 그게 무슨 뜻이건 간에요. 여섯 살 때 피아노 레슨을 시작했는데, 그 무렵 저명한 랍비가 집에 와서 나를 가르치기 시작했습니다. 허연 턱수염을 조끼에 닿을 정도로 길게 기르고, 테가 넓은 모자를 쓰고, 바닥까지 닿을 듯한 검은색 긴 코트를 차려입은 그의 모습은 처음 봤을 때는 위협적이었어요. 하지만 말할 때 그의 눈은 빛났고 목소리는 부드러웠으며 점차 사랑스러운 성품을 드러냈습니다. 수업이 진행될수록 그에 대한 애정이 점점 더 커졌어요. 내가 알레프-베트(히브리어 알파벳의 첫 두 글자)를 기록적으로 빨리 익힌 것은 그 덕분일 겁니다. 그와 아버지 모두 나의 발달에 흐뭇해했습니다.

이듬해에 아버지는 나를 유대인 학교에 등록했습니다. 개인 교습과는 큰 차이가 나죠. 학교는 유대교회당 근처였고, 아버지는 1년에 한두 차례 신년절이나 속죄일에만 회당에 나갔습니다. 일곱 살에서 열다섯 살 사이의 학생 열 명 정도가 한 학급을 이루었어요. 오후 4시부터 5시까지 월요일에서 금요일까지 매일 수업이 있었습니다. 흥미롭고 생산적인 경험이었

어야 했지만, 히브리어와 이디시어로 읽고 쓰는 법을 가르치
고 몇몇 기도문을 암송하도록 한 것이 전부였습니다.

하비   말할 수 없이 지루했겠군요!

번스타인   정말 지루했어요. 우리가 읽거나 암송한 구절은 별로 중요해
보이지도 않았습니다. 우리는 그저 아무 생각 없이 앵무새처
럼 랍비를 따라 한 겁니다. 더 힘들게 한 것은 매년 새 학생들
이, 당연히 나이가 제각각인 아이들이 학급에 들어오면서 수
업을 처음부터 다시 반복했다는 점입니다. 이런 점을 아버지
에게 설명해봐야 소용없었어요. 그는 내가 학교를 다니기 싫
어서 아무 말이나 지어낸다고 생각했으니까요.

하비   그렇지만 학교는 계속 다녔잖아요, 아닌가요?

번스타인   내가 매일 유대인 학교를 왔다 갔다 하면서 느꼈던 쓸쓸함과
억울함은 뭐라고 표현할 수가 없습니다. 그곳까지 갔다가 집
으로 돌아오는 데 걸린 시간, 여기에 수업 시간까지 더하면
매일 두 시간 이상의 소중한 시간이 날아간 겁니다. 이 시간
에 피아노 연습을 하거나 다양한 취미 활동을 했다면 얼마나
좋았을까요. 당시 나는 모형 비행기 만들기, 구슬 꿰기, 식물
가꾸기 같은 취미가 있었거든요. 아니면 그냥 밖에 나가서 친
구들이랑 놀았어도 좋았고요. 어머니한테 애원도 해봤지만,
어머니는 종교 문제로 아버지한테 반기를 들어봐야 아무 소

용 없다는 것을 알았습니다. 결국은 유대인 학교를 계속 다니느냐, 아버지의 노여움을 사느냐 하는 문제였습니다.

이렇게 생각 없고 기계적인 교습의 목적을 간파하기까지 그렇게 오래 걸리지 않았습니다. 우리가 회당에서 열리는 신년절 예배에서 필요한 구절을 척척 암송해 아버지들이 자랑스럽게 여기도록 만든 겁니다. 지금도 아버지가 "더 크게, 더 크게!" 하며 나를 재촉하던 소리가 들리는 것 같아요. 그리고 그가 주위에 선 다른 남자들과 자랑스러운 눈길을 서로 주고받는 광경이 떠오릅니다. 물론 나는 아버지가 나를 자랑스러워하게 하려고 지불해야 했던 대가만을 생각할 뿐입니다. 그 순간 어느 때보다도 아버지가 미웠습니다.

"나쁜 피아노 선생은 물론 바꾸면 그만이죠.
그러나 부모와 아이는 생물학적으로 연계되어 있어요"

하비   그 마음 충분히 이해하겠습니다. 고통이 이만저만이 아니었겠어요.

번스타인   아홉 살에 이미 나는 심각한 갈등들을 겪는 중이었습니다. 아버지는 유대인 학교에 관하여 어떤 의논도 용납하지 않았어요. "잠자코 그냥 계속해!" 하고만 말했죠. 또 하나, 그는 내 어린 시절의 즐거움과 눈이 휘둥그레지는 경이를 없애려고 작정한 것 같았습니다. 화가 나면 불을 내뿜는 사악한 용처럼 보였어요. 그에게 반항한다는 것은 상상도 할 수 없었죠. 아무튼 그는 내 아버지였고, 아버지들이란 그의 명령에 무조건 복종해야 하는 신 같은 존재였으니까요.

나는 속으로 생각했습니다. **증오를 숨겨야 해, 안 그러면 진짜 신이 나타나서 너를 벌줄 거야!** 나는 아버지에 대한 혐오를 억누르려고 애썼고 무거운 대가를 치렀습니다. 계속되는 두통과 복통, 기타 다양한 신경증 증상에 시달렸습니다.

부끄럽게 들리지만 아버지와 랍비가 죽었으면 좋겠다고 생각한 적도 많아요. 그런 생각을 하면 할수록 나는 죄의식을 느꼈죠. 부모도 어떻게 보면 교사이고, 세상에는 나쁜 피아노 교사보다 나쁜 부모가 훨씬 더 많습니다. 나는 나중에 어른이 되어 아버지와 몇몇 피아노 선생이 내게 가르쳐준 것을 잊으려고 많은 시간을 보냈습니다. 나쁜 피아노 선생은 물론 바꾸면 그만이죠. 그러나 부모와 아이는 생물학적으로 연계되어 있어요. 부모와 아이가 서로 의절할 수는 있겠지만, 생물학적 연은 끊을 수가 없습니다.

노골적으로 말하자면 아버지와 나는 서로에게 딱 들러붙은 존재였습니다. 월요일부터 금요일까지 유대인 학교에 나가는 것만으로도 충분히 버거웠어요. 그런데 이제, 아버지는 나보고 토요일 아침 회당 예배에도 참석하라고 명령했습니다. 샤보스shabbos라고 하는 유대인 안식일은 금요일 저녁에 시작하여 토요일 해가 질 때까지 이어지는데, 바르미츠바Bar Mitzvah, 성인식가 바로 이날 열립니다. 나는 성인식을 하려면 1년이 남았지만, 아버지는 내가 다른 친구들이 하는 것을 미리 봐두면 도움이 되리라 생각했던 모양입니다.

주말은 학교에서 벗어나는 유일한 시간이었습니다. 음악을 하고 창조적인 일들을 하고 순수하게 즐기는 시간이었죠. 그런데 이제 일주일의 엿새를 가장 싫어하는 장소인 회당에서 보내야 하는 처지가 된 겁니다. 내 안에서 서서히 쌓여가던 반항의 동그라미가 이제 완성되었습니다. 나는 격렬한 대면이 임박했다는 것을 알았습니다.

하비   그래서 어떻게 되었나요?

번스타인   회당의 수석 랍비 코언이 모든 남자아이들의 바르미츠바와 여자아이들의 바트미츠바를 지도했어요. 학교와 회당의 모든 것이 혐오스러웠지만, 새로 받게 된 수업의 한 가지 면만은 의외로 즐거움을 주었습니다. 바르미츠바 예배에 보면 함께 음송하는 대목이 있거든요. 모든 음악이 다 내게 깊은 영향을 주었습니다. 피아노 앞에 앉아서 내가 좋아하는 곡을 연주하든 토라의 신성한 구절을 읊조리든 말입니다. 토라의 구절이 무슨 내용인지는 내게 중요하지 않았고, 나는 그 경험을 그저 목청껏 노래하는 기회로만 보았습니다. 나는 이것을 잘했고 랍비도 흐뭇해하는 듯했습니다. 그러던 어느 날, 내가 실수로 한 단어를 잘못 발음했는데, 갑자기 울퉁불퉁한 거대한 손이 휙 날아와 내 뺨을 때렸어요. 아픔보다 모욕감이 더 커서 울지 않으려고 아랫입술을 꾹 물었던 기억이 납니다. 그때부터 내가 싸워야 할 용이 둘이라는 것을 알았습니다.

하비   이 일을 계기로 나이 많은 남자를 두려워하게 되었군요?

번스타인 맞아요. 그때부터 나보다 나이 많은 남자만 보면 위축되었습니다. 매형들만 제외하고요. 가게에 어머니 심부름을 갈 일이 있었는데 실질적으로 모든 것을 살 수 있는 그런 가게였어요. 한쪽에 아이스크림 판매대가 있어서 15센트를 주면 휘핑크림을 얹은 퍼지 선디를 살 수 있었죠. 가게 주인은 매력적인 남자로 항상 나를 따뜻하게 맞아주었습니다. 하지만 그를 보면 나도 모르게 방어적 반응이 일어났습니다. 몸 안이 조여들고 이유 없이 얼굴이 붉어졌죠. 다른 가게 주인 앞에서도, 학교의 남자 선생 앞에서도, 심지어 나보다 나이 많은 남자 친척들 앞에서도 똑같은 반응이 일어났습니다. 아홉 살 때는 무엇 때문에 이런 증상들이 일어나는지 몰랐는데, 지금 생각해보면 아버지에 대한 두려움이 다른 남자들에게로 옮겨 갔던 것 같습니다.

두 가지가 이런 신경증을 떨쳐내는 데 도움을 주었습니다. 하나는 아버지의 죽음이었고, 또 하나는 아낌없이 내게 사랑을 베풀어준 매형들이었습니다. 아버지가 해야 했던 관계를 그들이 대신 해주었습니다. 매형들이 없었다면 나는 평생 이런 신경증을 안고 살았을지도 모릅니다.

하비   매형들이 정말로 고마운 존재들이었군요! 이제 선생님의 바르미츠바에 대해 이야기해볼까요. 어떻게 진행되었나요?

번스타인　　바르미츠바의 날이 되었습니다. 열세 살의 평균적인 아이라면 기쁨과 뭔가 이루었다는 뿌듯함으로 이날을 맞았을 겁니다. 하지만 나는 온통 불안하기만 했습니다. 나중에 중요한 피아노 독주회를 앞두고 느꼈던 긴장감과도 비슷했어요.

대부분의 연주자들이 공연을 앞두고 긴장하기 마련이지만, 나는 바르미츠바 때 연단에 섰을 때 느꼈던 공포감이 나의 무대공포증을 키운 것이 아닐까 하는 생각을 자주 합니다. 연주에 관해 말하자면 음악가들은 몇 가지 예방 조치를 통해 이런 긴장에도 불구하고 연주를 잘하도록 배울 수 있습니다. 나는 다년간 연주 경험이 쌓이면서 시험 무대를 갖는 것이 중요하다는 것을 배웠습니다. 예컨대 공연이 열리는 무대에 미리 서 보면 도움이 되더군요.

그러나 바르미츠바의 경우 앞서 1년 동안 그저 관찰했던 경험은 직접 하는 것에 전혀 도움이 되지 않는다는 것을 실감했습니다. 청중석에 앉아서 공연을 본다고 해서 무대에서 직접 연주하는 것을 준비시킬 수 없듯이 말입니다. 갑자기 자신이 유대교회당의 연단에 혼자 서서 토라를 본다고 상상해보세요. 그것도 난생처음 말입니다. 내가 부모와 세 여자 형제, 그리고 회당을 가득 메운 청중 앞에서 관심을 독차지하게 되었다는 사실은 힘이 되지 않았습니다. 한 가지 생각만 머릿속에 떠올랐어요. 내가 잘해내지 못하면, 의식의 어떤 대목을 잊기라도 하면, 신이 아니라 아버지와 코언 랍비가 내게 현실적인 응징을 내릴 것이라는 점이 두려웠습니다. 랍비는 내 오른쪽에 서 있었는데 도움이 아니라 위협을 주는 사람처럼 보였습니다. 내가 긴 기도문의 첫 대목을 거의 들릴락 말락 한 소리로 읊조리기 시작하자 그가 놀라서 "번스타인, 무슨 일이냐, 번스타인, 어디 아프기라도 한 것이냐?"하고 속삭였습니다. 입이 바싹 마르고 배 속이 뭉치고 옆에 랍비까지 있는 상황에서 나는 어떻게든 버텼습니다. 의식은 도무지 끝날 줄을 모르더군요. 히브리어 암송이 있었고, 토라를 노래했고, 연설이 두 차례, 한 번은 이디시어로, 한 번은 영어로 진행되었습니다. 순진했던 나는 마지막 단어가 끝나자 지긋지긋한 7년간의 속박에서 마침내 벗어났다고 생각했습니다. 열세 살에 졸업하는 것이라고 생각했지요.

그날 밤 집에서 열린 축하 파티에서 바르미츠바 의식이 자연스럽게 대화의 주제가 되었습니다. 기분이 좋았고 연주가 끝나고 맞는 안도감 비슷한 것이 들었던 나는 이제 더 이상 유대인 학교를 다니지 않아도 되어 행복하다는 마음을 표현했습니다.

이 말에 아버지가 나이프와 포크를 내려놓고 소리를 질렀습니다. "뭐라고? 바르미츠바 의식을 마쳤다고 유대인 학교 교육도 끝난 줄 알아?"

나는 도무지 믿기지 않아서 창백해졌습니다. 유대인 학교를 계속 다녀야 한다는 말을 들으리라고는 전혀 생각지도 못했거든요. 순간 오랫동안 억눌렀던 분노가 폭발했습니다. 연단에서는 기어들어가던 목소리가 내가 알아차리기도 전에 우렁차게 터진 겁니다. "절대로 거기로는 돌아가지 않을 거예요! 절대로!"내가 소리쳤습니다. "무슨 벌이라도 좋아요. 원하는 벌은 다 받을 수 있어요. 그러나 나를 그 학교로 보내지는 못해요! 절대로!"

아버지가 나를 죽일지도 모른다고 생각했어요. 그가 주먹으로 자신의 접시 옆을 쾅하고 내리쳐서 식탁이 출렁거렸습니다. 그 반동으로 그의 몸이 안락의자 뒤로 밀려났고, 의자가 뒤로 젖혀지면서 아버지가 바닥에 내동댕이쳐지고 말았습니다.

어머니와 누이들이 아버지를 도우러 달려갈 때, 나는 자리에 그대로 얼어붙어 한 가지 생각만 했습니다. **내가 아버지를 죽였구나!** 그러나 그는 죽지도 다치지도 않았습니다. 도움을 받아 일어선 집안의 가장은 의자를 똑바로 하고 식탁 윗자리에 다시 앉았습니다.

시간이 조금 흘러 아버지가 평정심을 되찾은 것처럼 보였을 때 어머니가 목소리를 냈습니다. 앞서 말했듯이 어머니는 종교 문제로 아버지에게 반대한 적이 한 번도 없었지만, 아버지의 고집이 어머니의 인내력을 한계로 내몰았던 모양입니다. "7년이에요, 맥스, 7년이라고요! 그런데 왜 그가 유대인 학교에 계속 다녀야 하죠? 랍비가 될 것도 아니잖아요. 그만하면 됐어요. 연습할 시간도 필요하고 바람도 쐬어야 해요. 그러니까 유대인 학교는 이걸로 끝내요!"

바닥에 굴러떨어진 창피함이 아직 가시지 않은 데다가 어머니까지 이렇게 나서서 반대하니 아버지로서도 버거웠던 모양입니다. 이유가 어찌 되었든 그의 기세가 완전히 꺾였습니다. 더 이상 용의 목소리가 아닌 유순한 목소리로 그저 "알았어, 넬리, 알았다고"라고 대답하고는 식사를 계속하셨어요.

바르미츠바 당시의 모습

그 이후로 모든 게 바뀌었습니다. 어머니 말을 인정한다는 것은 어머니가 내 운명을 통제하는 것을 받아들인다는 뜻이었으니까요. 용이 굴복했다는 사실에 나는 안도감을 느껴야 마땅했죠. 그러나 그 때문에 아버지는 훨씬 자주 격렬하게 화를 냈고, 구름은 갈수록 어두워졌습니다.

"실제로 아버지가 나의 음악적 야망에 전혀 무관심할수록
나는 더 열심히 연습하고 또 연습했습니다"

하비   슬프고도 소름 끼치는 일이네요. 선생님 아버지는 선생님의 미래에 대해 확고한 계획 같은 것을 세워두고 있었을 것 같군요.

번스타인 내가 집안에서 유일한 사내아이여서 아버지는 당연히 내가 자신의 사업을 물려받을 것이라고 기대했어요. 내가 열네 살 때 아버지는 여름방학을 맞은 나를 고물집적소에 데리고 가서 일을 시켰습니다. 나는 너무 싫었고 이런 감정이 얼굴에다 드러났어요. 우리의 관계에도 좋지 않은 영향을 미쳤죠. 시간이 갈수록 아버지는 나를 점점 짜증 나게 대했습니다. 내가 특히 두려워했던 것은 휴식 시간이나 식사 시간처럼 아버지와 단둘이 있게 되는 상황이었습니다. 우리 사이에 흐르는 침묵은 이미 존재하는 갈등을 증폭시키기만 했습니다. 내가 고철 일을 잠깐 도우면서 얻은 좋은 것이라고는 음악에 대한 열정이 커졌고 음악을 평생의 일로 삼아야겠다는 결심이 확고해졌다는 것입니다. 반대해봐야 결심이 굳어질 뿐이라는

것을 깨달았어요. 실제로 아버지가 나의 음악적 야망에 전혀
무관심할수록 나는 더 열심히 연습하고 또 연습했습니다.

부모님은 내가 없었다면 더없이 사이가 좋았을 겁니다. 나의
바르미츠바 날에 의자에서 떨어지는 사건이 있고 나서 어머
니는 나와 관련된 거의 모든 문제에서 아버지에게 반대했습
니다. 연습이 내 인생에서 가장 중요한 일이라는 것을 알고는
아버지와 다른 가족 모두에게 내 연습이 무엇보다 우선한다
는 것을 주지시켰습니다. 어머니가 나에 대한 헌신과 다른 가
족들에 대한 의무를 어떻게 잘 조화시켰는지 생각하면 지금
도 놀랍기만 합니다.

모든 것이 순조롭게 흐르는 듯 보이다가 내가 열다섯 살이던
봄에 아버지가 다시 내게 여름에 고물집적소에서 일하자고
말했어요. 다행히도 어머니가 멀지 않은 곳에 있었고, 아버지
에게 이렇게 말했습니다. "그 아이는 여름에 연습해야 하니까
당신이나 그 누구 밑에서도 일할 일이 없어요. 그렇게 알고
포기해요!"

아버지는 가볍게 넘기지 않고 어머니에게 이렇게 맞받아쳤어
요. "아이는 이번 여름에 무슨 일이든 해야 해." 연습은 일에
해당하지 않는다는 뜻이겠죠. "집 밖에서의 삶이 어떤 것인지
배워두면 아이한테도 해롭지 않아. 게다가 녀석도 다른 아이
들처럼 돈을 벌어야 해."

어머니는 아버지의 고집을 자신이 잘 아는 방식으로 다루었
습니다. 다음 날 저녁 아버지가 일을 마치고 집으로 돌아왔을
때 저녁을 차리지 않았어요. 아버지는 결국 고집을 꺾을 수밖

에 없었습니다. 이 모두가 음악가 아들 때문이었죠.

헛된 고집을 피우던 아버지도 결국은 음악이 내 운명이라는 사실을 받아들일 수밖에 없었습니다. 10대 후반에 내가 경연 대회에 나가 수상하고 뉴저지와 뉴욕에서 피아니스트로 이름을 얻기 시작하자 아버지의 태도가 상당히 달라졌습니다.

하비   정확히 어떻게 달라졌나요?

번스타인   그때부터 아버지는 놀라우리만치 너그럽게 나의 음악 활동을 지원했습니다. 그는 부유함과는 거리가 멀었지만 내가 필요한 정도의 돈은 항상 있었어요. 홀을 빌리고 매니저 비용을 내고 의상을 구입하는 데 돈이 들었죠. 이렇게 나를 지원하는 쪽으로 돌아섰지만, 아버지 안의 무언가가 나의 경력 선택을 진심으로 받아들이지 못하게 막았습니다. 나는 여전히 그에게 이해할 수 없는 존재였고, 그 역시 내게 마찬가지였습니다. 그는 자식이 몇이냐는 질문을 받으면 항상 이렇게 대답했습니다. "딸이 셋이고 피아니스트가 하나 있네요!" 그저 비꼬는 대답만은 아니었습니다. 남자가 음악을 직업으로 삼는 것을 못마땅하게 여기는 사회에서 자란 아버지는 자기 아들이 음악가라는 사실에 몹시 실망했습니다. 비슷하게 나도 선생들과 음악 친구들에게 아버지가 고물상이라고 떳떳하게 말하지 못했습니다. 우리는 서로 어울리지 않는 그물망에 갇혀 있었던 겁니다. 실제로 내가 아버지의 존재를 불편하게 여기지 않았던 상황은 딱 한 차례밖에 기억이 안 납니다. 어떤 라디오 프로그램을 함께 들을 때였습니다.

온갖 차이에도 불구하고 딱 하나 아버지와 나의 공통점이 있었습니다. 감정이 풍부하다는 점이었죠. 그는 나보다도 울음이 많아서 사소한 자극에도 남들 보는 앞에서 자주 울곤 했습니다. 일요일 오후면 우리는 〈사상 최고의 이야기The Greatest Story Ever Told〉라는 라디오 프로그램을 들었어요. 예수의 생애에서 일어난 사건들을 극화한 연재물이었는데, 당연히 라디오를 들으면서 서로 대화를 나눌 일은 없었고, 바로 이것이 라디오 듣기가 아버지와 함께한 일 가운데 유일한 즐거움으로 남아 있는 이유일 겁니다. 30분짜리 프로그램이 끝날 때 예수의 음성이 이야기 속에서 들리면 아버지는 걷잡을 수 없을 정도로 흐느껴 울었습니다. 나 또한 감정이 격해져서 아버지와 함께 울곤 했습니다.

하비　아버지가 왜 우셨을까요?

번스타인　우리가 그렇게 서먹서먹한 사이가 아니었다면, 내가 용기가 더 있었다면 왜 우셨느냐고 물어보았을 겁니다. 그는 기독교에 몰래 마음이 끌렸던 걸까요, 아니면 그저 이야기 내용에 반응한 것일까요? 아버지는 내가 하는 일에 별 관심이 없었으므로 그가 내 연주를 듣고 눈물을 흘렸을 때 뭉클하기보다는 오히려 기이하게 여겨졌습니다. 음악에 감동해서일까요, 그동안 나한테 한 행동을 후회해서일까요, 아니면 피아니스트 아들이 마침내 자랑스러워서일까요?

이제는 대답을 알고 싶어도 들을 수가 없네요. 그는 1964년 7월에 간암으로 돌아가셨습니다. 일흔두 살이었고 나는 그때 서른일곱 살이었습니다. 아이러니하게도 나와 그토록 멀었던 그분이 내 품에 안겨 돌아가셨어요. 말년에 몸을 제대로 가누지 못했을 때 그의 개인 위생과 관련된 일은 오로지 저만 해줄 수 있었습니다.

쉰 살 무렵이 되어서야 속마음을 남들에게 털어놓을 수 있었습니다. 아버지를 증오했다는 것 말입니다. 지금도 그분을 떠올릴 때마다 어린 시절의 불쾌했던 일들이 몽타주처럼 생각납니다.

"아버지와 아들 사이에 존재할 수 있는
따뜻한 관계를 알지 못했다고 생각하니 몹시 슬프군요"

하비   아주 고통스럽지 않다면 몇 가지만 이야기해주시죠.

번스타인   아버지가 친구들과 바닷가 멀리 낚시를 간다고 해서 나도 데려가달라고 애원했는데 그는 무시했어요. 완전히 버림받은 심정이었죠. 이것은 우리의 관계에서 계속 되풀이되는 주제입니다.
          뉴어크 집의 지하실에서 경찰견 스코티를 뒷다리로 서도록 훈련시켰던 일도 있습니다. 그는 한 손으로 큰 삽을 잡고 다른 손으로 스코티의 목을 움켜쥐고 일으켜 세웠습니다. 하지만 스코티는 나처럼 그의 기대에 부응하지 못했어요. 아버지가 삽으로 스코티의 엉덩이를 계속해서 때려 녀석이 고통으로 울부짖는 소리가 지금도 들립니다. 아버지의 가학적인 분노는 심해졌고, 나는 그만하라고 소리쳤죠. 그러거나 말거나 그는 스코티를 계속 때렸습니다.

마지막으로 내가 결코 잊을 수 없는 장면들이 있습니다. 세 살인가 네 살 때였는데 뉴어크 페인가街의 아파트 욕실에 아버지와 같이 있었어요. 그가 용변 가리는 법을 내게 가르쳐준다면서 옷을 다 벗었습니다. 여섯 살 때는 키어가街의 거실에 우리 둘만 있었는데, 그가 소파에서 나를 무릎에 앉히고는 몸을 여기저기 쓰다듬었습니다. 이런 일이 2년 넘게 계속되었습니다. 당혹스럽고 혐오스러웠던 기억이 납니다. 그러나 당시에는 아버지들이 원래 아들에게 이렇게 하는 것이라고 생각했어요.

아버지는 내가 이런 일들을 기억할지 모른다는 두려움에 시달렸을 겁니다. 걸핏 하면 짜증을 내고, 내가 타고난 자질을 억누르려 하고, 계속해서 나의 눈길을 피한 습관은 모두 이런 두려움의 증상으로 보였습니다. 나는 그가 나를 대한 행동이 삽으로 개를 내리친 것과 비슷한 심리적 발현으로 봅니다. 과거를 완전히 지우고 싶어서 헛되이 두들겨 부수려 한 것이죠. 그가 심리적으로, 그리고 가끔은 육체적으로 매질한 것은 내가 아니었습니다. 그가 볼 때 나는 그가 나에게 한 짓에 대한 죄의식을 나타내는 상징이 되었습니다. 그러니까 그는 나를, 스코티를 벌한 것이 아니라 스스로를 벌한 겁니다.

묘하게도 가족 중 누구도 아버지와 나 사이에 어떤 일들이 계속 벌어졌는지 알아채지 못했습니다. 우리 사이에 벌어진 긴장을 가업에 관심을 보이지 않는 아들에 대한 아버지의 실망 탓으로, 그리고 서로 기질이 맞지 않는 탓으로 돌렸지요. 게다가 아버지는 다른 사람 앞에서는 아버지와 아들 사이에 있을 법한 정상적인 모습을 가장했습니다. 심지어 나를 '친구pal'라고 불렀어요. 어릴 때 그 소리만 들어도 움찔했던 기억이 납니다. '친구'라고 부르는 것은 우리 관계의 공허함을 강화할 뿐이었습니다.

내가 아버지와 아들 사이에 존재할 수 있는 따뜻한 관계를 알지 못했다고 생각하니 몹시 슬프군요. 그 대신 나는 매일 아버지가 행동이나 말을 통해, 혹은 그저 눈길을 통해 나에게 드러내 보인 신경증에 시달려야 했습니다. 그가 돌아가셨을 때 누구보다 내가 눈물을 많이 흘렸는데, 그것은 사랑이나 애정 때문이 아니라 내가 결코 가져보지 못한 아버지에 대한 그리움 때문이었습니다. 그가 나에게 한 일뿐만 아니라 그가 나에게서 박탈한 것까지 생각하면 그를 도저히 용서하지 못하겠습니다.

하비　선생님, 인생에서 가장 예민한 시기에 이런 일을 겪었다고 생각하니 끔찍하군요. 하지만 선생님은 그것을 견뎌내고 보란 듯이 성공했어요. 선생님이 아버지에 대해 말하는 것을 찬찬히 듣고 나니 선생님이 이룩한 성과가 더욱 존경스럽습니다. 그러나 나는 용서에 대해 생각이 다릅니다.

번스타인   당신 생각을 듣고 싶네요. 나는 항상 변화할 준비가 되어 있으니까요. 당신도 변화에 열려 있나요?

하비   인생 전체가 변화로의 초대이기를 바라는 사람입니다.

번스타인   멋진 말이네요. 대부분의 사람들은 결코 그런 말을 하지 않죠. 설령 그렇게 말하더라도 행동으로 옮기지는 않습니다.

하비   선생님이 아버지 때문에 고생했다면 저에게는 어머니가 그런 존재였어요. 여섯 살에 나를 기숙학교로 보내 내가 삶의 대부분의 시간 동안 스스로 무가치하고 사랑스럽지 않은 존재라고 생각하게 만들고 사랑을 의심하게 했죠. 나중에는 나의 성정체성과 창작성을 치명적으로 공격해서 너무도 오랫동안 망가뜨리기도 했습니다. 어머니가 내게 안겨준 고통과 공포는 내 삶에서 가장 중요한 문제를 제기했습니다. 삶을 어떻게 마주할 것인가, 그리고 어머니를 어떻게 용서할 것인가 하는 문제였습니다. 결국 나는 어머니를 용서하기 위해 할 수 있는 모든 것을 다해야 한다는 것을 깨달았습니다. 그래야 내가 그녀에게서 입은 고통에서 자유롭게 벗어날 수 있으니까요. 그리스도와 달라이 라마가 내게 가르쳐준 영적 이상에 부응하는 길이기도 하고요. 용서에 다가가기 위해 나는 세 가지 방법을 택했습니다. 우선 뛰어나고 매서운 융 학파 심리학자와 심도 깊은 정신분석을 했습니다. 덕분에 그동안 외면했던 어머니의 광기와 파괴성이 어느 정도로 심한지를 50대 초반이 되어 제대로 보게 되었습니다. 두 번째 치유 방법은 어머니가 왜 그렇게 행동했는지 이해하기 위해 어머니의 삶을 들여다보고 그녀의 정신과 기질의 조건을 알아보는 것이었습니다.

번스타인   그래서 어머니가 왜 그런 식으로 행동했는지 이해하게 되었나요?

하비   네, 그래요. 어머니와 많은 대화를 나눈 지 지금 20년째가 됩니다. 어머니는 자신의 어린 시절에 대해, 외할머니와의 관계에 대해, 어렸을 때의 꿈과 젊었을 때 그녀에게 일어났던 일들에 대해 말했어요. 어머니의 이야기를 듣고 나니 그녀가 그렇게 행동할 수밖에 없었겠다 싶더군요. 그것을 계기로 그녀는 나를 받아들였고 나는 어머니에게 공감하게 되었습니다. 외할머니는 앞서 말했듯이 콘서트 피아니스트였는데, 어머니의 활발한 성격과 아름다움을 질투했고, 외할아버지가 그녀에게 보여준 사랑도 몹시 질투했습니다. 정신병적 기질이 있었던 외할머니는 딸에게 분풀이했고 그녀를 주로 유모에게 맡겨두고는 돌보지 않았어요. 유모는 어머니를 빗으로 때리고 겁을 주고 다른 사람에게 말하면 죽이겠다고 협박했습니다.
어머니는 어린 시절 내내 배우가 되겠다는 꿈을 꾸었고, 실제로 그렇게 되어 부모에게 거역했습니다.(그들은 딸이 점잖은 비서로 일하다가 돈 많은 사업가와 결혼하기를 원했습니다.) 열아홉 살에 극장 무대에서 노래를 부르며 경력을 쌓아가던 중 어머니는 심한 감기를 앓아 힘 있게 솟구치는 소프라노 목소리를 영원히 잃어버렸습니다. 그 세대는 정신분석이 미친 사람들만을 위한 것이라며 질색했기 때문에 그녀는 그 끔찍한 경험이 자신에게 가한 충격을 결코 이해하거나 받아들이지 못했습니다. 50년 동안 어머니는 다중 인격을 가진 고도 알코올중독자로 살았고, 몇몇 인격은 참으로 끔찍했습니다.

세 번째 방법은 어머니가 내게 한 일을 전체적인 의미와 내 삶이 전개되는 맥락에서 보려고 애쓴 것입니다. 선생님에게 아버지가 없었다면 음악을 피난처로 삼아 그렇게 열심히 매달리지 않았겠죠. 마찬가지로 나도 어머니가 안겨준 고통이 없었다면, 내게 절실하게 필요한 여성적인 것을 찾아나서는 영적 여정에 오르지 않았을 테고, 창작에 내 삶이 걸려 있기라도 한 듯 그렇게 열심히 여기 매달리지 않았을 겁니다. 그런 관점에서 내 삶을 돌아보고 어머니가 한 일을 보면, 그녀가 의도치 않게 내게 준 선물에 감사하지 않을 도리가 없습니다.

최근에 호주에 갔을 때 달라이 라마가 이렇게 말하여 우리 모두를 웃게 만들었습니다. "나는 중국 정부가 정말로 고맙습니다. 그들 의도는 아니겠지만 나를 역사상 가장 인기 있는 달라이 라마로 만들었으니까요." 어머니는 내가 신적인 것을 열망하도록 만들 의도가 없었고, 나의 창작열을 원초적으로 강화할 의도가 없었지만, 그녀가 내게 한 행동 때문에 그런 결과가 일어났습니다. 이렇듯 내가 실제로 일어난 일을 제대로 직시하고, 그녀가 왜 그렇게 행동했는지 이해하려고 애쓰고, 내 삶을 보다 넓은 관점에서 바라보려고 하면서, 나는 점점 더 그녀를 용서할 수 있을 것 같은 생각이 들었습니다. 그리고 그토록 오래 시달렸던 고통과 분노와 억울함에서 나 자신이 서서히 풀려나는 것을 느낍니다.

번스타인   질문 하나 해도 될까요?

하비   네.

번스타인   여기서 말하는 **용서**의 진정한 본질이 궁금합니다. 당신의 용서가 어머니에게도 어떤 영향을 미치나요? 아니면 용서라는 행위가 그저 어머니를 향한 당신의 분노와 억울함을 덜어주기만 합니까?

하비   나는 용서가 어머니에게 영향을 미친다고 믿습니다.

번스타인   어떤 식으로 영향을 미치는 거죠?

하비   어머니와 아들처럼 그렇게 가까운 사이라면, 아들이 아무리 능숙하게 감정을 처리한다고 해도 어머니는 아들이 자신을 용서하지 않았거나 마음 한편에 억울함과 분노를 몰래 담아 두었다는 것을 무의식적으로 알아요. 그리고 내가 진심으로 어머니를 용서하면, 그녀의 영혼이 마음 가장 깊은 곳에서 이것을 알아채고 치유가 된다고 믿습니다. 어머니는 지금 여든여덟 살로 알츠하이머병을 앓고 있지만, 최근에 나눈 대화에서 이런 조짐을 확실히 느꼈습니다. 요전 날 처음으로 이렇게 말씀하셨어요. "너는 사랑스러운 아들이야. 사랑해. 너도 날 사랑하지." 무척 빠르게 말했고 목소리가 거의 흐느껴 우는 듯했습니다. 내가 얼마나 감동했는지 상상이 될 겁니다. 전화를 끊고 손에 든 수화기를 마치 금으로 변한 것처럼 한참 쳐다보았어요. 어머니가 돌아가시기 전에 우리가 서로 화해할 수 있도록 매일 기도합니다. 저의 정신분석가는 이것이 슬픈 환상이라고 했습니다. 그럴 수도 있겠지만 나는 기적이 일어나기를 바라고 있습니다. 그리고 이것은 우리가 행하는 것이 운명의 형식으로 우리에게 다시 돌아온다는, 힌두교에서 말하는 '업보karma'에 대한 믿음에서 나오는 것인데, 어머니를 진정으로 용서하면 어머니의 마음도 치료할 수 있다고 생각합니다. 용서가 어머니를 해방시켜서 자유를 향한 기나긴 여정에 속도를 내는 데 도움이 된다고 생각합니다.

선생님의 아버지는 선생님이 30대 초일 때 돌아가셨죠. 나는 예순세 살이고 어머니는 지금도 살아계십니다. 어머니가 살아계신다는 것은 내게 엇갈린 축복입니다. 우리 둘 다 바뀔수 있는 시간이 아직 남아 있으므로 축복이지만, 엇갈린 축복인 까닭은 그녀가 내 존재에 가한 상처가 여전히 아물지 않았고, 그녀가 전보다는 덜하지만 상처를 자극하는 말과 행동을 여전히 하기 때문입니다.

번스타인 우리가 아마도 부모로부터 벗어나려 당신은 영적 관심사에, 나는 음악에 더 몰입했다고 이야기했는데, 나는 그게 사실이라고 단정한 적은 없어요. 그럴 수도 있다고 했죠. 그러니까 내가 말하려는 요점은 이렇습니다. 당신은 어머니 때문에 영성 추구와 지식에 더 깊이 들어갔다고 확신할 수 없고, 나도 아버지가 나를 학대하고 강압적으로 유대인 학교에 보냈기 때문에 더 열심히 연습했다고 딱 잘라 말할 수 없습니다.

하비 추정일 수도 있겠지만 삶이 그런 경우가 많아요. 현실적으로 그렇다는 겁니다.

번스타인 글쎄요, 당신 어머니가 천사였어도, 내 아버지가 나를 학대하거나 강제로 6년씩 유대인 학교에 다니게 하지 않았어도 삶이 우리에게 긍정적인 결과로 나타났을 수 있어요.

하비 그럴 수도 있지만 그렇지 않았잖아요.

번스타인 하지만 우리가 어떻게 알 수 있죠? 알아낼 방법이 없어요.

"나는 똑똑히 그것을, 또 그를 쳐다보고 싶습니다.
그래서 내 운명의 통제권을 아버지가 아니라
내 손으로 가져오고 싶은 겁니다"

하비 선생님이 아버지를 용서하는 것이 아니라 선생님 인생의 깊은 곳에서 몰아내기로 결정했다는 점이 내게는 참 흥미롭습니다. 그리고 선생님은 실제로 이것을 이루어냈습니다. 영화에서 선생님이 크리스털 반투명 돔이라고 아름답게 표현한 것에 둘러싸여 선생님 인생에서 어둡고 파괴적인 것으로부터 스스로를 보호했어요.

번스타인   맞습니다. 불편한 것을 옆으로 밀쳐두는 승화sublimation라는 말을 당신도 알겠죠. 부모가 우리에게 한 일은 우리 영혼에 흉터로 새겨져 있습니다. 그것은 결코 사라지지 않아요. 영원히 그곳에 남죠. 나는 흉터를 치료하기 위해 아버지가 내게 한 일을 의도적으로 승화하지 않으려고 애썼습니다. 다시 말해 기억을 무의식으로 치워버리지 않았습니다. 계속해서 나를 무의식적으로 괴롭힐 테니까요. 그러면 궤양이나 뇌졸중, 심하면 이른 죽음을 일으키기도 하죠. 요컨대 나쁜 것을 억누르려고 해봐야 영혼에 계속 남아서 작용을 합니다.

당신이 털어놓은 어머니와의 문제는 제가 보기에는 이렇습니다. 나는 당신이 용서를 통해 상처를 없애려고 애쓰는 과정에서 많은 시간을 허비한 것 같아서 염려됩니다. 그래봐야 상처는 결코 사라지지 않으니까요. 내가 아버지로부터 받은 상처에 시달리지 않는 유일한 이유는 반투명 돔을 통해 그를 똑바로 쳐다볼 수 있기 때문입니다. 그가 한 일에서 더 이상 마음의 상처를 받지 않고 그를 증오한다고 떳떳하게 말할 수 있습니다. 이것은 사실이에요. 괜히 그런 척하는 것이 아니고, 바꿀 수도 없어요. 나는 앞서 말한 성적 희롱 때문에, 그리고 강제로 나를 유대인 학교에 보낸 것 때문에 그를 정말로 증오하니까요. 그를 증오하는 것을 물릴 수도 없습니다. 내가 반투명 돔을 만든 까닭은 그가 내게 한 일을 승화하기를 거부하겠다는 뜻이에요. 나는 똑똑히 그것을, 또 그를 쳐다보고 싶습니다. 그래서 내 운명의 통제권을 아버지가 아니라 내 손으로 가져오고 싶은 겁니다.

하비   무척 흥미롭네요.

번스타인   나는 내가 만든 반투명 돔의 이미지가 마음에 듭니다. 실제로 많은 도움이 되었어요. 그리고 이런 제안을 해서 불편하겠지만, 당신이 심리치료를 받고 당신 어머니가 왜 당신에게 그렇게 했는지 살펴보는 것이 문제를 해결하는 제대로 된 방법인지 의문이 듭니다.

하비   저는 그렇게 느끼지 않는 것이, 무엇보다 상처가 사라질 거라고 생각해본 적이 없어요. 그것을 무시하려고 하지도 않았고, 야기된 고통은 내가 죽을 때까지 내 곁에 남으리라는 것을 경험으로 알고 있습니다. 내가 원한 것은 이런 겁니다. 그 고통에 의해 망가지지 않는 것, 생의 의욕을 잃지 않는 것, 그것이 내게 미친 영향을 깨닫지 못하고 넘어가지 않는 것입니다.

번스타인   그러니까 당신도 고통을 객관화하려고 노력했군요. 당신이 할 수 있는 방법으로 멀리 떨어뜨려놓고 보는 것.

하비   맞아요, 제대로 명확하게 보는 것이죠.

번스타인   결국 그렇게 되었나요?

하비   네.

번스타인   오호, 그렇다면 다행이군요.

하비   다른 소득도 있었습니다. 어머니가 어떻게 살아왔는지 이해
          하려고 애쓴 결과, 어머니의 진가를 알게 되었고, 그 안에 있
          는 용감하고 창의적이고 충성스러운 면들을 깨닫게 되었어
          요. 덕분에 어머니를 사랑하게 되었는데, 내 자신의 경험에만
          머물렀다면 결코 그러지 못했을 겁니다.

번스타인   그런 것들을 어머니에게 이야기했나요?

하비   아니오, 제가 말해도 들으려 하지 않을 겁니다. 어머니는 자
          신을 위해 현실과 거의 상관없는 목가적인 전기傳記를 만들어
          그것이 자신의 생애라고 믿고 있어요.
          게다가 알츠하이머병으로 자아가 무너져 내려서 자신의 장대
          하고 멋진 삶에 대한 환상과 다른 것은 정신적으로 영적으로
          감당할 수 없습니다.

번스타인   애석하군요. 그런데 어머니가 당신에게 그렇게 했는데도 어
          떻게 사랑할 수 있나요?

하비   그럴 수 있더군요. 어떻게 그런지는 잘 모르겠습니다.

번스타인   그 사랑은 어떤 형태를 취합니까?

하비   관심을 갖고 돌보고, 그녀를 위해 기도하고, 행복한 모습을
             보면 나도 기뻐하고, 주위 상황을 잘 살피고, 상황이 나아지
             도록 할 수 있는 것을 합니다.

번스타인   중요한 질문을 하나 할게요. 당신이 내게 말한 것을 정말로
             믿나요? 당신의 행동이 정말 사랑하고 용서해서가 아니라 의
             무감 때문에 하는 것일 가능성은 없습니까?

하비   나는 의무감에서 용서해야겠다는 생각을 해본 적이 없습니
             다. 보다 높은 수준의 분별력과 각성에 도달하려면, 영적 발
             전을 이루려면 그래야 한다고 알고 있습니다. 그러니까 그것
             은 제 자신을 위해 선택한 길입니다.

번스타인   달라이 라마가 용서에 대해 가르친 것이 당신에게 영향을 미
             쳤나요?

하비   용서에 대해 내가 읽은 모든 것이 영향을 주었습니다. 용서의
             가르침은 인간의 영혼 가장 높은 곳에서 비롯됩니다. 용서는
             모든 깨우침 가운데 최고로 빛나는 보석이에요. 교황이나 예
             수만이 아닙니다. 나는 용서를 통해 최고의 자유를 얻은 사람

들, 끔찍한 일들을 겪었지만 그런 고통을 안겨준 사람을 용서함으로써 내적 평온을 이룬 사람들을 실제로 만나보았어요. 시모어, 강제수용소에 수감된 유대인들에게 일어난 일이 인류 역사상 가장 악독한 범죄이고 상상할 수 없는 악과 잔혹함의 사례였다는 데 선생님도 동의할 겁니다. 하지만 영광스럽게도 나는 그곳에서 살아남아 적들을 진정으로 용서하고 이런 영웅적 용서를 통해 크나큰 고통에서 벗어난 사람들을 만날 수 있었습니다. 또 인도에서 영국의 지배에 맞서 싸웠지만 죄와 죄인은 구별해야 한다는 간디의 가르침을 받아들여 마음의 평화를 이룬 사람도 알고 있습니다. 이렇게 의식적으로 용서를 향해 나아감으로써 한없는 영혼의 깊이를 얻은 사람들이 많답니다.

번스타인 마음의 위대함은 극심한 고통을 겪든 안 겪든 상관없이 존재하는 것이 아닌가요?

하비 물론 그렇죠.

번스타인 그렇다면 고통은 대체 무슨 의미가 있습니까?

하비 극도의 시련을 겪으면서 비로소 자신이 어떤 존재인지 깨닫고 삶의 모습을 정립하는 경우가 너무도 많습니다.

번스타인 하지만 악은 어떻습니까? 부모님이 우리에게 한 일은 악이고, 감히 말하건대 당신 어머니와 내 아버지는 결코 바뀌지 않습니다. 그들은 뇌 손상의 희생자들이에요. 이따금씩 양심의 한 자락이 살짝 보이지만 기본적인 양심이 결여된 사람이란 말입니다. 그런 그들을 다시 껴안고 산다면 그들은 틀림없이 똑같은 일을 우리에게 할 겁니다. 안에서 악이 작동하고 있으니까요.

하비   다른 관점에서 질문 하나만 해도 될까요? 선생님이 아버지에게서 물려받은 특징이 뭐가 있죠?

번스타인   없습니다.

하비   선생님 안에 아버지의 면이 전혀 없다고요?

번스타인   네.

"내 모든 특징들은 어머니에게서 물려받았어요.
나는 아버지로부터 받은 남자다운 면이 없습니다"

하비   정말로 그래요?

번스타인   내 모든 특징들은 어머니에게서 물려받았어요. 나는 아버지로부터 받은 남자다운 면이 없습니다. 사실을 말하는 겁니다. 모르는 사람과 한집에 사는 기분이었어요. 그가 내 아버지임을 나타내는 흔적이 내게 전혀 없습니다. 아주 어릴 때부터 그를 두려워했습니다.

하비　아버지로부터 물려받은 특징을 모르겠다는 말이군요.

번스타인　맞아요. 아무리 생각해도 그래요. 어머니와 누이들은 그를 좋아했으니 내 눈에 보이지 않는 매력적인 면이 그에게 있었나 보죠. 아버지는 나를 어릴 때부터 못마땅하게 여겼습니다.

하비　재밌네요. 반대로 나는 어머니와 닮은 점이 아주 많거든요. 그래서 내가 어머니를 깨끗하게 용서하고 싶은 겁니다.

번스타인　정말로요?

하비　나는 어머니로부터 물려받은 특징들이 많습니다. 열정, 잘 웃는 성격, 언어에 대한 재능, 직관력, 드라마에 대한 감각, 외모까지 닮았죠. 내 안에 어머니와 닮은 점이 아주 많아서 그를 진심으로 용서하려고 노력했나 봅니다. 누가 뭐래도 내가 물려받은 특징들이 고마우니까요. 비록 나에게 크나큰 아픔과 상처를 준 사람이지만 그분을 통해 내가 그런 재능을 물려받게 되어 무척 고맙게 생각합니다.
신기하게도 내가 좋아한 것은 아버지인데 어머니한테 물려받은 것이 훨씬 많아요. 아버지는 여러 면에서 친절하고 정이 많고 품위가 있는 사람이었습니다. 물론 어머니의 감정적 잔인함으로부터 나를 보호해주지 못해서 내가 입어야 했던 피해를 생각하면 이야기가 다르지만요. 지금에서야 깨달은 건데, 나는 어머니로부터 삶을 힘들게 한 피해와 고통뿐만 아니라 이런 것들을 다르게 바꿀 줄 아는 재능도 물려받았습니다.

번스타인   오, 앤드루, 그렇다면 상황이 완전히 달라지죠.

하비   여기서 중요한 차이가 있네요. 선생님이 아버지로부터 받은 것이 없고 그가 아무것도 주지 않았다고 정말로 느낀다면, 극도의 절망감에 그를 도저히 용서하지 못하겠다는 것이 이해됩니다.

번스타인   당신의 이야기를 듣고 보니 당신에 대한 연민이 말할 수 없이 커집니다. 어머니가 그토록 많은 멋진 특징들을 당신에게 물려주었으면서 부정적인 행동들로 그것을 해치고 도로 빼앗아가려 했으니까요. 주고 빼앗는 것은 최악이죠. 당신의 심정을 충분히 이해합니다. 당신은 저에게 공감하지 않아도 됩니다. 아버지는 애초에 내게 아무것도 주지 않아서 빼앗아가지도 않았으니까요. 나는 그와 얽힌 것이 없습니다. 낯선 사람이나 마찬가지였어요.

하비   아버지의 잔혹함과 광적 태도 때문에 선생님이 스스로를 사랑하기가 어려웠나요? 스스로를 이해하고 사랑하기 위해 각별히 많은 노력을 기울여야 했나요?

번스타인   아버지는 나에게 있어서 자연스럽고 아름다운 것은 모조리
          없애려고 했습니다.

하비   그래서 아버지에게서 되돌리고 싶은 것이 아무것도 없다고
          느끼는군요?

번스타인   바닥까지 아무것도 없어요.

하비   네.

번스타인   당신 집에 여자가 살고 있고 그녀가 당신 어머니라고 말해요.
          그런데 완전히 낯선 사람이에요. 기분이 어떻겠어요?

하비   당혹스럽네요.

번스타인   그것이 제가 아버지에게 느꼈던 감정입니다. 그는 남자의 모
          습을 하고 집 안을 돌아다니는 사람이었어요. 나는 그와 아무
          런 접촉도 소통도 없었습니다.

하비   시모어, 질문이 하나 있어요. 아버지가 선생님의 삶에서 그토
          록 부정적인 남자였다면 선생님의 남자다운 모습은 어떻게
          확립했나요?

번스타인   그런 면에서는 운이 좋았죠. 열두 살이 될 때까지 세 명의 매

형들이 내 삶에 들어왔어요. 여자 형제들은 다 나보다 나이 많은 누나들이었습니다.

하비 그러니까 누나들이 결혼해서 세 남자가 새로 가족이 되었고, 그들이 선생님을 아끼고 사랑했군요. 선생님은 그들을 친절하고 너그럽고 성공한 남자로 보며 어떻게 남자로 성장해야 하는지 배웠고요.

번스타인 맞습니다. 그들이 누나들과 결혼하기 오래전부터 그랬어요. 여섯 살 때 큰 누나의 남자 친구 프랭크를 알았고, 이어 다른 두 매형도 곧 알게 되었죠. 그들이 누나와 사귀면서 나를 여기저기 데리고 다녔습니다. 멋진 식당에도 데려가고 소풍도 가고 영화관에도 갔죠. 내가 열두 살이 될 때까지 이들 세 명은 내 삶에서 아버지 역할과 형의 역할을 했습니다. 온갖 종류의 기발한 선물들을 사주어 내가 창조적 소질을 펼칠 수 있도록 했습니다. 그들에게는 아무리 고맙다는 말을 해도 부족합니다.

하비 그들도 선생님을 사랑했겠죠?

번스타인 오, 그야 두말하면 잔소리죠. 무조건적으로 사랑했어요. 나는 그들의 마스코트였습니다. 내가 열여덟 살에 뉴어크의 멋진 강당에서 첫 번째 음악회를 했을 때, 세 명의 매형이 티켓 판매를 맡고 프로그램을 나눠주었어요. 다들 나를 자랑스러워했습니다. 고마운 존재들이죠.

하비   그리고 선생님은 그들에게서 진정한 남자의 모습, 사랑하고 도와주는 남자의 모습을 보았고요.

번스타인   맞아요. 그 덕에 살았죠.

하비   가족의 내력을 볼 때 음악가나 예술가가 선생님 집안에 또 있습니까? 몇 세대를 통틀어 선생님이 가깝게 느끼는 존재가 있습니까?

번스타인   스탠리 예스켈이라는 사촌이 있어요. 고모의 아들이니까 혈연적으로 가까운 사이죠. 그는 재즈 피아니스트로 당시로서는 아주 큰 규모의 밴드와 순회공연도 다녔습니다. 내 연주를 듣는 것을 좋아했죠. 그의 아버지 윌리 고모부는 직물 사업을 해서 큰돈을 벌었습니다. 고모부는 아들이 피아노를 계속하는 것을 반대해서 강제로 아들에게 사업을 맡기려 했습니다. 스탠리는 피아노 연주를 그만둘 수밖에 없었고, 이후로 우울한 나날을 보냈습니다.

어느 일요일, 윌리 고모부와 틸리 고모가 뉴어크의 아파트를 찾았습니다. 우리는 거실에 앉아 있었고 당시 나는 열다섯 살이었어요. 고모부가 먼저 이야기를 꺼냈습니다. "소니('소니'는 집에서 부르던 내 이름입니다)야, 피아노는 잘되고 있니?"
"연습을 열심히 하고 있어요, 고모부."

"어리석은 꿈을 이제 그만 접지 그러니? 쇼팽은 그의 음악과 함께 묻혔다만 너는 이 일을 해서 돈을 벌 수 없어. 아버지가 사업을 하고 있으니 그리로 들어가. 그러면 괜찮은 삶을 살 수 있다. 좋은 유대인 여자를 만나 결혼하고 괜찮은 가정을 꾸릴 수 있다. 너도 알겠지만 가난하면 친구도 없단다. 아무도 너의 친구가 되려 하지 않아."

옆에서 듣던 아버지는 얼굴이 하얘졌어요. 마침내 고모부가 나와 내 미래에 대한 비방을 마쳤습니다.

나는 차분한 목소리로 물었습니다. "말씀 다 마치셨어요, 윌리 고모부?"

"그래! 할 말 있으면 해도 좋다."

나는 단도처럼 눈을 치켜뜨고 이렇게 말했던 기억이 납니다. "내가 아는 한 세상에서 가장 가난한 사람은 바로 고모부예요. 아름다운 것을 알아볼 줄 모르고, 박물관은 평생 구경한 적도 없고, 음악회라고는 내가 연주한 것을 보러 온 것이 전부죠. 그것도 고모가 체면 차리려고 억지로 끌고 온 거잖아요."

아버지는 아마 심장이 멎는 줄 알았을 겁니다.

하비   선생님이 예술을 향하게끔 강력하게 돌려세우는 무언가가 선생님 안에 있었군요.

번스타인   맞아요, 앤드루. 아버지든 다른 누구든 나에게 반대하면 할수록 내 결심은 더욱 확고해졌습니다. 아버지가 "남자답게 굴어!" 하며 나를 질책할수록 나는 속으로 그에게 더 반대했고,

그가 나에게 있는 아이 같은 면을 결코 몰아내지 못한다고 생각했습니다. 그런데 이런 것은 어디서 왔을까요? 보통 아이들은 그런 상황에서 움츠러듭니다. 두들겨 맞으면 고집을 꺾기 마련이죠. 무엇이 나를 도와 견디게 했는지 나도 모르겠습니다. 나는 태어날 때부터 **영혼의 저장고**가 넘쳐흐르고 있었던 모양입니다. 내가 삶에서 맡은 사명을 완수해야 한다는 생각이 계속 들었어요. 나는 그 사명이 음악을 통해 이루어지리라는 것을 항상 알았습니다.

신과 여성성

"여성들은 올바른 이유로 사랑할 줄 알아요.
그저 사람의 외양이 아니라 내면에 이끌리죠.
고백하건대 항상 여성이 남성보다 우월하다고 느껴왔습니다"

하비   선생님을 '남자'로 만들려던 아버지의 고집에도 불구하고 선
        생님이 감수성과 예술적 열망을 잃지 않을 수 있었던 것은 기
        적처럼 보이는군요. 선생님 삶에서 전환점은 어머니가 아버
        지에 맞서 선생님을 떠맡아 음악가로, 독립적인 개인이자 예
        술가로 성장하도록 아낌없이 지원하기 시작한 것이겠죠. 어
        머니에 대한 이야기가 듣고 싶습니다.

번스타인 어머니의 결혼 전 이름은 넬리 해버먼이었습니다. 폴란드 바
        르샤바에서 태어났고 미국으로 올 때 세 살이었어요. 어머니
        가 없었다면 지금과 같은 사람으로 성장하지 못했을 겁니다.
        모든 면에서 나의 생명선 같은 존재였죠. 우리 집은 그야말
        로 가부장적 집안이었습니다. 그러다가 나의 바르미츠바 날

에 어머니가 아버지에 맞서 "그만해요, 맥스" 하고 말했죠. 아버지가 "알았어, 넬리, 알았다고" 하고 대답했을 때 나에 대한 그의 지배는 끝났습니다. 그때부터 어머니가 나서서 나를 보호했어요. 아버지가 살아계시는 동안 나는 겉으로 드러나는 갈등을 피하려고 대체로 순종적인 아들 행세를 했습니다. 어머니는 내가 음악가가 되리라는 것을 알고는 나를 도우려고 할 수 있는 모든 것을 했습니다.

하비   어머니에 대한 사랑이 남달랐겠어요.

번스타인   물론이죠. 어머니가 내 엉덩이를 때릴 때조차도요. 음식 솜씨가 뛰어나셨어요. 버터가 들어간 케이크, 특히 발효 반죽으로 만드는 루겔라흐크루아상 비슷하게 생긴 유대인 전통 빵가 장기였죠. 식탁에 올려놓자마자 금세 사라지곤 했는데, 어머니는 항상 제날라(어린 아들)를 위해 여섯 조각을 몰래 숨겨놓았답니다. 세 명의 누나도 그것을 알았지만 억울하게 생각하지 않았어요. 내가 어머니의 사랑을 가장 많이 받는 아이라는 사실을 받아들였으니까요.
가끔은 어머니에게 이렇게 물었어요. "엄마는 내가 가장 좋죠?"
"아니야, 나는 모든 자식을 똑같이 사랑해!" 하지만 나는 외동아들이었고 나만 운 좋게 재능을 타고났죠. 어머니는 나를 누구보다도 사랑했습니다.

하비	어머니 얘기를 좀 더 해주세요.

번스타인 정식 교육을 받은 적은 없지만 철학자 못지않게 현명한 분이었어요. 조건 없이 사랑을 베풀 줄 알았고, 누군가를 사랑하면 그를 보호하기 위해 무엇이든 했습니다. 어머니는 자신의 안위나 욕망을 희생하면서까지 나를 보호했습니다. 내가 뉴욕에 살 때, 그리고 아버지가 돌아가셨을 때, 나는 어머니의 말벗이 되려고 뉴저지 밀번의 어머니 아파트에서 일주일에 두 차례 레슨을 했습니다. 어머니는 나를 위해 식사를 준비했는데, 제자들이 집에 와서 부엌에서 나는 향기로운 냄새를 맡으면 그들을 부엌으로 데려가 부글부글 끓는 솥에서 고깃국을 떠서 대접했죠. 제자들은 어머니를 무척 따랐고 어머니도 좋아했습니다.

겨울이면 뉴저지는 레슨하는 날 눈보라가 매섭게 몰아칠 때가 많았어요. 전화가 왔는데 "오늘 안 와도 된다" 그러시더군요. 일주일에 두 차례 나를 보는 것이 삶의 즐거움인 분이 말입니다.

"엄마, 갈 수 있어요."

"내가 앓는 모습을 보고 싶어서 그러니? 오지 말라니까. 말하면 들어!"

"알았어요. 가지 않을게요!"

어머니는 제자들 전화번호를 갖고 있어서 그들에게 연락할 수 있었습니다. 그녀가 레슨을 어떻게 취소했는지 제자들이 말해줬어요. 전화가 울려 수화기를 들고 "여보세요!" 하고 말

어머니, 넬리 번스타인

했는데 딱 한 마디만 들리더랍니다. "취소!" 그렇게만 말하고 전화를 끊으셨대요.

또한 어머니는 무척 재밌는 분이셨어요. 특별히 기억에 남는 사건이 있습니다. 어머니의 일흔다섯 번째 생일에 이스라엘 까지 모시고 갔습니다. 우리는 400명의 다른 승객들과 함께 엘알 항공기를 탔는데, 어머니는 사람들로 빼곡한 비행기 안을 둘러보더니 갑자기 소리를 높여 이렇게 말했습니다. "맙소사, 내 평생 한자리에서 이렇게 유대인이 많은 것은 또 처음 보네." 승객들 전체가 어머니 말에 배꼽을 잡고 웃었답니다.

어머니를 무척 좋아했어요. 어머니가 아흔두 살에(내 나이는 예순둘이었죠) 사경을 헤맬 때 나도 같이 죽고 싶었습니다. 정말로요. 열흘 동안 호스피스에 머물면서 혼수상태에 빠진 어머니 곁을 지켰어요. 직원이 옆에 간이용 침대를 하나 마련해주었습니다. 나는 식사를 가져올 때를 제외하면 방을 떠나지 않았습니다. 열흘째 되는 날, 간호사가 청진기를 어머니 가슴에 댔고 아무 말 없이 어머니 손을 내 손 위에 올려놓더군요. 그러고는 "곧 돌아가실 겁니다"라고 말했습니다. 어머니가 이 땅을 떠나는 동안 그 손을 꼭 잡았습니다.

지금도 어머니가 이 세상에 없다는 사실이 믿기지 않아요. 오랜 세월이 흘렀는데도 **어머니**라는 말을 입에 올리기만 하면 가슴이 꽉 막혀요. 내 상심이 얼마나 오래갔는지 보여주는 일화가 있어요. 어머니가 돌아가시고 12년이 지났을 때 바이올리니스트 친구와 식당에 간 적이 있습니다. 양다리 찜을 주문했어요. 웨이터가 내 앞에 요리를 내려놓았고, 나는 친구에게

"어머니가 제일 잘하는 요리였어"라고 말했어요. 그러자 갑자기 눈물이 걷잡을 수 없이 쏟아지더군요. 스스로도 이런 반응에 깜짝 놀랐습니다.

하비   어머니가 없었다면 지금의 선생님이 되지 못했을 거라는 말이 정확히 어떤 뜻이죠? 어머니 안의 무엇이 선생님 안에 살아 있습니까? 그녀는 선생님이 자신의 삶을 살도록 무엇을 주셨나요? 어머니와 선생님이 서로 닮은 점에는 어떤 것들이 있을까요?

번스타인   어머니가 내게 주신 것만이 아닙니다. 내가 어머니에게 준 것도 있어요. 우리는 서로를 무척 아꼈습니다. 어머니를 자주 찾고 서로 도움을 주려고 애썼습니다. 내가 뉴욕으로 이사를 갔을 때 어머니는 내가 재정적으로 넉넉지 않다는 것을 알았어요. 그곳이 처음이라 집세를 낼 만큼 제자가 많지 않았어요. 매주 어머니는 온갖 음식을 만들어서 커다란 쇼핑백에 싸서 양손에 들고는 버스를 타고 포트 오소리티 터미널에 내려서는 택시로 내 아파트까지 오셨습니다. 떠날 때는 20달러 지폐를 손에 슬쩍 쥐여주셨죠. 당시 20달러는 꽤 큰 돈이었습니다. 나를 무척 자랑스러워하셨어요. 이 다큐멘터리를 보셨어야 했는데 그러지 못해서 참 아쉽습니다. 어머니를 공개적인 자리에 모시고 가면 사람들이 항상 나에 대한 질문을 했습니다. "그는 집에서는 어떤가요? 연습을 많이 합니까? 이런 자리를 가지려고 애쓰나요? 마지막 질문에 대한 어머니의 대답은 늘 똑같았어요. "사람들이 그를 정문에 던져놓으면 그는 뒷문으로 들어온답니다." 어머니가 가장 좋아하는 문장이었고 저도 즐겨 말합니다.

실제로 어머니의 말은 항상 이런 식이었어요. 가끔은 이디시어로 말하기도 했는데, 누나들과 내 앞에 그냥 문장을 툭 던져놓곤 했죠. 우리는 맥락을 보고 그 의미를 짐작했습니다. 일례로 사람들이 "늘 그렇지 뭐"라고 말하는 상황에서 어머니는 "아 블레텔 줌 옵시스A bletel zum opsis"라고 말했어요. 쉰 살이 되었을 때 결국 어머니에게 물어보았습니다. "정확히 그게 무슨 뜻인가요? '블레텔'이 뭐예요?" 나는 어머니의 설명에 매료되고 말았습니다. 하긴 옛날에 신발은 오로지 가죽으로만 만들었죠. 뒤꿈치와 발바닥에 고무를 댄 신발은 없었어요. '아 블레텔 줌 옵시스'는 문자 그대로 번역하면 "발뒤꿈치에는 가죽이지"입니다. 그래서 "늘 그렇지 뭐" 하는 뜻인 겁니다.

앞서 말했듯이 어머니는 천성적으로 철학자였습니다. 내가 메인으로 이사를 와서 비용을 아끼려고 친구와 동거했을 때 종종 사소한 문제들로 다툼이 있었어요. 예컨대 크림치즈를 원래 있던 냉장고 둘째 칸이 아니라 셋째 칸에 둔다든가 하는 문제였죠. 어머니한테 이 얘기를 했더니 이러시더군요. "두 사람에게 충분히 넓은 집은 세상 어디에도 없단다." 한번은 어떤 부부를 만났는데, 부인은 시끄럽고 성격이 몹시 거친 반면 남편은 순하고 내향적인 사람이었어요. 어머니한테 "어떻게 저런 남편이 저런 부인이랑 같이 살 수 있죠?"라고 말했더니 이렇게 완벽한 설명을 해주시더군요. "모든 솥에는 거기

맞는 뚜껑이 있지." 어머니는 이렇게 보물 같은 지혜로 넘쳐 흐르는 분이었습니다.

하비   선생님의 말을 들으니 어머니의 영향이 컸다는 생각이 듭니 다. 선생님에게 무슨 일이 생기든 어떤 고통을 겪든 선생님은 절대적으로 선생님을 믿고 사랑하는 사람이 한 명 있다는 것 을 알았어요. 그런 점에서는 복 받은 사람입니다. 내 가족 중 에는 내가 하는 일이나 내 삶을 이해하고 성원해준 사람이 아 무도 없습니다. 이 때문에 괴로웠는데 쉰 살이 되고 그냥 받 아들이기로 했어요. 내 발전을 가로막고 자주 내 믿음에 타격 을 준 불가피한 제한을 인정했습니다.

번스타인   오 앤드루, 당신이 그런 고통을 겪었다니 애석하군요. 그 점 에 있어서는 당신 말대로 나는 복 받은 사람입니다. 어머니는 나를 절대적으로 무조건으로 사랑하셨어요.

"어머니는 열두 명의 자식을 키울 수 있지만,
열두 명의 자식은 어머니 하나를 돌보지 못한다"

하비   선생님이 어머니로부터 받은 무조건적인 사랑은 선생님이 스 스로 경험할 수 있었던 그 어떤 것보다 선생님에게 확고한 자 신감을 심어주었어요. 그것은 어머니가 아들에게 줄 수 있는 최고의 선물입니다.

번스타인 맞습니다. 그리고 나도 최고의 아들이 되려고 노력하여 보답했고요. 말년에 어머니는 시력을 점차 잃었습니다. 사실상 앞을 볼 수 없게 되자 뉴저지의 아파트를 포기하고 큰누나가 사는 플로리다로 이사를 갔습니다. 하지만 악몽 같은 상황이 벌어지고 말았어요. 누나는 어머니를 잔인하게 대했습니다. 어머니 말에 따르면 혼자 남겨두는 일이 너무 잦았다고 합니다. 한번은 누나가 점심을 차려놓고 어머니를 부엌으로 불렀는데, 어머니가 특별한 무엇이 먹고 싶다고 하자 소리를 지르면서 준비한 점심을 혼자 먹어버리겠다고 했답니다. 들으면서도 믿기지 않는 이야기였어요. 누나는 어머니를 보살피는 일에 스트레스를 너무 받았던 겁니다. 이 일과 관련해서도 어머니는 지혜로운 말을 하셨어요. "아들아, 어머니는 열두 명의 자식을 키울 수 있지만, 열두 명의 자식은 어머니 하나를 돌보지 못한다."

플로리다 생활에 문제가 있다는 이야기를 들었을 때 나는 메인에 살고 있었고, 『피아노 주법의 20가지 포인트Twenty Lessons in Keyboard Choreography』라는 중요한 책을 쓰는 중이었어요. 그 책을 쓰는 데 거의 10년이 걸렸죠. 나는 일을 제쳐놓고 어머니를 누나에게서 구하려고 플로리다로 날아갔습니다. 거기서 메인 주 포틀랜드로 가서 주차해놓은 내 차를 타고 어머니를 이 집으로 모셨어요. 어머니가 플로리다로 이사를 갔을 때 침실 가구들을 이 집에 가져다 놨기에, 어머니는 자신의 침대와 물품들을 다시 만나고 무척 반가워했습니다. 나는 어머니가 가장 좋아하는 요리를 했습니다. 책을 쓰는 창조적 일은 이것으로 끝이라고 생각했습니다. 그러나 완전히 잘못된 생각이었어요. 어머니는 내가 피아노 앞에 앉아 책을 쓰고 건반을 만지작거리는 동안 담요를 덮고 의자에 앉아 있었습니다. 가끔 내가 "어떻게 해야 좋을지 모르겠네요" 하고 울부짖으면 몇 시간 동안 조용히 앉아 있던 어머니는 이렇게 말했습니다. "걱정할 것 없다, 아들아. 방법을 찾아낼 거야." 어머니는 거기 앉아서 나를 그렇게 격려했고 아무것도 요구하지 않았어요. 글을 쓰는 아들의 자랑스러운 모습을 그저 즐기기만 했습니다.

앤드루, 이 시점에서 나의 창조적 세계에 대해 고백할 것이 있어요. 당신도 알겠지만 나는 작곡하고 글을 쓰려는 강박이 있습니다. 내가 연주자로서의 삶을 그만둔 중요한 이유가 그겁니다. 흥미롭게도 창조의 과정만큼 나를 비참하게 만드는 것이 없고, 창조의 산물만큼 나를 행복하게 만드는 것도 없어요. 뭔가를 완성해내는 뿌듯함 때문에 그 과정을 참아내는 것이라고 할 수 있을 정도지요. 창조적 재능이라는 것은 자발적입니다. 다시 말해 별개의 생명체예요. 내가 작곡을 하거나 글을 쓰기 시작하면 그것이 완성을 요구합니다. 여기에 반항하면 비참해지고 죄책감이 듭니다. 그래서 내가 원하든 그렇지 않든 창조적 프로젝트를 시작했으면 기어코 끝내야 합니다.

한 달 뒤에 어머니를 플로리다로 다시 모셨어요. 아름다운 요양원을 봐둔 게 있어서 어머니는 거기서 남은 나날을 보냈습니다. 의사가 어머니에게 백내장 수술을 권했습니다. 빛을 볼 수도 없었는데 한쪽 눈을 수술하고 나서 시력이 온전해져서

요양원의 모든 사람을 볼 수 있게 되었습니다. 내가 보낸 꽃들도 보게 되었고 텔레비전도 다시 볼 수 있었죠. 두 달 뒤에 어머니는 심장 발작으로 돌아가셨습니다.

하비   어머니가 돌아가셨을 때 어떤 심정이었나요?

번스타인   나도 같이 죽고 싶었습니다. 어머니 없는 세상은 견딜 수 없을 것 같았으니까요. 하지만 나는 무척 강한 사람이고 계속 살아가리라는 것을 알았습니다. 당신에게 잊고 말하지 않은 아주 흥미로운 것이 있는데 아버지의 죽음과 관련한 것입니다. 아버지가 돌아가시고 나서 내가 아는 몇몇 사람을 내 인생에서 지웠어요. 소위 우정이라 부르던 것을 차례로 끝장냈습니다.

하비   선생님은 아버지가 돌아가셨을 때 잘못된 관계들을 모두 정리하는 방식으로 나름의 축하를 한 것이로군요.

번스타인   맞아요, 정확한 표현입니다.

하비   어머니가 돌아가시고 어떻게 일상으로 돌아갔는지 듣고 싶군요.

번스타인   음악이 나의 구원자였습니다. 그때만이 아니라 항상 그랬죠.

하비   어머니도 선생님의 구원자였나요?

번스타인   그렇게 볼 수 있죠. 음악이 그랬듯이 어머니도 내 인생에서 큰 역할을 했으니까요.

하비   어머니가 선생님을 음악가로서 사랑하고 음악가로서 축복한 것은 놀라운 일이 아닌가요?

번스타인   그녀의 아들과 음악은 동의어였으니까요.

하비   선생님과 음악이 동의어였던 것만이 아니죠. 선생님이 생생하게 설명했듯이 선생님 어머니는 결정적인 순간에 용감하고 현명하게 선생님을 보호했어요. 덕분에 선생님은 음악과 하나가 될 수 있었고 열심히 연습할 수 있었죠. 뉴저지의 유대인 고물상의 아들이라는 사회적 배경을 생각할 때 선생님은 이런 이례적인 행운에 자부심을 느껴도 됩니다.

번스타인   전적으로 옳아요.

하비   어머니가 선생님을 사랑하고 선생님의 음악적 재능을 사랑할 수는 있어요. 하지만 그 이상을 하셨죠. 이런 이례적인 결정으로 선생님을 보호했습니다. 고물상의 아들이 클래식 음악을 직업으로 택하는 경우가 얼마나 될까요? 그녀는 대단한 영혼의 상상력을, 대단한 마음의 상상력을 가졌던 분입니다.

번스타인   자식들을 몹시 아끼면서도 아이가 뭔가에 몰입하는 것을 질투하는 어머니들이 있어요. 어머니와 함께하는 시간을 빼앗아가기 때문이죠. 내 어머니는 반대였습니다. 자신의 행복을 기꺼이 희생하셨어요. 그렇게 해서 내가 더 많은 시간을 연습할 수 있다면 말입니다. 어머니가 나를 보호하기 위해 얼마나 애썼는지 보여주는 또 다른 예를 들려드리죠. 우리는 두 가구가 사는 집 2층에 살았습니다. 피아노는 거실에 있었어요. 거실 옆에 작은 서재가 있었고, 주방과 식당, 침실 두 개가 있었죠. 누나들이 전부 근처에 살아서 매일 어머니를 보러 왔습니다. 그들은 내가 연습하는 옆의 서재에 모여 이야기를 나누었습니다. 나는 고등학교를 졸업하고 나서 집에서 지내면서 하루 종일 연습하고 가르치는 일도 했습니다. 대학 진학은 포기했습니다. 그저 소홀히 한 학과를 보충하고 레퍼토리를 늘리고 싶었습니다. 결국 피아니스트가 되고 싶었던 거죠. 문제는 연습하는 동안 누나들과 어머니가 나누는 대화 소리가 들렸다는 겁니다. 네 명의 여자가 함께 이야기하면 소리가 얼마나 큰지 당신도 아시겠죠. 나는 연주에 더없이 진지했으므로 무엇보다 연습에 집중하는 것이 중요했습니다. 마침내 어느 날 서재에 가서 연습에 집중할 수 없다고 그들에게 말했습니다. 다행히도 어머니는 누나들을 주방으로 데려가 거실과 통하는 문을 닫았습니다. 그날부터 내가 연습하는 동안에는 아무도 거실이나 서재로 들어오지 못했습니다. 누나들도 나를 좋아했고 내 재능을 높이 평가했어요. 그래서 어머니가 나를 보호하는 것에 대해 그들은 아무 불평이 없었습니다.

하비　　　　다른 사람에게서 그런 배려와 사랑을 또 느껴본 적이 있습니까?

번스타인　　그 정도로는 없었어요.

"6년이나 유대인 학교를 다니는 게 무슨 소용이 있나요?
어머니가 돌아가신 아버지를 위해
기도를 올리는 것조차 못하게 하잖아요"

하비　　　　어머니는 신에 대한 믿음이 어떠했나요?

번스타인　　직접 물어본 적은 없습니다만, 어머니는 어렸을 때 유대인 율법을 따르는 집안에서 자랐고 우리 집도 율법을 지키려고 했어요. 그래서 고기는 항상 율법에 따라 도축한 것을 썼고, 유제품과 육류를 함께 올리지 않았습니다. 예를 들어 고기에 구운 감자를 곁들일 때 버터를 바르지 못했으므로 닭기름을 사용했죠. 어머니는 종교 행사에 나가시지는 않았어요. 하지만 속죄일에 이즈코르 예배(죽은 자를 위한 추도 예배)에는 참가했습니다. 아버지가 살아계실 때 1년에 한 번 회당에 같이 나가서 예배를 보았습니다.
아버지가 돌아가셨을 때 아버지는 12년째 회당 회원이었습니다. 살아계실 땐 종교적 위선자였죠. 속죄일에 딱 하루 회당에 나갔고 그날 금식하는 것이 전부였으니까요. 아버지가 돌아가시고 나서 우리는 그의 회원 자격을 갱신해야겠다는 생각을 하지 않았습니다. 그도 그럴 것이 아버지를 제외하고는 가족 중 아무도 회당에 나가지 않았으니까요. 그런데 아버지가 돌아가시고 속죄일에 어머니가 나보고 이즈코르 예배에 데려가달라고 하시더군요. 회당 입구에 갔더니 긴 테이블이 있었고 여덟 명 정도 되는 남자들이 앉아 있었습니다. 그리고 경찰 한 명이 근무 중이었습니다. 나는 맨 처음 본 남자에게 다가가서 말했습니다. "아버지가 12년 동안 여기 회원이었습니다. 그분이 돌아가시고 회원 자격을 갱신하지 못했는데, 어머니가 그를 위해 이즈코르를 올리고 싶어 하십니다. 안에 들어가도 될까요?"

"티켓이 없으면 들어갈 수 없습니다!" 남자가 말했습니다.

나는 분노가 울컥 치밀었습니다. "어머니가 회당에 들어가는 것을 막겠다는 겁니까?"

"티켓이 없으면 들어갈 수 없다니까요!" 그가 똑같은 말을 반복했습니다.

이 말에 나는 테이블을 잡고 입구로 내던졌습니다. 경찰이 나를 제지하려고 달려왔고, 사람들이 무슨 소동인지 알아보려고 회당에서 쏟아져 나왔습니다. 그렇게 냉정함을 잃다니 완전히 나답지 않은 행동이었어요. 그러나 당신도 짐작하겠지만 그것은 나를 강제로 유대인 학교에 보낸 아버지에 대한 억눌린 분노의 결과였습니다. 6년이나 유대인 학교를 다니는 게 무슨 소용이 있나요? 어머니가 돌아가신 아버지를 위해 기도를 올리는 것조차 못하게 하잖아요.

어떤 남자가 어머니 쪽으로 서둘러 다가왔습니다. 동네 슈퍼

마켓 주인이었어요. "번스타인 부인," 그가 친절하게 말했습니다. "여기 내 자리에 앉으시죠. 저는 잠깐 밖에 나가 있겠습니다."

그들은 어머니를 들여보냈고, 몇 사람이 테이블을 다시 정돈했습니다. 나는 회당 밖에서 어머니를 기다리면서 왜 내가 체포되지 않았을까 진지하게 생각했습니다.

하비   어머니와의 관계에 대해 이렇게 들어보니 그분이 선생님의 신비로운 근원이었다는 생각이 듭니다. 선생님의 모든 강줄기 흐름이 비롯되는 발원지 같은 존재 말입니다.

번스타인   둘째 누나도 그러더군요. 지금 몸이 불편해서 내가 보살피고 있죠. 누나는 항상 어머니가 나로 인해 사셨다고 했어요. 내가 없었다면 그보다 훨씬 오래전에 돌아가셨을 거라고 생각했죠.

하비   선생님을 보살피려고 살아계셨군요.

번스타인   맞아요, 오로지 날 위해 사셨죠. 누나도 어머니가 날 위해 사셨다고 확신했어요.

하비   그렇다면 선생님은 어떤 면에서는 어머니의 남성적 모습이고, 마찬가지로 어머니는 선생님의……

번스타인   나의 여성적 모습이죠. 맞아요, 그럴 수 있어요.

하비   선생님에게 여성의 아름다움이란 어떤 것입니까? 선생님은 어머니가 요리하고 집을 아름답게 가꾸는 모습을, 어머니의 사랑 가득한 친절함과 아량에 대해 무척 즐겁게 이야기해요. 내가 "선생님 안의 여성적 모습"이라고 말할 때 선생님의 눈이 반짝거리더군요. 선생님은 어머니를 겪으면서 어떤 특징들을 여성적이라고 여깁니까? 그리고 왜 그것들을 그토록 사랑하죠?

번스타인   상냥함, 육체적인 것을 넘어 사랑할 수 있는 심오한 능력.

하비   선생님은 여성들이 이런 것을 훨씬 더 잘한다고 느끼는군요?

번스타인   여성들은 올바른 이유로 사랑할 줄 알아요. 그저 사람의 외양이 아니라 내면에 이끌리죠. 고백하건대 항상 여성이 남성보다 우월하다고 느껴왔습니다.

하비   왜 그렇죠?

번스타인   그들이 악기를 연주하고 글을 쓰는 탁월한 방식을 오랫동안 봐 왔어요. 여성들이 오랜 세월 억압을 받았다는 것은 우리 모두 알고 있죠. 그들이 그렇게 억압받지 않았다면 능력과 결과물이 남자들보다 더 뛰어나지 않았을까 생각합니다.

하비   이것이 남성들이 여성들을 억압한 하나의 이유라고 생각해
            요? 여성들이 발휘할 수 있는 능력의 힘과 아름다움을 시기
            해서?

번스타인   그럴 수 있어요. 나도 그렇게 생각했습니다.

하비   '남근 선망'이라는 말이 있지만 나는 오히려 '자궁 선망'이 훨
            씬 더 설득력이 있다고 항상 생각했습니다. 남성들은 여성의
            출산 능력과 복합 오르가슴을 느끼는 능력을 부러워해요. 여
            성의 몸에 있는 놀라운 능력이죠. 여성과 여성성을 무시하는
            가부장제 사회의 이면에는 여성이 실은 남성보다 훨씬 강하
            고 창조적이라는 끔찍하고 은밀한 두려움이 있습니다.

번스타인   그럴 수 있어요. 당신은 그렇게 느끼나요?

하비   그럼요.

번스타인   이제까지 내 말에 동의한 사람을 한 명도 만나보지 못했어요.
            당신이 처음이에요.

하비   나는 우리 시대에 가장 놀라운 것 하나로 많은 위대한 교사들
            이 여성이라는 것, 위대한 작가들, 새로운 영역을 개척한 작
            가들 중에 여성이 많다는 것을 꼽습니다. 카리스마 넘치는 뛰
            어난 가수들도 여성이 많죠. 사회를 변화시키는 뛰어난 여성

정치인들도 점차 나오고 있고요. 멋진 여성성이 귀환하는 시대에 살아서 무척 영광이라고 생각합니다.

번스타인   맞아요, 힐러리 클린턴을 봐요.

하비   그렇죠!

번스타인   그녀는 미국 최초의 여성 대통령이 될지도 몰라요.

하비   이런 것을 보면 희망이 생깁니다. 내가 여성에게서 가장 좋아하는 것이, 여성들은 사람을 깊이 배려하며 어마어마한 지성과 현실성을 결합해낼 줄 안다는 점이거든요. 우리가 이런 여성의 힘이 찬양되는 세상, 이것이 중심에 놓이는 세상을 만든다면, 지금 우리가 맞닥뜨린 끔찍한 문제들을 상당 부분 풀수 있을 겁니다.

번스타인   앤드루, 이제 내 인생의 한 이야기를 들려줄 텐데, 그 이야기를 들으면 여성이 어떤 영향을 미칠 수 있는지 다른 관점에서 보게 될 겁니다. 믿기지 않을 겁니다.

"나를 '풋내기, 건방진 미국인 녀석'이라고 생각하는 사람과
함께 공부할 수 없어요"

하비   왠지 좋은 이야기 같지는 않군요.

번스타인 들어봐요. 내가 열아홉 살 때 친척들이 내 부모님에게 음악계와 연이 있는 사람을 알고 있다고 말했습니다. 그 남자는 내가 뉴어크에서 허송세월하고 있으며 뉴욕의 음악학교로 가야 한다고 생각했어요. 그래서 부모님이 그를 만나보았고 나에게 그의 생각을 전해 나도 동의했습니다. 그는 매니스 음악학교 오디션 자리를 마련해주었고 그곳까지 나를 데려갔습니다. 데이비드와 클라라 매니스, 그들의 아들 레오폴드 매니스 모두 당시 살아 있었습니다. 이스트 70번가에 있는 자택에서 학교를 운영했고, 나중에 더 큰 건물로 옮겼죠. 그들 앞에서 오디션을 보았는데, 레오폴드가 내 연주를 듣고 장학금을 주고 싶다면서 이렇게 덧붙였습니다. "당신을 미국에서 가장 유명한 교사 이저벨 벤게로바 부인에게 보낼 생각입니다. 물론 부인 앞에서도 오디션을 봐야 해요." 나는 매니스 가족 모두에게 연신 고맙다는 말을 하고는 전액 장학금을 받게 되었다는 말을 어머니에게 서둘러 전하려고 뛰어갔습니다.

학교 근처에서 몇몇 학생들을 만났는데 다들 벤게로바가 괴물이라고 생각하더군요. 나는 그들이 멍청하거나 재능이 없어서 부인이 닦달을 한 것이라고 단정했습니다. 나는 그들과 달리 사랑받을 거라고 생각했죠.

다음 주에 웨스트 90번가에 있는 벤게로바 부인의 아파트에 가서 오디션을 보았습니다. 스타인웨이 피아노 두 대가 나란히 있었습니다. 그녀가 하나 앞에 앉았고, 내가 그 옆의 피아노에 앉았지요.

"매니스 씨가 당신을 무척 높이 평가하더군요. 그럼 연주를 들어볼까요?"

이런 분이 괴물이라고? 오히려 더없이 상냥한 분이었어요. 나는 쇼팽의 야상곡 한 곡을 연주했습니다.

"으음, 손목이 아주 편안하군요. 나는 제자들 손목에 힘을 빼게 하느라 무척 고생한답니다! 그렇게 아름답게 연주하는 법을 어디서 배웠죠?"

"뉴저지 뉴어크에서요." 내가 말했습니다.

"정말로요? 형제자매들이 몇 명이나 있어요?"

나는 마음속으로 생각했습니다. **친할머니 같아. 존경스러워.**

부인은 내게 다른 곡도 연주해보라고 했습니다. 그래서 그렇게 했어요. 열아홉 살에 대담하게도 나는 부인에게 레셰티츠키한테서 배웠는지 물어보았습니다.

"으음, 그렇지 않아요. 나는 레셰티츠키의 두 번째 부인 에시포바한테 배웠죠. 내가 레셰티츠키와 연관된다는 것을 어떻게 알았어요?"

"뉴어크에서 나를 가르친 스승이 레셰티츠키의 제자였습니다." 내가 말했습니다.

다음 제자가 벌써 문을 두드리고 있었습니다. "매니스 씨에게 당신을 가르치고 싶다고 말해줘요. 당신은 9월에 레슨을 받으러 와요." 그때가 6월이었는데 그녀는 내게 첫 레슨의 날짜와 시간을 정해주었습니다.

당연하게도 첫 레슨의 날이 다가오면서 나는 전보다 훨씬 더 열심히 연습했습니다. 뉴욕행 열차를 타고 갈 때 이제 첫 레슨을 받는구나 생각하자 가슴이 뛰더군요. 부인의 아파트에

도착해서 벨을 눌렀고, 하인이 나오더니 현관 홀에서 기다리라고 했습니다. 의자에 앉아 5분 정도 있었을 때 방에서 소리를 낮춘 음성이 들렸어요. 갑자기 문이 벌컥 열리더니 키 크고 매력적인 젊은 여자가 눈물을 줄줄 흘리며 서둘러 나왔습니다. 그녀는 내 옆을 지나면서 완전히 당혹스러운 표정으로 나를 흘긋하고는 정문 밖으로 쏜살같이 사라졌습니다.

무슨 경황인지 알아차리기도 전에 안에서 부인의 목소리가 들렸습니다. "음, 들어와!" 초대보다는 명령에 가까운 목소리였어요. 엄격한 목소리 톤과 눈물을 흘리며 서둘러 내 옆을 지나던 제자의 모습에서 부인의 기분을 짐작하고는 걱정이 되었습니다. 뺨에 키스를 하는 인사는 정말 하고 싶지도 않았어요. 부인이 내게 손을 내밀고는 이렇게 물었습니다. "여름은 재미있게 보냈니?"

"네, 좋았어요. 감사합니다."

그녀는 애써 상냥한 척했지만 확실히 심기가 부글부글 끓고 있었습니다. 지체 없이 바로 레슨에 들어갔어요. "지난번에 만난 이후로 무슨 레퍼토리를 준비했지?" 나는 바흐의 〈반음계적 환상곡과 푸가〉, 베토벤의 〈황제〉 협주곡을 언급했습니다. 그리고 준비한 다른 다섯 작품도 말하려는 찰나, 그녀가 서둘러 말을 끊고는 "으음, 바흐를 연주해보렴" 하고 말했습니다.

그때까지 살면서 경미한 불안에서 극도의 패닉에 이르기까지 여러 종류의 긴장을 겪어보았지만, 부인 속에 억눌린 폭풍과 내가 방금 목격한 사건이 더해지자 그야말로 최악의 불안이 일기 시작했습니다. 바흐를 연주하기 시작했을 때 손가락이 마치 시멘트 덩어리에 넣은 듯 감각이 둔해진 것이 확연히 느껴졌습니다. 도입부를 연주하는 데 온 신경을 써버려서 부인이 곧바로 연주를 중단시켰을 때는 차라리 안도감이 들더군요. "이제 베토벤!" 내가 협주곡의 도입부를 채 끝내기도 전에 또다시 그녀가 연주를 중단시켰습니다. "좋아, 이제 레슨을 시작하자."

이 말과 함께 그녀는 매섭게 나를 노려보아 나도 모르게 어깨에 힘이 들어갔습니다.

"으음, 말해보렴, 너는 연습을 어떻게 하니?"

전에 한 번도 그런 질문을 받아본 적이 없어서 나는 한참 생각하다가 이렇게 대답했어요. "무엇을 연습하느냐에 따라 달라진다고 생각합니다." 대답을 아주 잘했다고 생각했습니다.

부인은 갑자기 매서운 눈초리로 나를 쳐다보며 위협적인 목소리로 물었어요. "으음, 중등학교는 나왔니?"

"네, 벤게로바 부인."

"으음, 졸업은 했고?"

얼굴에서 피가 다 빠져나가는 기분이더군요. "네." 그렇게 대답했습니다.

"고등학교에 진학해서 졸업했고?"

"네, 부인."

갑자기 그녀가 폭발했습니다. "**그 교사들은 네게 질문을 한 적이 없더냐? 왜 또박또박 알아듣게 대답을 못해?**"

나는 얼굴이 파랗게 질렸고 여섯 주 동안 그런 낯빛이 가시지 않더군요. 그녀는 정말로 괴물이었어요. 레퍼토리 연주를 무시하고 그냥 손목 훈련만 죽어라 시켰습니다. 처음에는 내 손목이 유연하다며 칭찬을 아끼지 않았는데, 왜 그렇게 내 연주 메커니즘의 이 부분에 집중했을까요? 게다가 그녀는 어깨 쪽 팔은 움직이지 않게 두고 내 손목을 손가락과 팔꿈치 사이에서 움직이도록 했어요. 결국 손목을 삐고 말았는데, 그녀는 내가 무거운 가방을 들고 다녀서 그렇게 되었다고 하더군요. 다른 레슨에서 그녀는 어떤 손동작을 만들려고 내 손을 잡았습니다. "으음, 손이 왜 이렇게 차지?" 그녀는 비웃는 투로 말했습니다.

도저히 진실을 말할 수 없는 상황이었어요. 그녀가 죽을 만큼 겁이 나서 그렇다고 어떻게 말하겠어요? 그래서 이렇게 대답했죠. "바깥 날씨가 워낙 추워서요."

남에게 상처를 주는 기회를 결코 놓치는 법이 없는 그녀가 말했습니다. "하지만 너는 이 방에 충분히 오래 있었잖아."

여섯 번째 레슨에서 부인은 난데없이 이렇게 물었습니다. "너는 표정이 왜 이렇게 어둡니?"

나는 생각했습니다. **거봐, 뭐랬어. 저 마녀도 사실은 인간이야. 이제 속마음을 털어놓아도 돼.**

그래서 대단히 조심스럽게 입을 열었습니다. "부인, 손목 훈련이 제게 도움이 된다는 것은 알지만(저는 거짓말을 못하는 사람입니다) 레퍼토리 연주가 그립습니다. 연습에 통 흥미를 못 느끼겠어요."

내 말이 도화선이 되어 그녀가 폭발했습니다. 말 그대로 비명을 질렀어요. "풋내기, 건방진 미국인 녀석! 의견을 크게 말하지도 못하면서 생각은 풋내기지! 네가 감히 교수법을 논해? 그 선생한테 가지 그래?(여기서 그녀는 매니스 학교의 모든 피아노 교사를 다 언급했어요.) 그들은 네가 그렇게 원하는 레퍼토리만을 줄 테니까!" 그녀의 장광설은 몇 분 동안 계속되었어요. 그러고 나서 말했습니다. "바흐의 B♭ 파르티타 연주한 적이나 있어? 종이에 적어.(자신이 말하는 모든 것을 항상 받아 적게 했죠.) 쇼팽의 첫 번째 즉흥곡은? 적어. 악보를 완전히 외우지 못하면 다음 주에 여기 올 생각 마."

그녀의 아파트에서 나오면서 내가 다시는 돌아갈 일이 없다는 것을 알았습니다. 엘리베이터를 탔는데 내 표정이 끔찍했던 모양입니다. 엘리베이터 안내원이 나를 슬쩍 보더니 이렇게 말했습니다. "걱정할 것 없다, 얘야. 잘될 거다."

집에 와서 레오폴드 매니스에게 전화를 걸어 다시는 그녀의 아파트에 돌아가지 않겠다고 말했습니다.

"네 마음대로 벵게로바 부인을 떠날 수 없다." 그는 대단히 충격 받은 목소리로 말했습니다.

"그렇다면 장학금을 포기하겠어요. 나를 '풋내기, 건방진 미국인 녀석'이라고 생각하는 사람과 함께 공부할 수 없어요." 그는 잠시 생각하다가 말했습니다. "알았다. 예외를 두어 너를 다른 교사한테 보내마."

허먼 드 그랩 박사가 나를 맡기로 했습니다. 그는 벵게로바 부인과는 정반대였습니다. 내가 무슨 일을 겪었는지 알고 있어서 나를 불편하게 하지 않으려고 조심스럽게 대했습니다.

레오폴드 매니스와 이야기를 마치고 곧바로 아이린 로젠버그가 브루클린에서 전화를 했습니다. 학교 교무처에서 내 전화번호를 알아냈다고 했어요. 그녀는 내가 벤게로바 부인과 첫 레슨을 할 때 무슨 일이 벌어질지 알고 있었다고, 부인을 폭발 직전으로 만들어놨던 것에 사과했습니다. 그렇게 벤게로바 부인과의 레슨은 끝났지만, 그 대신 가장 오래 이어진 만족스러운 우정이 시작되었습니다. 바로 아이린 로젠버그와의 우정이었죠. 그녀는 벤게로바 부인 밑에서 6년 동안 배웠고, 매번 레슨 때마다 마음의 상처를 받았다고 했습니다. 내가 6주 만에 부인을 떠났다는 사실에 고무되어 아이린도 똑같이 행동하기로 했습니다. 그 대가로 매니스 음악학교를 졸업하지 못했죠. 다음 주에 벤게로바의 제자 한 명이 브루클린의 로젠버그 집으로 상자를 들고 왔습니다. 상자 안에는 아이린이 크리스마스 선물로 벤게로바에게 준 도자기 천사상이 들어 있었습니다.

시즌이 끝날 때가 되자 학교에서 협주곡 연주회를 마련했습니다. 네 명의 학생이 뽑혔는데 나도 포함되어 있었어요. 나는 바흐의 F단조 협주곡을 맡게 되었고, 레오폴드 매니스가 나를 위해 카덴차를 썼습니다. 연주하려고 무대로 나가던 중 벤게로바 부인이 무대 위로 걸린 박스석에 앉아 있는 것이 보였습니다. 위협적인 눈길로 나를 뚫어져라 쳐다보더군요. 나는 당황하지 않고 나의 진면목을 보여주기로 했습니다. 그야말로 활기차게 협주곡에 돌입했고, 2악장은 깊은 감정을 담아 연주했습니다. 멋지게 질주하는 피날레가 끝나자 기립박수가 터졌습니다. 이런 말을 하기 쑥스럽지만 나는 그날 밤 스타였습니다.

벤게로바 부인이 다음 날 아침 내가 자신을 떠난 데 대한 보복으로 어떻게 했는지 알아요?

하비   무엇을 했는데요?

번스타인   맞혀보세요.

하비   모르겠어요.

번스타인   좋아요, 내가 말해주죠. 연주회 다음 날 아침, 레오폴드 매니스가 내게 전화를 걸어 사무실로 빨리 오라고 했습니다. 그래서 나는 서둘러 뉴욕으로 갔고, 그의 사무실로 들어가자 그가 나를 껴안으며 울기 시작했습니다.

"매니스 씨," 나는 무척 걱정이 되어 물었습니다. "무슨 일이에요?"

그는 벤게로바 부인이 그날 아침에 전화해서 이렇게 말했다고 했습니다. "더는 못 참겠어요. 내가 그 아이를 가르칠 만큼 뛰어나지 않다는 소문이 돌고 있더군요. 그 아이를 퇴학시켜요. 아니면 내가 나갑니다."

매니스 씨는 눈물을 글썽이며 말했습니다. "시모어, 부인이 나가면 학교를 접어야 해. 그녀는 여기서 핵심적인 인물이니까. 어쩔 수 없어. 너를 내보낼 수밖에."

이 대목에서 눈물이 쏟아지기 시작했습니다. 나는 학교를 사랑했어요. 친밀하게 진행되는 수업 분위기도 참 좋았지요. 가령 대위법 수업에는 여섯 명의 학생만이 있었어요. 그런 학교를 떠나야 한다고 생각하니 충격이 어마어마했습니다. 뉴어크의 집으로 돌아와서 어머니에게 상황을 설명했습니다.

어머니가 물었습니다. "뭘 했기에 그들이 너를 퇴학시켰니?"

"무대에서 연주를 잘했거든요."

그 충격에서 벗어나는 데 1년이 걸렸습니다. 생각해보니 짜릿한 승리더군요. 왜냐하면 나는 뉴어크에서 온 무명의 인물이었지만, 미국에서 가장 중요한 교사 가운데 한 명에게 위협적인 존재였으니까요. 여러 달이 흘러 뉴욕 타운홀에서 제자들과 함께 서 있는 그녀 옆을 지나게 되었습니다. 그녀는 내가 누군지 기억하려는 듯 뚫어지게 나를 쳐다보았습니다.

"안녕하세요, 벤게로바 부인. 기억하시나요? 시모어 번스타인이에요."

"당연히 기억하고말고." 그녀는 비웃었습니다. "나를 참지 못하고 떠난 아이잖아."

얼마 뒤에 그녀는 죽었습니다. 이렇게 말해서 안됐지만, 덕분에 다른 제자들이 그녀의 천성이 뿜어내는 독을 면하게 되었어요.

하비   놀라운 이야기네요. 뛰어난 재능의 여성이 괴물이 된 전형적인 예랄까. 그런 여성들은 엄청난 고통을 안겨줄 수 있어요. 남을 조종하는 데 능하고 심리적으로 영악해서 양심의 가책

없이 크나큰 파괴를 저지를 수 있죠. 남성성과 여성성 모두 끔찍한 그늘이 있는 것 같아요. 남성성이 최고의 상태면 숭고하고 너그럽고 분명하며 의무에 대한 에너지가 넘칩니다. 최악이면 권력에 집착하고 잔인하고 냉혹하고 지배하려 들죠. 여성성도 긍정적인 면이 많지만 사회적·정치적·경제적 면에서 남성에게 억눌려 있어서 기회가 되면 남을 조종하거나 폭력적으로 굴기 쉽고, 노골적인 방식이나 에두른 방식 모두에서 권력에 중독될 수 있습니다.

번스타인 다른 여성들과 대조되는 면이 한층 부각되어서 그런지 남성성의 안 좋은 면들보다 더 나빠 보여요. 내가 피아노 교사들을 관찰한 바에 의하면 진짜 괴물들은 여성입니다. 끔찍한 남성 교사도 간혹 있지만 여성들만큼은 아니에요.

"주요한 경력을 추구하는 기회가
여성들에게 결코 주어지지 않았어요"

하비 무엇이 이렇게 끔찍한 여성들을 만든다고 생각하세요?

번스타인 여성들은 예속되어 있었으니까요. 주요한 경력을 추구하는 기회가 여성들에게 결코 주어지지 않았어요.

하비 그래서 제자들에게 분풀이를 하는 거로군요. 선생님, 영화에서 언급된 선생님의 후원자라던 모호하고 복잡한 여성에게도 무척 흥미가 가요. 그녀와의 관계에 대해 좀 더 말해주세요.

번스타인   부스 부인 말이군요. 내가 '부스'라는 이름이 항상 불편했다
는 사실을 다큐멘터리에서 말하는 것을 깜빡했습니다. 자꾸
술booze을 떠올리게 해요. 그래서 나는 '공작부인'이라고 부른
답니다. 시인 퍼트리샤 벤턴이 자신의 시집에 어울리는 음악
을 만들어달라고 내게 부탁한 적이 있습니다. 여배우 블랜치
유르카가 나인이스트 72번가에 있는 밀드러드 부스 부인 소
유의 저택에서 그 시들을 암송할 거라고 했습니다. 암송이 열
릴 때 나보고 작곡한 음악을 연주하고 나중에 독주곡도 몇 곡
연주해달라고 했습니다. 나는 초대를 기쁜 마음으로 받아들
였습니다. 그렇게 시작되었어요. 부스 부인은 뉴욕 필하모닉
과 메트로폴리탄 오페라하우스로 나를 초대하여 곧바로 나와
친해졌습니다. 두 홀 모두에서 박스석 맨 앞 중앙에 앉았죠. 공
연을 보고 나서는 호화로운 저녁을 가졌습니다. 이런 일이 1년
정도 계속되었고, 어느 날 부인이 자신의 저택에서 열리는 행
사에 대해 말했습니다.
"혹시 오르간 연주하는 사람을 알아요?" 그녀가 물었습니다.
"나도 오르간을 조금은 칩니다. 내가 그 행사에서 오르간을
연주할까요?"
연주가 그렇게 성사되었어요. 당신이 다큐멘터리에서 본 대
로 행사에서 연주를 맡고 나서 나는 그녀가 총애하는 사람이
되었습니다.

하비   알겠어요. 그리고 나서 부인이 선생님에게 자신의 저택 열쇠를 주었군요.

번스타인   맞습니다. 나는 모든 제자들 연주회를 그곳에서 했습니다. 내 독주회도 그곳에서 가지려고 했죠. 방이 서른네 개인 5층짜리 대저택이었어요. 공작부인은 스카스데일에도 땅이 있고 한쪽 끝엔 튜더식 저택이 있었습니다. 비어 있던 곳인데 내가 유럽에서 데뷔 공연을 하고 돌아왔을 때 그곳에서 머물도록 했습니다. 부인은 내 유럽 공연도 후원했죠.

하비   부인과의 관계에 무슨 일이 있었나요?

번스타인   부인은 끊임없이 내게 요구를 했습니다.

"돈 많은 사람에게 빌붙어 사는 느낌이 들었습니다.
양심상 계속해서 그렇게 살 수는 없었어요"

하비   갈수록 요구가 많아졌군요.

번스타인   네, 갈수록 많아졌어요. 나는 매일 저녁마다 부인과 식사를 해야 했습니다. 요리사와 하인이 있었고 항상 격식을 차린 식사여서 재킷을 차려입어야 했습니다. 부인은 아들 둘과 딸 하나가 있었는데 아들 한 명은 양자였어요. 아이들이 나를 싫어하리라 생각했습니다. 하지만 다들 나를 좋아했어요. 그들은

은퇴 전의 모습 © James Abresch

내가 자신들에게 위협이라고는 결코 느끼지 않았습니다. 공작부인은 내게 선물 공세를 퍼부었습니다. 언젠가 크리스마스에 나를 위해 파티를 열면서 친구 여덟 명을 초대하라고 하더군요. 크리스마스트리 아래에 나에게 줄 서른 개가량의 선물들이 놓여 있었습니다. 친구들 앞에서 그걸 하나하나 열어봐야 했어요. 너무도 당혹스럽고 너무도 수치스러웠습니다. 하나같이 값비싼 사치품은 온통 내 차지였고 친구들은 나만큼이나 가난했으니까요. 이런 일들이 이어졌고, 나는 그녀를 위해 오르간을 계속 연주했습니다. 부인은 신이 나서 나를 관리하는 매니저를 고용하기까지 했습니다.

나머지는 다큐멘터리에서 보아서 알고 있겠죠. 나는 돈 많은 사람에게 빌붙어 사는 느낌이 들었습니다. 그래서 어느 날 매형에게 전화해서 나를 데려가달라고 했습니다. 내가 받은 모든 선물을 튜더식 저택에 놔두고 뉴욕의 방 하나 반짜리 아파트로 돌아갔습니다. 가엾은 부인은 신경쇠약이 되고 말았습니다. 부인에게 못할 짓을 했구나 생각했지만, 양심상 계속해서 그렇게 살 수는 없었어요. 부인의 편지가 도착했고 제발 돌아와달라는 말이 적혀 있었습니다. 하지만 나는 답장하지 않았습니다. 마지막으로 밀랍으로 봉해진 봉투 하나가 왔습니다. 그녀가 날 위해 체결한 법적 합의를 모두 철회할 수도 있다는 내용이었습니다. 마지막 승부수를 던진 셈이었죠. 부인은 내게 상당한 유산을 물려줄 생각도 했던 모양입니다. 나는 그 편지에도 답장하지 않았습니다.

하비   그 뒤로 부인을 다시 보았나요?

번스타인   크리스마스에는 그녀를 계속 방문했습니다. 그동안 내게 베풀어준 도움에 감사하는 뜻에서 한 겁니다. 5년쯤 뒤에 부인은 뇌졸중으로 죽었습니다.

하비   정리해보면 선생님의 한편에는 어머니가 있었네요. 모든 것을 다 감싸고 사랑을 베푸는 여성성의 놀라운 예로, 선생님을 살아가게 했고 지금의 존재로 만든 분 말입니다. 다른 한편에는 여성성이 일그러질 때 무슨 일이 벌어지는지 보여주는 대조적인 두 이야기가 있었고요.

번스타인   아주 어렸을 때 겪은 또 한 명의 끔찍한 괴물 선생도 생각납니다. 앞을 거의 보지 못하는 사람이었는데, 뉴어크에서 매주 세 차례 공짜로 레슨을 해주었습니다.
어느 날 어머니가 나를 앉히더니 심각한 이야기를 하셨어요.
"뉴어크의 모든 사람이 너와 루이즈 쿠르시오의 연애에 대해 떠든단다." 나는 어머니한테서 이 말을 듣고 충격에 빠졌습니다.
"대체 무슨 소리예요? 나는 선생과 연애하지 않아요."
"하지만 모두들 그녀가 너와 사랑에 빠졌다고 알고 있어."
루이즈 쿠르시오는 나를 이용하여 자신이 '입체적 톤'이라고 부른 이론을 홍보할 생각이었습니다. 정말 터무니없는 이론인데 당시에는 내가 몰랐습니다. 아무튼 그녀는 갈수록 내게 많은 것을 요구했어요. 머지않아 그녀와의 관계도 끝냈지요.

하비   선생님의 이야기를 들어보니 내가 **어두운 여성성**이라고 부를 수 있는 것에 선생님이 건강하게 대처했다는 것을 알겠어요. 그들이 파괴적인 민낯을 드러내는 순간 선생님은 곧바로 관계를 끝냅니다. 나는 어머니와의 혼란스럽고 괴로운 관계 때문에, 무의식적으로 갈팡질팡하는 성향 때문에, 어머니처럼 파괴적인 뮤즈-괴물들을 나의 내밀한 삶 속으로 무척 자주 끌어들였어요. 그들을 떠받들고 사모했고, 대개는 너무 늦게야 그들이 어머니처럼 나를 혹은 내 작업을 파괴하려 든다는 것을 깨달았죠. 오랜 세월 꽤 잔혹한 분석을 통해 이를 알고도 여전히 사람을 알아보는 안목이 없어서 힘들 때가 많습니다. 나의 이런 안목은 어린 시절 트라우마에서 비롯된 것이 틀림없습니다. 하지만 나는 서서히 더 현명해지고 있고, 적절하게, 또 필요하다면 가차 없이 나 자신을 보호하는 법을 선생님에게 꼭 배울 겁니다.

번스타인   당신에게도 멋진 여성 친구들이 분명히 있겠죠?

하비   네. 무척이나 사랑스럽고 현명하고 너그러운, 그래서 내가 몹시 사랑하고 나를 끔찍이 아끼고 내가 하는 이상한 일을 존중하고 보호하는 여성들이 몇 명 있습니다. 그들이 없었다면 내가 지금처럼 꾸준히 기쁨을 누리거나 생산적이지 못했을 겁니다. 내 인생의 후견인들입니다.

캐럴라인 미스도 그중 한 명입니다. 그녀는 통렬하고 서늘한 솔직함으로 나에게 큰 가르침을 주는 위대한 교사일 뿐만 아니라, 서로 존경하는 친구이자 영혼의 동반자 같은 존재입니다. 그녀가 어렵게 얻은 지혜는 나를 감화시키고 성장시키죠. 우리는 오크파크에서 서로 5분 거리에 살고 있어서 거의 매일 연락하거나 만납니다. 그리고 글로리아 밴더빌트가 있습니다.

번스타인   그녀를 알아요? 대단하네요.

하비   우리가 가까운 친구로 지낸 지 이제 20년이 넘습니다. 나는 그녀의 아들 카터가 자살을 시도한 직후에 그녀를 만났습니다. 글로리아는 내 마음의 코이누르현재 런던탑에 있는 세계에서 가장 오래되고 유명한 다이아몬드, 극락조 같은 존재예요. 거대하고 조용하게 요동치는 힘과 가슴에 사무치고 투명하게 빛나는 연약함이 그녀 안에서 비범하게 결합된 모습은 볼 때마다 놀랍습니다. 시모어, 그녀는 선생님보다도 나이가 많습니다. 그런데도 계속 자신의 예술에 몰입해서 갈수록 찬란하고 예지적인 작품을 만들며, 가족과 가까운 친구들에게 기민하고 친절한 사랑을 베풀죠. 신성한 여성성이 인간의 모습을 하고 있다면 글로리아가 바로 그런 인물입니다. 아흔 살인데도 여전히 믿기지 않게 아름답고 열정적이고 상냥하고 용감해요. 결단력과 창조력이 계속해서 샘솟고 격려와 공감이 넘쳐납니다. 그와 사랑을 주고받는 것은 내 삶에서 가장 큰 기쁨이자 가장 은혜로운 일입니다. 지금도 그녀 사진을 내 침대 곁에 둡니다. 삶에 대한 사랑으로 빛나는 그녀의 환한 미소는 내가 잠들기 전에 마지막으로 보고 일어나서 맨 먼저 보는 것입니다.

번스타인   앤드루, 당신이 사람들과 주고받으며 꽃피운 관계들에 대해
        들으니 얼마나 힘이 되는지 몰라요. 당신의 한 마디 한 마디
        가 당신이 다른 존재를 얼마나 깊이 사랑하는지 말해줍니다.
        바로 그런 면이 당신의 모든 친구들, 당신이 가르치는 제자들
        에게 사랑스럽게 다가오는 것이겠지요. 나에게도 물론 그렇
        고요.

간주곡 — 창조성, 고독, 자기애

"혼자 있을 필요를 느낍니다.
내 안에 있는 내밀한 세계와 가깝게 지내야 할 필요가 있어요.
그러려면 집중해야 합니다"

하비 선생님에게는 영적 수행자들에게 자주 보이는 몇몇 특징이
있는데 이제 그 이야기를 나눠볼까 합니다. 우리의 대화를 통
해 독자들도 자신에게 있는 비슷한 특징을 계발하는 데 도움
을 주고 싶어서입니다. 우선 선생님은 본인에게 집중하는 것
보다 자기 앞에 있는 사람을 탐구하는 데 훨씬 더 관심이 많
아 보입니다. 자신의 전부를 다른 사람에게 쏟는 성향이 있어
요. 누구든지 선생님과 있으면 자신의 존재를 인정받고 사랑
받는다고 느낍니다.

번스타인 맞습니다. 지금도 이렇게 당신과 이야기를 하고 있으니 나의
존재는 느껴지지 않습니다. 존재하는 사람은 오로지 당신밖
에 없습니다. 나는 당신에게 완전히 몰입합니다.

하비   마스터 클래스에서도 비슷한 것을 느꼈는데요. 가만히 앉아
       있는 선생님을 보고 있으면 어느 순간 선생님은 거의 완전히
       사라지고 연주를 하는 젊은이가 되더군요. 그들의 존재에, 그
       들이 필요로 하는 것에 선생님이 그토록 세심하게 신경을 쓴
       다는 뜻이겠죠.

번스타인 누구와 함께하든 그렇게 합니다. 내가 그 사람이 되는 거지
       요. 그렇게 해서 그들의 마음을 움직인다고 생각합니다. 그들
       의 행복, 그들의 감정, 그들의 감수성에 내가 신경 쓴다는 것
       을 그들도 아니까요.

하비   그렇죠, 그게 사람들이 선생님에게 매료되는 이유이고말고
       요. 우리 문화에서는 다른 사람에게 관심을 기울이는 사람을
       찾아보기 어려워요. 온통 자신에게 빠져 있어서 상대방의 눈
       이 어떤 색깔인지도 몰라봅니다. 그렇기에 진심으로 자신의
       말을 들어주고 사랑하고 관심을 기울여주는 사람과 함께 있
       으면 매료됩니다. 이것이 선생님을 사랑하는 사람들을 이끄
       는 근원입니다.

번스타인 그렇게 봐주시니 감사할 따름입니다.

하비   저도 가끔은 그렇게 한다고 생각합니다. 나 자신은 사라지고
       앞에 있는 사람이 되는 타고난 재능이 있습니다.

번스타인   동의해요. 그것이 최고 선생들이 가진 자질이라고 생각합니다. 제자와 하나가 되는 거죠. 오로지 하나의 목적, 제자를 돕는다는 목적을 위해 그의 모든 면을 받아들입니다.

하비   그보다 한층 깊게 들어가지요. 최고의 선생들을 이끄는 동력은 대단히 넓은 사랑이라고 생각해요. 그리고 사랑은 타인을 받아들이기 위해 자신을 비우도록 합니다. 그것이 사랑입니다. 친한 친구, 심지어 사랑하는 동물과 함께 있어도 마찬가지예요. 자신의 존재 전체가 흠모로 흘러넘쳐 상대방을 온전히 다 받아들이게 됩니다.

번스타인   맞습니다. 나는 사람들과 있으면 그들의 고통을 깨닫게 됩니다. 그들과 달리 내가 복 받은 존재라는 것을 느낍니다. 그래서 대단한 연민이 생겨나고 오로지 그들을 돕고 싶다는 생각이 들어요.

하비   여기서 선생님이 가진 또 하나의 중요한 특징으로 연결되는데요. 선생님은 평온함으로 가득합니다. 축복받은 존재이지요. 그저 운이 좋다거나 특권을 누렸다는 차원이 아닙니다. 선생님이 그저 운 좋게 좋은 어머니를 두었고 몇몇 좋은 교사를 만났다는 것이 아닙니다. 그보다 훨씬 중요한 것이 선생님에게 일어났습니다. 그것은 바로 선생님의 마음속 깊은 영혼이 평온함과 평화와 기쁨으로 넘친다는 것입니다.

번스타인 제 생각도 그렇습니다. 그리고 나는 그 점을 무척 고맙게 생각합니다. 그래서 누군가와 함께 있으면 그도 나와 같은 기분이 들게 돕고 싶습니다.

하비 사람들이 선생님을 찾는 것은 선생님이 발산하는 기쁨에 끌리기 때문입니다. 선생님에게서 자연스럽게 나오는 치유의 기쁨이죠. 하지만 동시에, 이런 내적 축복의 깊이는 선생님과 다른 사람들을 은밀하게 가르기도 합니다. 그 기쁨은 선생님의 가장 내밀한 부분에서 나오는데, 사람들은 결코 모를 수 있어요. 그 축복을, 그 숨겨진 측면을 말입니다.

번스타인 사람들이 스스로는 그것을 찾지 못할 수도 있다는 뜻인가요?

하비 맞아요.

번스타인 사람들이 그것 때문에 좌절할까요?

하비 아닐 겁니다. 기쁨의 우물에 몸을 담그려면 어디로 가야 하는지 알기만 하면 돼요.

번스타인 이런 축복은 어디서 오는 걸까요?

하비 나는 그것을 신의 은총이라고 부르고 싶습니다. 하지만 우리가 공유하는 다른 특징으로 돌아가는 것이 좋겠습니다. 바로 고독에 대한 깊은 사랑인데요. 고독을 사랑하는 사람은 항상 수수께끼 같은 면이 있어요. 선생님도 알다시피 아주 친한 친구나 연인과도 경험하지 못하는 관계의 깊이를 고독 속에서 경험하게 되니까요.

번스타인 　제대로 짚으셨어요. 나는 사람들과 함께하는 것이 즐겁기는 해도 혼자 있는 것을 더 선호합니다. 이유를 확실히 모르겠지만 당장 떠오르는 생각은 내가 혼자 있으면 집중해야 하는 욕망이나 충동이 확실히 인식된다는 겁니다. 특히 뭔가를 만들어야 한다는 창조적 충동 같은 것이죠. 누구와 함께 있으면 결실을 맺기가 어렵습니다. 심지어는 사람들이 내 안에서 밖으로 표출되고 싶어 하는 뭔가에 걸림돌로 여겨지기도 합니다. 그래서 혼자 있을 필요를 느낍니다. 내 안에 있는 내밀한 세계와 가깝게 지내야 할 필요가 있어요. 그러려면 집중해야 합니다. 거기에 등을 돌리고 외면할 수는 없어요.

하비 　제가 관찰한 바로는 선생님이 혼자 있는 것을 좋아하는 중요한 여러 이유들이 있어요. 우선 선생님은 무척이나 예민한 사람이고, 이렇게 몹시 심오하고 풍성하고 깊은 감성을 선생님의 마음과 몸 안에서 꺼지지 않도록 애썼습니다. 그러므로 고통을 겪고 신경이 곤두서고 파탄이 난 사람들과 계속해서 접촉하다 보면 어마어마한 에너지가 소요됩니다. 사람들의 고통, 분노, 소외, 신경증이 끊임없이 쏟아져 들어오면 예민한 사람은 그만큼 견디기가 어려운 법이죠. 이것이 첫 번째 이유입니다. 맞나요?

번스타인   그래요. 도움이 필요한 사람과 있으면 그들을 도와주고 싶고,
그래서 진이 빠집니다.

하비   그것이 두 번째 이유입니다. 내가 보기에 선생님은 다른 사람
에게 관심을 보이지 않을 수 없는 사람이에요. 선생님의 존재
전체가 사람들을 돕고 봉사하고 할 수 있는 무엇이든 하려고
본능적으로 손을 뻗어요. 그러다 보면 점점 지쳐서 나가떨어
지죠. 그래서 선생님은 평생에 걸쳐 스스로를 보호하는 법을
터득한 겁니다. 도움이 필요한 사람에게 무엇이든 주려는 내
면의 충동에 저항할 수 없고 저항하고 싶지도 않으니까요.

번스타인   당신의 말을 듣다 보니 내가 지금까지 무심코 숨겨왔던 무엇
이 갑자기 생각났어요. 그것을 말할게요. 오, 앤드루, 썩 듣기
좋은 말은 아닙니다. 하지만 아무튼 말해야겠어요.

*"혼자 있는 것을 좋아하는 이유에는 환멸을 느끼지 않도록
스스로를 보호하려는 욕망도 있다고 봐요"*

하비   그게 뭐죠?

번스타인   누군가와 지나치게 오래 있으면 나를 불편하게 하는 몇몇 특
징들이 보이기 시작합니다. 이런 적이 한두 번이 아니랍니다.

혼자 있는 것을 좋아하는 이유에는 환멸을 느끼지 않도록 스스로를 보호하려는 욕망도 있다고 봐요.

하비   아주 현명한 처사라고 생각해요. 모든 사람이 혼자 있을 필요가 있다고 생각하는데, 환멸에서 벗어나는 것과 관계가 있습니다.

번스타인   바로 그겁니다. 혼자 있으면 환멸을 느낄 수가 없어요. 나에게 속삭이는 내밀한 세계와 교감하게 되니까요. 결코 나를 실망시키는 법이 없습니다. 나의 **영혼의 저장고**에서 창조적 세계가 쏟아져 나옵니다.

하비   그렇다면 그것이 세 번째 이유겠네요. 나는 선생님이나 나처럼 예술에 깊이 몰두하는 사람이 고독과 은둔의 필요성을 무시하는 것은 도무지 상상할 수 없습니다. 심오한 창조의 리듬은 오로지 고독한 가운데서만 퍼져가기 시작합니다.

번스타인   물론입니다. 누군가 여기 있는데 내가 피아노 앞에 앉아서 작곡하려 한다면 해내지 못할 겁니다. 그 사람이 필요로 하는 것이나 혹은 생각하는 바에 신경 쓰게 될 테니까요. 내게 방해가 되는 것은 어쩔 수 없는 일입니다.

하비   선생님이 언젠가 완다 란도프스카에게 레슨을 받으러 왔던 한 학생 이야기를 내게 해준 적이 있어요. 안내를 받고 대기실에 갔는데 란도프스카가 정원에서 "바흐와 교감"하고 있으니 기다리라는 말을 들었다고 했죠.

번스타인　네, 멋진 이야기죠. 정말 있었던 실화이기도 하고요.

하비　의심하지 않습니다. 사실 내가 고독과 은둔을 사랑하는 이유에는 루미와 교감할 수 있다는 것도 포함됩니다. 나는 셰익스피어와 교감할 수 있고 몽테뉴, 릴케와도 교감할 수 있습니다. 우리는 우정에 대해 많은 이야기를 나누었는데, 우정이 굳이 육신으로 만나는 사람에 국한될 필요가 있을까요? 책이나 음악으로 만나는 영혼은요? 선생님은 여기 메인 주의 이 정원에서 바흐와 교감합니다. 모차르트와 교감하고, 브람스와 교감합니다.

번스타인　오, 물론입니다. 슈베르트는 나의 가장 좋은 친구예요. 내가 그의 음악을 연주하고 있으면 그가 내 귀에 대고 비밀들을 속삭여요.

하비　그래서 선생님이 은둔을 좋아하는 것이겠죠. 그와 같은 우정이 넘치니까요.

번스타인　맞아요. 우리는 통하는 면이 참 많군요.

하비　그것을 경험해보지 않은 사람에게 고독 속에서 자신이 사랑

길을 걷던 중 친구가 찍어준 사진

하는 사람, 삶 자체만큼이나 자신에게 중요한 사람, 하지만 더는 육신으로 존재하지 않는 사람과 함께 있는 것이 어떤 것인지 설명하기란 대단히 어렵습니다.

번스타인 그뿐만 아니라 때로는 당신이 미쳤다고 생각하거나 그와 같은 신비의 '대화'에 대해 화를 내기도 합니다. 자신들이 배제되기 때문이죠.

하비 그래서인지 내가 루미를 사랑하는 것을 불편해하는 사람들이 있어요. 루미와는 경쟁할 수 없어서인가요? 그런데 그들은 왜 루미와 경쟁하고 싶어 할까요?

번스타인 아마 자존심 때문이겠죠. 그들은 이렇게 생각합니다. **그러니까 나와 함께 있기보다 루미와 함께 있고 싶다는 거로군.**

하비 하지만 슈베르트는 선생님에게 고인이 아니에요. 선생님에게 슈베르트는 그 누구보다 생생히 살아 있는 사람입니다.

번스타인 물론입니다.

하비 그리고 루미는 내게 그 누구보다 살아 있는 존재고요.

번스타인 하지만 대다수 사람들은 그것을 모릅니다. 그런 것을 결코 경험해보지 못했으니까요.

하비   그렇다면 우리가 고독을 사랑하는 하나의 이유는 고독이 그 토록 많은 사람들이 이해하지 못하는 이런 신성한 우정을 보호해주기 때문이라고 할 수 있겠네요.

번스타인   나도 그렇게 생각합니다.

하비   문득 이런 생각이 들어요. 우리처럼 자신의 감수성을 영적 세계에 닿도록 열어놓고 있는 사람들은 다른 사람들과 달리 대단히 깊은 수준에서 엄청나게 다양한 관계들을 갖게 된다고 말입니다. 그리고 이런 관계들 가운데 일부는 지금 세상에 없는 사람들, 가령 위대한 음악가, 시인, 예술가 등과 맺어집니다. 그렇다면 다른 사람들도 이런 관계를 찾도록 권유하는 것은 멋진 일이 아닐까요?

얼마 전 나는 파리에서 벨라스케스의 회화 50점과 함께 그야말로 멋진 하루를 보냈습니다. 내게 벨라스케스는 역사상 최고의 화가입니다. 렘브란트, 페르메이르Vermeer보다도 위대하다고 생각해요. 하지만 내가 그를 왜 그토록 좋아하는지는 모르겠습니다. 여전히 미스터리입니다.

번스타인   굳이 이유를 설명하지 않아도 됩니다.

하비   맞아요.

번스타인   경험했으면 됐죠.

하비 그렇죠. 파리에서 그의 회화 50점이 전시된다는 소식을 들었을 때 나는 아무한테도, 파리에 사는 친구들한테도 말하지 않았어요. 같이 가겠다고 할까 봐 말이죠. 나는 아침 일찍 그곳에 가서 누구보다 먼저 들어갔고, 하루 종일 벨라스케스와 보냈습니다. 혼자 가서 그를 만난 겁니다.

번스타인 멋지네요.

하비 다른 어떤 화가보다도 강렬하게 인간의 고통과 인간의 고결함의 신비를 드러내 보인 이 위대하고 명료하고 소름끼치고 냉혹하고 믿기지 않게 정확한 천재와 함께 있고 싶었습니다.

번스타인 근사해요.

"영혼의 우정은 대단히 예민한 사람,
열정을 가진 사람의 몫입니다"

하비 다른 사람이 옆에 있었다면 나의 영혼과 그의 영혼이 우정을 나누는 데 걸림돌이 되었을 겁니다.

번스타인 물론이지요. 그러나 영혼의 우정은 대단히 예민한 사람, 열정을 가진 사람의 몫입니다.

하비 그를 사랑하는 일이니까요.

번스타인   당신이 혼자 있으려는 이유를 알겠네요.

하비   혼자 있는 것을 상당히 겁내는 사람들이 있어요. 많은 사람들
이 적절한 관계나 우정을 찾는 일, 특히 사랑하는 누구를 찾
는 일이 가장 중요하다고 생각해요. 그러나 궁극적으로 가장
사랑해야 하는 중요한 사람은 바로 자신일 수 있어요. 예전에
관계에 관한, 스스로를 깨닫는 것에 관한 영화를 본 기억이
납니다. 영화에서 가장 뭉클한 순간은 혼자 사는 40대의 한
남자가 나오는 장면입니다. 영화를 만드는 사람이 그에게 왜
그렇게 행복하냐고 묻습니다. 그가 말합니다. "마침내 나 자
신을 사랑하게 되었고 나 자신을 만났으니까요. 이것이 삶의
진정한 의미임을 깨달았어요." 그는 "앞으로 관계를 갖지 않
을 겁니다" 하고 말하지 않습니다. 그는 더 심오한 무엇을 말
합니다. 이 땅에서 우리가 갖는 진정한 관계는 자신의 내밀한
자아의 깊이, 힘, 에너지, 광휘와 만나는 것이라고 말합니다.

번스타인   앤드루, 그 말에 전적으로 동의해요. 나는 삶의 주요 목표 가
운데 하나가 자신을 사랑하는 법을 배우는 것이라고 항상 말
해왔는데, 바로 그런 이유였어요.

하비   릴케는 『젊은 시인에게 보내는 편지』에서 사랑, 진정한 사랑
은 두 개의 고독이 경계를 긋고 보호하고 서로에게 존중의 인
사를 보내는 것이라고 말합니다.

번스타인   참으로 아름다운 말이네요.

하비   경계를 긋는다는 것은 서로 침해하지 않는다는 말이죠. 보호
하는 것은 상대방의 고독이 나 스스로의 깊이에 다가가는 데
얼마나 중요한지 알기 때문입니다. 그리고 존중의 인사를 보
내는 것은 고독의 고통, 엄격함, 고결함을 이해하기 때문이고
요.

번스타인   스스로 깨우쳐서 잘 알고 있을 테니까요.

하비   그렇죠. 릴케의 문장은 나에게 사랑에 관한 궁극적인 진술입
니다. 지금 이 순간까지 그렇게 이해하며 살고 있습니다.

번스타인   진정한 사랑을 멋지게 정의한 또 다른 문장은 이겁니다. "나
는 오로지 사랑하는 사람에게 좋은 것만을 원한다. 설령 그것
이 나의 요구를 희생하는 것이라 해도." 그리고 가장 큰 깨우
침을 준 사랑의 정의는 "상대방의 잘못을 공감하며 이해하는
것"이라고 한 말입니다.

하비   잘 알겠습니다.

번스타인   당신도 그렇게 느끼나요?

하비   지금이 삶에서 가장 행복한 시기입니다. 왜냐하면 전보다 관

계에서 기대하는 것이 훨씬 줄었으니까요. 나는 나 자신과의 관계에 최고로 깊은 신뢰를 둡니다. 나의 영적 수행과 남들을 돕는 일에 헌신하는 것에 가장 큰 에너지를 쏟습니다. 그러다 보니 우정과 연애에서 많은 것을 요구하지 않게 되었고, 그런 것들을 통해 얻는 구원에 덜 의지하게 됐습니다. 우정과 연애가 구원이라는 생각은 언제나 환상이자 실수입니다.

번스타인　나는 나 자신을 사랑하는 것을 즐긴다는 말을 떳떳하게 합니다. 그리고 그것이 얼마나 중요한지 누구보다 잘 알아요. 자신을 사랑하지 않으면 다른 누군가를 사랑할 수 없으니까요.

"너는 참으로 괜찮은 사람이야,
그 때문에 내가 너를 사랑하지"

하비　자신을 사랑한다는 것이 정확히 어떤 의미인가요? 내가 이렇게 묻는 것은 지금 우리가 사는 문화가 다들 자신을 사랑한다는 말을 끊임없이 하는 자아도취의 문화이기 때문입니다. 그래서 그저 자신을 소중하게 살피고 자신의 위기와 트라우마와 필요를 계속해서 챙긴다는 말처럼 들립니다. 하지만 내가볼 때 그것은 자신을 사랑하는 것이 아닙니다. 그저 자신에게 집착하는 것이죠. 진정으로 자신을 사랑하는 것과 자신에게 집착하는 것은 어떤 차이가 있을까요?

번스타인　그런 질문은 처음 받아보는군요. 하지만 당신이 그런 문제를 제기하니 생각나는 것이 있습니다. 우리는 스스로를 정직하게 드러내고 자신이 정말로 느끼는 것을 말해야 한다는 것입니다. 내가 나 자신을 사랑한다고 말하는 것은 내가 삶에서 몇 가지 도전을 받아들여 결심을 맺었고 남들보다 성공을 거두었기 때문입니다. 작곡할 때 나는 즉흥적으로 해보다가 마음에 드는 모티브가 있으면 악보에 적습니다. 그런 다음 가만히 앉아서 마음의 귀를 열고 모티브에서 필연적으로 이어지는 것을 듣습니다. 건성으로 해서는 안 돼요. 이미 내가 행한 것에서 흘러나와야 해요. 한 차례 시도하지만 실패합니다. 다음 시도는 훨씬 안 좋아요. 기다려, 점점 다가가고 있어. 마침내 모티브의 마지막 음에서 필연적으로 나와야 하는 것을 찾습니다. 이때의 기분은 마치 스스로를 다정하게 껴안고 이렇게 말하는 것 같습니다. **너는 참으로 괜찮은 사람이야, 그 때문에 내가 너를 사랑하지.** 자랑스럽다는 말을 사용해도 좋습니다. "나 자신이 자랑스러워." 하지만 **사랑**이라는 말은 **영혼의 저장고**에서 나오는 것입니다.

하비   티베트 불교와 수피즘에 보면 "신성한 자부심divine pride"이라고 하는 멋진 표현이 있습니다. 진정한 깨달음을 얻었다는 표시로 여겨지며, 자신 안에 살고 있는 너그러움, 용기, 열정이라는 특징의 깊고 풍성함을 진심으로 인정한다는 뜻입니다. 신성한 자부심과 자아도취의 차이는 이런 것 같아요. 자아도취에 빠져 있으면 이런 특징들을 자신의 것으로 내세웁니다. 그러나 깨달음을 얻으면 이런 특징들이 자신 안에 있음을 알아보고 그것을 삶에, 다른 사람들에게, 창조성에 바칩니다.

번스타인   아름답네요. 그러니까 내가 경험한 것을 통해 깨달음을 모든
            사람과 나눈다는 뜻이군요.

하비   맞습니다.

번스타인   여기에 덧붙이고 싶은 말이 있는데, 내가 성취한 것에서 자기
            애나 자부심을 느낄 때 나는 그것이 나에게서 나오지 않았음
            을 확연히 느낍니다. 앞서 말했듯이 나는 내 안에 **영혼의 저장
            고**라는 장소가 있다고 상상합니다. 그것은 살아 있는 모든 존
            재, 동물들에게도 있습니다. 우리 모두를 연결해주죠. 작곡을
            하다가 음악적 해결책을 찾을 때, 대답을 구하고자 내 안에
            있는 **영혼의 저장고**를 통했다는 것을 압니다.

하비   그리고 그것은 모든 것과 모두에게 속하지요.

번스타인   '신성한' 자부심이라는 말이 마음에 들어요. 명백히 개인적이
            거나 이기적이지 않으니까요. 그러므로 그것은 축복입니다.

하비   선생님이 말하는 **영혼의 저장고**는 거대한 빛의 바다 같다는 생
            각이 듭니다. 그리고 나는 그 바닷물 한 방울처럼 여겨집니
            다. 그러므로 내 안에서 일어나는 모든 것, 내가 누군가에게
            주는 모든 것은 나를 통해 일어나지만 결국은 바다가 주는 것

입니다.

번스타인　　그럼으로써 당신은 더 작은 존재가 되지요.

하비　　나의 목표는 사람들에게 주도록 나에게 주어진 것의 깊은 속으로 사라지는 것입니다.

번스타인　　나도 그렇게 느껴요.

하비　　선생님은 방금 **영혼의 저장고**가 모든 존재 안에 있어서 우리 모두를 연결한다고 말했어요. 사랑하는 동물들을 포함해서 말이죠. 사랑하는 동물과 함께 있을 때 우리가 경험하는 단순한 무조건적 사랑에 자신을 내맡기면 모든 것이 용해되는 기분이 들어요. 그 순간 모든 차이는 녹아내리고 우리는 묵묵하게 심오한 차원에서 그저 사랑을 주고받을 수 있습니다.

번스타인　　그래요, 앤드루. 당신과 나는 동물을 사랑하는 마음을 나누면서 서로에게 더 가까이 다가갔어요. 동물들이 보이는 무조건적인 사랑과 장난기와 신비로운 모습에 즐거워하며 서로를 더 잘 이해하게 되었지요. 내가 이것을 실감한 것은 지난 2월에 당신이 내게 전화해서 사랑하는 노란 얼룩무늬 고양이 토파즈가 슬프게도 다섯 살이라는 어린 나이에 죽었다고 말했을 때입니다. 당신은 마치 아이를 잃은 부모처럼 충격에 빠져서 토파즈가 삶의 진실을 가르쳐주었다고 했습니다.

하비   몇 달 동안 깊은 슬픔에서 헤어나지 못했어요.

번스타인   그 마음 이해해요. 동물들은 내가 태어났을 때부터 항상 내 삶의 일부였으니까요. 부모님도 반려동물을 키웠어요. 만약 내가 동물을 미워하는 부모한테서 태어났다면 어떻게 되었을까 상상이 안 됩니다.

나는 뉴저지 주 뉴어크에 있는 세인트바나바스 병원에서 태어났습니다. 어머니가 병원에서 나를 집으로 데려가 아기용 침대에 두었는데, 집에서 키우는 보스턴불도그 마지가 침대에 뛰어올라 내 옆에 바싹 달라붙었다고 합니다. 말하자면 녀석이 나를 입양한 겁니다.

무척 좋아했던 고양이도 있어요. 이름이 쾨헬인데 녀석이 죽고 나서 얼마나 슬펐는지 모릅니다. 세상에서 그렇게 사랑스러운 녀석은 또 없을 겁니다. 내가 연습하거나 가르칠 때면 피아노 보면대 왼쪽에 앉아 있다가 페이지를 넘길 때마다 발을 쭉 뻗어서 악보를 평평하게 눌렀습니다. 제자들이 녀석의 익살스러운 장난에 즐거워하던 모습이 떠오르네요. 내가 피아노를 떠나면 이제 자신이 선생이라는 듯 의자 위에 올라갔습니다. 아파트에서 프로그램을 연습할 때 쾨헬은 방 중앙에 앉아서 느린 악장이 시작되기를 끈기 있게 기다렸습니다. 그래서 느린 악장이 시작되면 다양한 '고양이' 소리로 '합세'합니다. 때로는 조용하게 으르렁거리고 때로는 항의하듯 울부짖습니다. 연주 소리가 조용해지면 쾨헬은 그 위로 자신의 소리가 들린다고 생각했던 모양입니다. 언젠가 내가 베토벤의

소나타 op.111의 2악장을 시작했을 때, 쾨헬은 목구멍 뒤에서
낼 수 있는 가장 요란한 소리를 내뱉었습니다. 유머와 관련되
는 악장이 결코 아니었지만, 쾨헬의 합세에 나를 포함하여 방
안에 있던 모두가 웃음을 터뜨렸습니다.

우리는 서로를 몹시 아꼈습니다. 쾨헬은 내 옆에서 몸을 바싹
붙이고 앉는 것을 가장 좋아했어요. 내 왼쪽 팔꿈치 안쪽에
누워 잠들었고 밤새 가르랑거렸죠. 쾨헬만큼 그렇게 자주 가
르랑거리는 고양이도 없을 겁니다. 그의 가르랑거림은 도무
지 멈출 줄 모르는 기계처럼 돌아갔습니다!

쾨헬이 열일곱 살 때 턱에 암이 생겨 더 이상 먹을 수 없게
되었습니다. 그런데도 내게 쏟는 사랑은 식을 줄 몰랐죠. 계
속해서 내 옆에 누워서 가르랑거렸습니다. 1년 뒤에는 그의
동생 실라도 죽었습니다.

나는 쾨헬의 죽음에 너무도 슬퍼서 사흘 동안 전화기 코드를
뽑아놓았습니다. 그를 추억하며 아동용 피아노책을 썼습니다.

하비   참으로 감동적이네요. 이제 선생님이 여기 메인 주에서 만난
야생동물 친구들 이야기도 듣고 싶군요.

번스타인   1968년에 메인 주에 처음으로 와서 여름을 보내기 시작했어
요. 내 고양이 두 마리는 항상 내 곁을 떠나지 않았습니다. 시
골과 신선한 공기를 좋아했죠. 메인 주에서 처음으로 래쿤을
보았습니다. 그래서 어느 날 밤 케이크 한 조각을 야외 식탁
에 놓고 잠깐 자리를 비웠습니다. 그러자 래쿤이 나타났어요.

녀석은 케이크를 다 먹어치우고는 작업실 문으로 이어지는 다섯 개의 계단을 올라 애원하는 표정으로 나와 고양이들을 쳐다보았습니다.

우리는 금세 가까운 친구가 되었습니다. 내가 밖에서 녀석 옆에 앉아도 도망치지 않았고, 아주 보드라운 발 부위로 내 손을 자주 쓰다듬었습니다. 그럴 때면 녹아내리는 기분입니다. 베티라고 이름을 붙였는데, 베티는 나를 건드리지 않고 내 입에 물고 있는 마시멜로를 가져가는 법을 터득했습니다.

"나는 녀석이 나를 자신의 삶에 들어오도록
허락했다는 사실이 뿌듯합니다"

하비   래쿤은 사람을 좋아하지 않는다고 알려져 있는데 흥미진진하네요. 선생님이 매료된 다른 동물도 많죠.

번스타인   우선 사랑스러운 다람쥐들을 들 수 있겠네요. 내가 벨린다라고 이름 붙인 다람쥐는 아홉 해 연속으로 여름에 모습을 보였습니다.
         그 뒤에 다른 녀석이 내 삶에 들어왔습니다. 준코라고 부르는데 내가 좋아하는 제자 이름을 따서 그렇게 붙였죠.
         마지막으로 빌도 있어요. 너무도 사랑스러운 붉은날다람쥐입니다.
         기억에 남는 사건이 있었는데 이제 그 이야기를 해드리죠. 내 친한 친구 빌이 사랑스러운 그레이하운드 알렉스와 함께 방문한 적이 있습니다. 준코는 내 손에 들린 채 해바라기 씨를 먹느라 정신이 없었습니다. 빌이 알렉스와 함께 옆에 다가와서는 대단히 조심스럽게 알렉스의 앞발을 들고 준코의 작고 가녀린 얼굴을 쓰다듬게 했습니다. 그런데 준코는 이것이 늘 있는 경험이라는 듯 계속 먹기만 했습니다. 알렉스는 이것이 그저 자신의 맡은 바 임무의 연장이라고 생각했던 모양입니다. 살아 있는 모든 존재에 사랑을 나눠주는 것 말입니다.

동물들이 우리의 친구가 될 때 당신은 어떤지 모르겠지만, 나는 축복받은 기분입니다. 나 자신에게 이렇게 말해요. **다람쥐 옆에 있으면 거인이야.** 처음에는 우리를 보고 겁에 질리지만, 나중에는 작업실에 들어와 내 무릎에 앉고 내가 쓰다듬어도 도망가지 않아요. 굳건하게 믿는다는 증거죠. 나는 녀석이 나를 자신의 삶에 들어오도록 허락했다는 사실이 뿌듯합니다. 그래서 자신에게 이렇게 속삭입니다. **그들이 그렇게 너를 좋아하는 것을 보니 너는 괜찮은 사람임이 분명해.**

하비 　선생님도 알겠지만 나는 몇몇 위대한 성인과 예언자의 삶을 연구하며 많은 시간을 보냈습니다. 그러면서 알게 된 사실이 있는데, 거의 대부분의 경우 동물과 대단히 가깝게 지냈다는 겁니다. 지난번 코니아에 가서 루미의 무덤을 들렀을 때 옆에 영어를 할 줄 아는 노파가 있어서 친구가 되었습니다. 그녀가 말했습니다. "무덤 속에 누가 그와 함께 있는지 알아요?"

나는 이렇게 답했습니다. "무덤 속에는 루미 말고 아무도 없어요. 예언자의 무덤을 제외하면 이슬람에서 가장 유명한 무

준코를 쓰다듬는 알렉스

덤이니까요."

그녀는 내가 잘못 알고 있다면서 이런 이야기를 들려주더군요.

루미에게는 말년에 무척이나 아끼던 고양이가 있었습니다. 그가 세상을 떠나는 순간, 고양이가 침대에서 뛰어내려 집 안 어디에 숨어 있다가 굶어 죽었다고 합니다. 그래서 루미가 땅에 묻힐 때 고양이도 그의 가슴에 올려놓고 함께 묻었습니다. 이것은 이슬람에서 전례가 없는 일이었습니다. 위대한 성인은 결코 다른 것과 함께 묻히는 법이 없으니까요. 하지만 루미의 딸은 아버지가 사랑했던 고양이를 그의 가슴 중앙에 꼭 올려놓아야 한다고 고집했습니다. 이유를 묻자 이렇게 대답했습니다. "아버지는 모든 생명체의 친구였어요."

루미의 한 편지에 보면 내가 무척이나 아끼는 말이 나옵니다. "사랑하는 사람을 자신의 전체를 다 바쳐서 사랑하면, 그분은 우주 만물이 지혜와 아름다움이 철철 넘치는 그릇임을 선생님에게 드러내 보일 겁니다. 그분이 선생님에게 보여주는 만물은 그분의 무한한 아름다움이 넘쳐흐르는 끝없는 강의 한 방울입니다." 시모어, 아마도 선생님과 나의 가장 큰 기쁨은 동물에 대한 사랑을 통해 이런 영광스러운 말이 무슨 뜻인지 잘 알고 있다는 것이겠죠.

번스타인 대략 10년 전에 무슨 일이 있었는지 알아요? 바닷가에 나가서 앉아 있는데 박새가 내 어깨에 내려와 앉았습니다.

하비   야생 박새가 선생님의 어깨에 앉았다고요?

번스타인   맞아요. 나는 왼손을 들어 내 어깨에 가져갔고 박새는 손가락 위에 올랐습니다. 박새를 눈앞에 가져와서 보았는데 녀석도 나를 빤히 쳐다보았습니다. 근처에 해바라기 씨를 담아둔 그릇이 있어서 오른손 손바닥에 올려놓았습니다. 박새는 내 손바닥으로 뛰어내려 부리로 씨앗을 집어 들고 날아갔다가 얼마 뒤에 다시 돌아왔습니다. 나는 손가락에 앉은 박새를 들고 작업실로 들어갔습니다. 그런데 잘못된 일이었어요. 녀석은 창문으로 날아가서 밖으로 나가려고 하더군요. 창문에 부딪쳤고 공포에 질렸습니다. 계속 주위를 맴돌며 창문에 몸을 던졌어요. 나는 그쪽으로 가서 녀석의 발아래에 손가락을 내밀었습니다. 그러자 금세 차분해지더군요. 내 손가락에 새가 다시 앉은 것을 보고 열린 문으로 갔습니다. 박새는 날아갔고 다시는 보지 못했습니다. 하지만 나는 야생의 새와 접촉했다는 사실에 너무도 흥분했습니다. 축복 같은 경험이었어요.

하비   아메리칸 원주민 주술사가 내게 해준 이야기인데, 그의 부족은 사람이 죽으면 다리로 가게 되고, 그 다리에 그가 살아가면서 만났던 모든 동물이 있다고 믿는답니다. 선생님이 그 다리를 건너 새로운 삶으로 갈 수 있는지 결정하는 것은 바로 그 동물들입니다. 그는 이렇게 말했습니다. "살면서 동물을 어떻게 대하는지가 그 사람의 됨됨이를 제대로 보여줍니다."

번스타인   참으로 흥미로운 이야기네요.

하비   선생님이 세상을 떠나야 하는 순간이 와 다리 앞에 섰을 때
선생님이 사랑했고 선생님을 사랑한 개, 고양이, 앵무새, 다
람쥐 들이 선생님이 그 다리를 건너도록 해줄 것이라고 생각
합니다. 제 말을 믿으셔도 좋아요.

번스타인   동물들도 나와 함께 가나요?

하비   동물 없는 천국이 있다면 그런 곳에는 가고 싶지 않습니다.

번스타인   하지만 앤드루, 진지하게 말해서 나는 천국이나 지옥, 내세
같은 것은 믿지 않아요. 하지만 이 땅에서 천국의 순간을 누
리는 것은 가능하다고 생각합니다. 그러기 위해 필요한 것은
자신의 **영혼의 저장고**에 접속하고, 고독 속에서 자신을 살찌우
고, 자신을 사랑하는 법을 배우고, 영혼의 친구와 동물들의
재능에 마음을 열고, 마지막으로 자신의 욕망과 열정에 예술
적인 방식으로 파고들어가서 그런 예술적 표현이 우리가 살
아가는 데 영향을 주도록 하는 것이겠지요.

가르치면서 배우기

"교습의 기술은 세대를 통해 전수될 수 있고,
그렇게 최고의 교습 전통이 계속해서 이어집니다"

하비 제 생각에 사람들이 선생님에게 그토록 매료되는 결정적인 이유 하나는 선생님이 탁월하고 겸손하고 사랑을 베푸는 교사의 모범이기 때문입니다. 교습에 대해 우리 이야기해볼까요.

번스타인 교습의 문제를 논의하기에 앞서 자주 거론되는 이야기를 해명하고 넘어갑시다. 그것은 내가 연주를 포기했다는 소문인데, 나는 콘서트 피아니스트의 재능을 결코 포기한 적이 없습니다. 독주자 경력을 접고 나서도 연주에 대한 욕망은 항상 있었어요. 특정한 음, 가령 B♭이나 G# 등이 특정한 악구에서 어떤 의미를 갖는지 알아내려는 집념은 결코 멈춘 적이 없습니다. 새로운 깨달음이 계속 내게 일어나요. 따라서 연주의 욕망은 연습을 통해 이어지고 있죠. 그리고 나는 최고의 연주자들과 세계 최고의 공연장에서 실내악 연주는 계속합니다.

이것은 내 교습에도 좋은 영향을 미칩니다. 나는 연주를 그만두면 훌륭한 교사와 멀어진다고 생각해요. 요전에 우리가 음악에 대해 이야기하면서 악구를 만드는 음악가의 내밀한 감각은 타고나는 것이라고 내가 말했죠. 그것은 가르칠 수 없습니다. 그럼에도 좋은 교사는 제자가 그것을 흉내 내도록 도울 수는 있습니다. 마찬가지로 좋은 교사의 자질도 선천적으로 타고나는 것이라고 생각해요. 그와 별도로 교습의 기술은 세대를 통해 전수될 수 있고, 그렇게 최고의 교습 전통이 계속해서 이어집니다.

교습 이야기가 나온 김에 이 말을 하고 싶네요. 당신은 처음 왔을 때부터 항상 내게 가르침을 주었어요.

하비   그래요?

번스타인   진심으로 하는 말이에요. 가르침은 당신의 본성입니다. 나는 항상 당신에게서 뭔가를 배워요. 당신이 문장을 어떻게 만드는지 귀담아듣죠. 무엇보다 당신이 하는 모든 말 뒤에 있는 열정에 감동합니다. 그것은 당신 안에 있는 대단히 깊은 중심부, 아마도 당신의 **영혼의 저장고**에서 나오는 것이 아닐까요?

하비   고맙습니다. 나는 가르치는 것이 좋습니다! 이제 선생님이 가르치는 일을 어떻게 시작했는지 듣고 싶네요.

번스타인   열다섯 살 때 뉴저지 주 뉴어크에서 멋진 선생을 만났어요.

나의 첫 번째 진정한 선생이었죠. 이름은 클라라 후설. 남편이 유명한 철학자 에드문트 후설의 사촌이었습니다. 후설이라는 이름을 철학 전공자에게 말하면 다들 존경의 눈으로 볼 겁니다.

하비   그는 현대 언어학의 위대한 창립자 가운데 한 명이죠.

번스타인   그의 이름을 아는군요?

하비   네.

번스타인   클라라 후설은 자녀가 넷이었는데 각자 자신의 분야에서 두각을 나타냈습니다. 프란츠는 유명한 정신과 의사였어요. 폴은 다방면에서 재능을 발휘했습니다. 〈타임〉과 〈시네마 아츠〉 잡지에 특별 기고가이자 기자였고 나중에 〈마치 오브 타임〉의 편집장이 되었습니다. 제2차 세계대전 때는 맥아더 장군 밑에서 종군 사진작가로 활약하기도 했습니다. 전쟁이 끝나고 그는 뉴욕의 NBC에서 밤 뉴스 편집자가 되었고, 〈투데이〉 쇼의 영상 코디네이터로 일했습니다. 애들레이드는 여배우였고 아동용 텔레비전 쇼를 진행했습니다. 클라라 후설의 장녀는 피아니스트 호텐스 모나스였습니다. 토스카니니와 연주한 최초의 여성 피아니스트였고, 유명한 음악 시리즈 '음악의 새 친구New Friends of Music'를 만들었죠. 가공할 피아니스트로 아르투어 슈나벨이 아꼈던 제자였습니다. 나는 그녀를 아주 잘 압니다. 전형적인 프리마돈나 유형의 음악가인데, 대단히 부유하고 유명한 남자들과 두 차례 결혼하면서 완전히 망가졌죠. 이제 내가 클라라 후설과 공부했던 환경을 대충 머릿속에 그릴 수 있겠죠. 그녀 가족의 일원이 된 것 같아 그녀를 클라라 아주머니라고 불렀습니다.

하비   이 멋진 선생과는 어떻게 만났나요?

번스타인 앤드루, 내 말을 듣고도 믿기지 않을 겁니다. 아무것도 모르는 어머니가 우유 배달원에게 부탁해서 나의 첫 번째 피아노 선생을 구했다는 이야기 기억하죠. 이번에는 어머니가 병원에 있는 친구를 찾아갔다가 내가 피아노 치는 것을 좋아한다고 말했어요. 그 친구는 뉴어크 최고의 교사가 클라라 후설이라고 했습니다. 그래서 우리가 만나게 되었죠. 첫 만남부터 우리는 서로를 좋아했습니다. 그녀는 나의 전체적인 발달을 책임지고 떠맡았습니다. 한 가지 예를 들자면 박사과정 학생도 버거운 읽기 과제를 내주었습니다. 학교에서 과제로 나오는 책들밖에 읽은 적이 없는 열다섯 살의 내가 어떻게 니체와 괴테를 읽었는지 지금 생각해도 놀랍습니다. 클라라 아주머니가 사실상 모든 페이지 여백에 빼곡하게 적어놓은 글이 아니었다면 나는 무슨 소리인지 전혀 알아듣지 못했을 겁니다. 논박과 긍정의 형식으로 적힌 글들 덕분에 논의되고 있는 복잡한 주제를 조금이나마 이해할 수 있었어요. 때로는 텍스트에 영감을 받아서 클라라 아주머니가 책의 앞이나 뒤쪽에 시를 끼적여놓은 것도 있었습니다. 세련되지 못한 취향이었던 나는 감상성의 극단을 체험했습니다. 그런 나조차 가끔은 어색한 운율과 박자, 순진한 내용에 움찔했고, 한 번 이상 나도 모르게 "이건 아닌데……" 하는 말이 튀어나왔습니다.

하비   후설 부인은 선생님을 데리고 시내나 공연장에도 갔었나요?

번스타인   함께 돌아다니지 않은 곳이 없어요. 카네기홀에서 그 유명한 아르투어 슈나벨의 연주를 처음으로 듣게 해준 것도 그녀였습니다. 당시 그는 베토벤의 32개 소나타 전곡을 대중 앞에서 연주한 최초의 피아니스트였습니다. 또한 유명한 교사이기도 했죠. 나를 가르쳤던 최고의 교사 클리퍼드 커즌도 슈나벨의 제자였습니다. 호텐스와 가곡 가수로 유명했던 슈나벨 부인이 박스석 우리 오른쪽에 앉았습니다. 슈나벨이 연주한 〈발트슈타인〉 소나타는 건반 앞에 앉은 그의 위풍당당한 존재감과 더불어 내 마음속에 영원히 지울 수 없는 흔적으로 남아 있습니다. 부동자세, 조용하고 강건한 손, 피아노에서 나오는 대단히 폭넓은 셈여림, 모든 것이 클라라 아주머니의 연주를 생각나게 했습니다. 실제로 슈나벨은 빈의 유명한 피아노 교사 레셰티츠키의 제자였습니다. 내가 그런 사람들과 배웠다니 참으로 운이 좋았죠.

하비   부인은 멋지고 넉넉하게 베푸는 사람처럼 들리는데요. 그녀는 행복했나요?

뉴저지에서 최고의 제자들을 가르쳤고 자식들의 성공을 보았으니 자신의 삶도 충만하게 즐겼어야 마땅하죠. 하지만 클라라 아주머니는 학생 시절 빈에서 경험했던 지적 풍토를 그리워한 게 분명합니다. 그래서 기회만 있으면 그 풍토를 다시 살리려고 애썼습니다. 그녀의 기억에 생생한 것은 맥주홀과 그곳에서 레셰티츠키의 제자들이 나눈 고무적인 토론이었어요. 그녀는 자신의 성장에 꼭 필요했던 것을 내가 누리지 못한다고 여겼던 모양입니다. 니체, 괴테, 심지어 맥주도 내 연주에 틀림없이 도움이 된다고 생각했습니다. 그래서 어느 날 저녁, 뉴욕 나들이를 마치고 뉴어크로 돌아와 클라라 아주머니는 나를 자신의 집 근처 길모퉁이에 있는 술집으로 데려갔습니다. 단정치 못한 정도가 아니라 그야말로 꾀죄죄한 곳으로 뉴어크의 하층민들이 어울리는 곳 같았습니다. 하지만 바에는 생맥주가 가득했고 클라라 아주머니는 이런 분위기에 끌렸습니다. 나이 지긋한 귀족적 외모의 여인과 10대 소년이 테이블에 앉아 맥주를 홀짝이는 모습을 보고 바텐더와 부랑자들이 무슨 생각을 했을지 나는 상상이 되지 않습니다. 열다섯 살의 아이가 이런 곳을 찾는다는 것 자체가 충격적인 일이었죠. 하지만 클라라 아주머니는 우리에게 쏟아지는 시선을 무시하고 차분하게 맥주를 마시며 그날 우리가 보았던 음악회 이야기를 했습니다. 한 시간 뒤에 그녀는 제자에게 보헤미안의 삶을 맛보게 해서 흐뭇하다는 표정으로 이제 나가자고 했습니다. 자리에서 일어나 바텐더에게 곧장 가서 돈을 치르고는 무심하고 당당하게 걸어갔죠. 나도 그 뒤를 따랐는데 술

집에 들어왔을 때보다는 걸음걸이가 살짝 빨랐습니다.

클라라 아주머니는 별난 면이 있었지만 피아노 연주에 관한 한 교본이었어요. 그녀가 과제로 내주는 것은 무엇이든 다 배웠습니다. 그녀가 나에게 기대한 것이 내 능력보다 훨씬 컸는지 모르겠지만, 그렇다 해도 나는 이것을 전혀 알아채지 못했습니다. 모차르트, 베토벤, 차이콥스키, 슈만, 리스트의 협주곡, 까다롭기 그지없는 베토벤의 소나타, 쇼팽과 리스트의 기교적인 곡들, 슈베르트의 〈방랑자 환상곡〉. 클라라 아주머니는 연말 공연을 준비하면서 이런 것을 한 주 만에 익히라고 했어요. 나는 그냥 시키는 대로 열심히 연습하고 연주했습니다.

"나는 열심히 그녀가 악구에
숨결을 불어넣는 것을 듣고 피아노 앞에서의
신체 동작을 예민하게 관찰했습니다"

하비   클라라 후설은 선생님에게 무엇을 가르쳤습니까?

번스타인   클라라 아주머니를 존경했고 그녀의 연주에 매료되었지만, 그녀가 나를 기교적이거나 음악적으로 가르쳤다고 말할 수는 없어요. 물론 나는 열심히 그녀가 악구에 숨결을 불어넣는 것을 듣고 피아노 앞에서의 신체 동작을 예민하게 관찰했습니다. 하지만 무엇보다 내게 영감을 준 것은 그녀의 존재감이었습니다. 그녀는 열일곱 살 때 빈에서 레셰티츠키와 공부했던 이야기를 내게 해주었습니다. 역사상 가장 유명한 교사 가운데 한 명이죠. 그가 그녀에게 '황금의 손'을 가졌다고 말했다고 했습니다. 그녀가 레슨 중에 어떤 곡을 시범으로 연주할 때마다 모든 것이 그녀의 손에서 자연스럽게 흘러나오는 듯 했습니다. 하지만 자신의 연주가 왜 그렇게 아름답게 들리는지 그녀가 알았다고는 생각하지 않습니다. 그녀는 우리 둘 다 타고난 피아니스트라는 점에서 닮았다고 생각했습니다. 그러니까 우리는 그냥 서로 교감했던 겁니다.

클라라 아주머니는 나를 위해 연줄을 만들어주려고 애썼습니다. 내가 메이저 연주자의 경력을 밟게 되리라고 생각한 겁니다. 그녀는 볼드윈 피아노 회사의 사장이었던 존 오티즈를 알았습니다. 볼드윈 회사는 돈이 아주 많아서 이른바 '볼드윈 예술가'가 될 자질이 있다 싶으면 피아노를 그냥 주었습니다. 레너드 번스타인도 그 가운데 한 명이었죠. 후설 부인이 오티즈 씨에게 연락해서 오디션을 잡았습니다. 나는 열여섯 살이었는데 아직 메이저 경력에 나설 준비가 되지 않았다고 생각했어요. 아무튼 약속이 잡혀서 오티즈 씨의 사무실에 갔고, 멋진 콘서트 그랜드피아노 앞에 앉았습니다. 앤드루, 내가 무엇에 사로잡혔었는지 모르겠지만, 지금도 내가 그때보다 더 잘 연주할 수 있을 것 같지 않군요. 나는 그들을 완전히 매료시켰어요. 먼저 쇼팽의 폴로네즈 F#단조를 연주했고, 이어 리스트의 까다롭기로 유명한 〈난쟁이의 춤〉을 연주했습니다. 모든 것이 마치 다른 누군가가 연주하듯 내 손가락에서 술술 풀려나왔습니다.

리스트 연주를 마쳤을 때 오티즈 씨는 한마디도 하지 않았습니다. 곧장 전화기로 가서 레너드 번스타인에게 전화를 걸었어요. 자동응답기에서 레너드가 맹장 수술을 받으러 병원에 갔다는 메시지가 나왔습니다. 그래서 오티즈 씨는 이런 메시지를 남겼습니다. "레니, 존 오티즈예요. 방금 최고의 재능을 가진 피아니스트를 만났어요. 그의 이름은 시모어 번스타인입니다. 번스타인과 번스타인이 만나야 합니다." 그 이후로 다른 소식은 들은 적이 없습니다. 솔직히 말해서 다행이다 싶었습니다. 나는 아직 큰 무대로 나갈 준비가 되지 않았으니까요.

앞에서도 말했지만 클라라 아주머니는 뉴저지에서 최고의 제자들을 가르쳤는데, 그들이 제대로 연습하지 않는다고 생각했습니다. 그래서 열다섯 살의 나를 그들의 집으로 보내 그들이 연습하는 모습을 지켜보도록 했습니다. 지금에 와서 하는 생각인데 그녀가 왜 그렇게 나를 믿고 제자들을 맡겼을까 궁금합니다. 한 번도 누구를 가르친 적이 없었거든요. 그럼에도 그녀는 내가 타고난 피아니스트라고 생각했고, 제자들을 제대로 된 방향으로 이끌 수 있다고 믿었던 것 같아요. 고등학교 수업을 마치고 매일 클라라 아주머니의 제자들 집으로 갔습니다. 나의 교습 경력의 시작이었을 뿐 아니라 내가 처음으로 음악을 통해 돈을 번 경험이기도 했습니다. 나는 제자들에게서 보고 들은 모든 것에 본능적으로 반응했던 것 같습니다. 그해 말에는 내가 번 돈으로 스타인웨이 그랜드피아노(모델 L)를 뉴욕 스타인웨이 앤 선스에서 처음으로 구입했습니다. 그리고 이듬해에는 개인 제자들을 받기 시작했습니다. 나는 제자들이 까다로운 악구를 돌파하고 그 자리에서 문제를 해결하도록 돕는 것이 좋았습니다. 다른 사람들에게 기여하는 것이 얼마나 특권인지 그때 이미 깨달았습니다.

하비 그러니까 선생님에게 가르치는 일이란 앞에 있는 사람이 솜씨를 개발하고 절제력과 직관을 쌓도록 돕는 하나의 방법이군요. 그래서 그들이 음악으로 들어가고 음악을 대변하고 음악의 축복을 느끼도록 하려는 거예요. 가르치면서 선생님은 그들이 스스로 위대한 이 예술의 훌륭한 해석자임을 발견하도록 돕습니다. 그리고 그들은 스스로에 대해 좋은 감정을 갖는 법을 배웁니다.

번스타인 내가 당신만큼 정확하게 설명할 수 있으면 정말 좋겠습니다. 완벽하게 정리했어요. 맞아요, 바로 그겁니다. 제자들과 나는 예술에 봉사합니다. 나는 그들을 돕고, 우리는 함께 신성한 음악의 예술을 지켜갑니다.

하비 선생님이 제자에게 새로운 곡을 익히도록 어떻게 돕는지 듣고 싶습니다. 내가 생각하기에는 아마도 계획 같은 것이 있을 것 같은데요.

번스타인 맞아요, 학습에는 계획이 있습니다. 네 단계로 정리되는데 자발성, 인식, 몰입, 통합의 단계로 나뉩니다. 첫 번째 단계 **자발성**은 첫눈에 반하는 사랑 같은 겁니다. 음악에서 이런 사랑을 일깨우는 것은 하나의 주제일 수도 있고, 미묘한 조바꿈이나 내성부 화성일 수도 있어요. 이런 첫 단계에서는 느낌이 자발적으로 일고 열정적인 갈망의 기류가 흘러요. 기쁨이 사고와 이성의 자리를 차지하죠. 나는 내가 좋아하는 곡들만 배우므로 초견初見의 과정은 첫눈에 반하는 사랑의 경험입니다. 미리 생각해둔 음악적·기술적 방안 없이 그냥 쳐보면 음악이 알아서 무엇을 원하는지 나에게 말합니다. 그러려면 훌륭한 초견 연주자여야 한다는 전제 조건이 붙습니다. 초견은 교습에서 무엇보다 중요한 덕목입니다. 초견 능력이 없으면 음악의 경이에 다가갈 수 없습니다.

하비   첫 단계에서 무슨 일이 벌어지는지 더 듣고 싶습니다.

번스타인   감수성이 가장 열린 상태가 되면 내가 연주하는 것이 아니라 **누가 나를 연주하는 것** 같은 느낌이 들어요. 그러니까 음악이 나를 연주하죠. 나의 감성적·지적 세계를 통해, 그리고 나의 몸 전체를 통해 연주합니다. 피아노에서 나오는 소리가 나의 음악적 개념과 일치할 때면 승리의 기쁨을 느낍니다. 막강한 힘을 얻은 것 같아서 어떤 도전이든, 음악적 도전뿐만 아니라 개인적 도전도 해낼 수 있을 것 같습니다. 그리고 다른 사람도 이런 승리감을 얻고 도전에 정면으로 맞서도록 돕는 일이 가치 있다고 여깁니다.

"역설적이게도 자발성은
훈련을 통해서만 길들일 수 있습니다"

하비   이런 최초의 마술적인 반응을 계속해서 살리려면 어떻게 합니까?

번스타인   최초의 자발성을 곡을 익히는 긴 과정 내내 이어가는 것은 쉽지 않은 일입니다. 자발성이 너무 오래 방치되면 걷잡을 수 없는 자체적인 힘에 의해 빠르게 해체되니까요. 맹목적인 흥분처럼 감정이 오르락내리락하다가 어떤 경우에는 완전히 사라지고 말아요.

역설적이게도 자발성은 훈련을 통해서만 길들일 수 있습니다. 자극적이고 열광적인 첫사랑은 쉽게 충족되는 만큼 믿을 수 없는 것이 되기도 하니까요. 그렇게 되면 따분함이 들어서고 황홀함은 매력을 잃죠. 훈련이 되어 있지 않거나 사랑을 위해 자신의 자유를 기꺼이 희생하려 하지 않을 때 이런 일이 생깁니다.

여기서 두 번째 단계 **인식**이 시작됩니다. 자발성을 유지하는 데는 두 가지 방법이 있어요. 하나는 관찰이고 또 하나는 분석입니다. 관찰과 분석을 통해 인식이 일어나면 당신의 사랑은 환히 빛나고 오래도록 이어집니다.

하비   그렇다면 이런 인식의 단계는 깊은 감정이 사고를 통해 연마되고 단련되는 과정이겠군요.

번스타인 절대적으로 맞는 말입니다. 음악가들 중에는 인식과 관찰을 대면하지 않으려는 사람이 있습니다. 연인들처럼 꿈에서 깨어나기를 원치 않는 겁니다. 그들은 분석이 표현의 자유에 제한을 둔다고 여깁니다. 하지만 음악도 결국에 보면 우리가 자신을 표현하는 방법에 제한을 둬요. 예를 들어 악보에 표시된 기호들은 최고의 집중력으로 존중해야 하는 대상입니다. 흥미롭게도 그와 같은 음악적 디테일을 분석해야 궁극적으로 자발성이 살아납니다. 요컨대 음악을 가슴속에 두는 것뿐만 아니라 마음속에 두는 것도 필요한 일입니다.

여기서 두 가지 고려할 사항이 있습니다. 첫째, 관찰과 분석이 자발성에 부정적 영향을 미친다면 맨 처음 일었던 사랑은 그저 흥분에 불과했다는 것입니다. 둘째, 진정한 사랑을 분석하다 보면 실제로 사라지는 일이 있을 수 있습니다. 이런 일을 막으려면 이따금씩 분석을 멈추고 전곡을 처음부터 끝까지 연주해서 최초의 경험을 되살려야 합니다. 이런 일을 반복할 때마다 감정과 사고를 통제하는 힘이 커지고, 결국에는 원래의 반응이 되살아나고 심지어 강화되기도 합니다.

가끔 이런 생각을 합니다. 작곡가가 의도한 바를 알아내려는 것은 친구가 한 행동의 의미를 짐작하는 것과 비슷하다고 말입니다. 대답을 알아내려 할수록 자신감이 줄어듭니다. 이렇게 되면 누구보다 열정적으로 매달렸던 학생도 현재 하고 있는 곡을 포기하고 다른 작품으로 도피하려는 유혹을 느끼게 됩니다. "나는 베토벤 연주가 맞지 않나 봐. 모차르트에 집중하자. 그의 곡은 덜 어려우니까." 그러나 하던 일을 마무리하지 못하고 넘어가는 순간 자신에게 좋지 않은 선례를 남기는 셈입니다. 두 번째 포기도, 심지어 세 번째 포기도 정당화할 가능성이 높아요. 그러다 보면 어느덧 순간적인 즐거움만을 추구하는 사람이 됩니다.

하비 어떻게 이런 일을 막을 수 있을까요?

번스타인 유일한 방법은 진정한 목적에 **몰입**하는 것입니다. 이것이 세 번째 단계죠. 예를 들어 베토벤, 슈베르트, 쇼팽의 천재성에 움츠러든다면, 부끄럽지 않게 그들을 만날 수 있도록 자신의 영혼을 성장시키고 능력을 키워야 합니다. "나는 이 작품이 좋아. 그러니 남은 내 삶을 다 바쳐서라도 완전히 터득하고 말겠어." 그 순간부터 그 작품은 당신의 것이 됩니다. 그리고 당신이 자발적으로 누군가를 사랑했다가 환상에서 깨어나면 그와의 관계는 당신이 생각하는 것보다 더 진지해집니다. 몰입이나 인내가 없다면 중요한 어떤 것도 결코 이룰 수 없습니다.

이런 세 단계를 거쳤으면 이제 깨우침을 얻어 마지막 단계인 **통합**에 들어서게 됩니다. 이 단계에서는 당신이 사랑의 첫 순간에 느끼고 꿈꾸고 직관적으로 이해했던 모든 것이 실현됩니다. 하지만 차이가 있어요. 지식과 인식에 바탕을 두고 있다는 것이죠. 메타 지식으로 무장한 당신은 이제 자신의 것으로 소화한 아름다움으로 다른 사람을 기쁘게 할 준비가 되었습니다. 연주에 나설 준비가 되었습니다.

하비	자발성, 인식, 몰입, 통합의 네 단계 과정이 참 마음이 듭니다. 내가 새로운 명상 실천을 하거나 아빌라의 테레사, 이븐알아라비 같은 신비주의 대가들의 글을 배우고 이해하려 할 때 나의 존재를 거기에 통합시키는 방법과 오싹하리만치 일치해요. 내가 좋아하는 플랑드르의 위대한 신비주의자 뤼스브루크가 쓴 산문은 내게는 바흐의 음악만큼이나 위대하고 도전적인 성스러운 음악이죠.

방금 연주에 나설 준비가 되었다고 한 선생님의 말에 깊은 감동을 받았습니다. 선생님은 그와 같은 깐깐한 과정의 아름답고 혹독한 길을 다 밟은 뒤에야 마침내 위대하고 복잡하고 신성한 음악의 예술에 봉사할 준비가 되었다고 말하는 것 같습니다.

이는 존재 전체의 막대한 책임감이 요구되는 일이죠. 베토벤의 소나타나 모차르트의 소나타를 작곡가의 비전에 최고로 충실하게 실행하는 일이니까요. 모든 것을 거기에 쏟아부어야 해요.

번스타인	그것은 영적·정서적·지적·신체적 세계가 하나로 통합되어야 하는 일입니다. 이런 요소들 가운데서 하나라도 빠지면 음악에 봉사하는 것이 아닙니다. 왜냐하면 이런 요소들은 음악 자체 내에 존재하기 때문이죠. 음악은 이런 요소들 모두가 완벽하게 통합된 것을 나타냅니다. 그러므로 음악을 연주할 때도 이렇게 통합적인 방법으로 다가가야 해요. 그저 음악을 느끼기만 해서는 안 됩니다. 악보에 표시된 기호들을 모두 이해하려면 뇌를 사용해야죠. 그리고 그것만으로도 부족합니

다. 우리가 느끼고 생각하는 것을 신체와 연결시키지 않는다면 피아노는 우리가 생각하는 음악의 개념을 만들어내지 않을 테니까요. 이 모든 요소들, 우리의 영적·정서적·지적·신체적 세계가 통합된다고 해봐요. 얼마나 멋진 일인지 상상이 됩니까?

앤드루, 지금부터 내가 하는 말은 대단히, 정말 대단히 중요한 말이에요. 너무도 많은 음악가들이 무엇을 하는지 알아요? 그들은 이런 통합을 음악적으로 이루고는 피아노에 두고 그냥 가버려요. 그러니 많은 이들이 인간적으로 망가지는 것이 놀랄 일이 아니죠. 그들은 음악적으로 이룬 통합을 일상의 삶으로 가져가는 데 실패합니다. 삶과 조화시킬 수 있는 통합을 말이죠.

하비   그들은 음악의 해석자가 되는 것이 개인적으로 영적으로 절묘한 조화를 이루도록 하는 초대장이라는 것을 깨닫지 못해요. 음악 자체가 이런 조화를 보여주는 가장 고귀한 예죠.

번스타인   그저 음악의 해석자가 되는 법만이 아니라 삶의 해석자가 되는 법도 배워야 해요. 모든 음악가는 자신의 예술을 행하면서 그와 같은 교훈을 배워야 합니다. 연습하고 연주하는 과정을 통해 배운 것을 통합해서 일상의 삶으로 가져가는 일은 저절로 일어날 수도 있습니다. 내가 그랬어요. 그러나 대부분의 음악가들에게는 의식적으로 행해야 하는 일입니다.

"피아노 연습과 삶 사이의 상관관계를 생각하게 되었습니다.
삶이 내가 하는 음악에 영향을 미친다면
그 반대도 가능하지 않을까?"

하비   어떻게 그럴 수 있었나요? 그것을 어떻게 알았어요?

번스타인   열다섯 살 때 내가 연습을 잘해서 뭔가를 성취하고 나면 피아
            노에서 물러날 때 나 자신에 대해 뿌듯한 기분이 들었습니다.
            그런 순간들을 겪으면서 삶의 다른 일들이 내가 연습하면서
            겪는 일에 영향을 받는다는 생각을 했습니다. 특히 내가 사람
            들을 대하는 방식이 그랬어요. 연습이 제대로 되지 않으면 기
            분이 언짢고 죄책감이 들고 사람들에게 짜증을 냈죠. 그래서
            피아노 연습과 삶 사이의 상관관계를 생각하게 되었습니다.
            삶이 내가 하는 음악에 영향을 미친다면 그 반대도 가능하지
            않을까? 그러고 나서는 이런 생각을 하게 되었습니다. 삶은
            확실히 우리가 행하는 모든 것에 영향을 미칩니다. 하지만 삶
            은 예측 불가예요. 사람들이 무엇을 말하고 무엇을 할지 어떻
            게 믿겠어요? 반면에 내가 양심적으로 연습하면 항상 긍정적
            인 결과가 나옵니다. 삶과 달리 여기에는 예측 가능한 느낌이
            있어요. 베토벤이 B♭ 음을 썼다면 항상 거기에 있죠. 그래서
            나는 음악과 연습이 내 삶에 미치는 영향이 반대의 방향보다
            훨씬 크다고 결론을 내렸습니다.

하비   잘 들었습니다. 하지만 중요한 것은 B♭ 음을 어떻게 연주하느

냐 하는 것이죠. 작곡가가 이 대목에서 왜 이 음을 필요로 했을까 이해해야 하고, 그런 다음에는 작곡가의 '소리의 장'에 정확히 어울리도록 음을 연주해야 합니다.

번스타인 여기서 우리의 영적·정서적·지적·신체적 태도가 관여하게 됩니다.

하비 전통에 대한 지식과 흡수가 관여하게 되는 대목이죠. 위대한 피아니스트들, 위대한 작곡가들을 통해 전해지는, 음악과 함께 존재하는 방식 말입니다.

번스타인 나는 위대한 음악가가 아닙니다. 대단히 진지한 음악가일 뿐이에요. 누가 위대한 음악가인지 우리는 이미 알고 있어요. 나는 그들과 경쟁이 되지 않습니다. 내가 그들만큼 뛰어나지 않다고 떳떳하게 말할 수도 있어요. 나는 내가 가진 재능으로 할 수 있는 한 최대로 발전하고 싶을 뿐입니다. 그러나 내가 축복받은 존재라고 생각한다는 것은 말해야겠습니다. 음악을 처음 접하고 초견으로 연주할 때면 마치 첫눈에 사랑에 빠지는 것과 비슷한 경험을 하기 때문입니다. 그 사람에 대해 아무것도 모르는 상태인데도 뭔가가 사랑을 촉발시키듯이, 내가 보자마자 곧바로 사랑에 빠지는 곡들이 있어요. 초견으로 연주하는 동안 성대가 꿈틀거립니다. 마치 노래를 부름으로써 음악을 호흡하는 기분이랄까요. 음악이 나를 쥐고 흔들어요. 내 안에 특별한 신체 부위가 있고 이 부위로 음악이 스며들어 **나를 연주하는** 느낌입니다. 그것은 나에게 무엇을 하라고 말합니다. 마치 누군가 내 귀에 대고 "이제 조용하게, 여기서는 세게, 이제 속도를 내고, 여기서는 여유롭게" 하고 비밀스러운 말을 속삭이는 것처럼 말입니다. 요컨대 내가 **연주되는** 기분입니다. 이보다 더 만족스럽고 나에게 이로움과 영감을 안겨주는, 그러면서 신비로운 경험도 없을 겁니다. 이럴 때면 얼마나 기쁜지 모릅니다. 그리고 음악이 내게 무엇을 말하는지 알아차리면 빨리 제자들에게 알려주고 싶습니다. 그들도 내 표정을 보고 내가 자신들이 모르는 신성한 무엇을 말하려 한다고 짐작합니다. 내가 새로운 정보를 털어놓으면 제자들도 신이 나서 어쩔 줄 모릅니다. 이렇게 해서 학습의 과정이 완료됩니다.

최고의 교사, 클리퍼드 커즌

"항상 클리퍼드 커즌을 존경했어요.
나뿐만이 아니라 거의 모든 피아니스트들이
그를 좋아할 겁니다"

하비　　　선생님은 위대한 피아니스트로 꼽히는 클리퍼드 커즌과 공부
　　　　했죠. 그는 위대한 교사였습니까?

번스타인　내가 만나본 최고의 교사였습니다. 그리고 말인데, 앤드루,
　　　　그는 이제 클리퍼드 커즌 경이랍니다.

하비　　　클리퍼드 커즌 경이군요. 이 책을 읽는 독자들이 선생님과 클
　　　　리퍼드의 깊은 사랑과 우정에 대해 아는 것은 대단히 중요합
　　　　니다. 그는 교사로서 어떤 사람이었고, 선생님의 음악 이해를
　　　　어떻게 바꿔놓았나요?

번스타인　그가 나의 음악 이해를 '바꿔놓았다'라고는 말하지 않겠습니

다. 그는 이미 내가 대단히 음악적임을 알아보고 나를 제자로 받아들였으니까요. 그가 한 일은 그처럼 위대한 예술가들만 알아볼 수 있는 세련됨을 나에게서 끌어낸 겁니다. 내가 그를 어떻게 만났는지 알아요? 군에서 제대했을 때 나는 거의 망가진 상태였어요. 2년 동안 제대로 연습을 못했죠.

하비   한국전쟁이 끝났을 때인가요?

번스타인   맞아요. 당신도 알겠지만 나는 한국에서 복무하면서 그전까지 평생 해왔던 연주보다 더 많은 연주를 했습니다. 최소한의 연습만으로 어떻게 연주를 해냈는지 나도 잘 모르겠습니다. 물론 대단히 훌륭한 연주는 아니었죠. 시간이 충분치 않았으니까요. 아무튼 나는 버텨냈습니다. 나는 생존자입니다.

하비   선생님은 생존자예요.

번스타인   늘 죽을지도 모른다는 생각을 하면서 버텼습니다. 그리고 제대했을 때 나 자신에게 이렇게 말했습니다. **중요한 공연장에서 연주한다는 목표를 세우고 스스로를 채찍질하지 않으면 내 연주가 세련되게 다듬어질 수 없어.** 그래서 두 가지를 했습니다. 먼저 프랑스 퐁텐블로 궁에서 열리는 여름 프로그램에 등록했습니다. 클리퍼드 커즌이 마스터 클래스를 할 예정이었어요. 그리고 1954년 1월 뉴욕의 타운홀을 빌려서 데뷔 무대를 가졌습니다. 아버지가 모든 비용을 댔는데, 나는 뉴저지에서 상당히 유명했으므로 표가 다 팔려서 50달러를 벌었습니다.

나는 항상 클리퍼드 커즌을 존경했어요. 내가 가장 좋아하는 예술가 가운데 한 명이죠. 나뿐만이 아니라 거의 모든 피아니스트들이 그를 좋아할 겁니다. 그의 모차르트와 슈베르트 해석은 정말 탁월해요. 그나저나 앤드루, 내가 제대했을 때 뉴욕 데뷔를 할 준비가 되어 있었을까요? 당연히 아니에요. 하지만 그렇게 날짜를 정해놓지 않으면, 내가 하루 여덟 시간 연습해서 내 연주를 최소한 입대하기 전의 수준으로 돌려놓지 못했을 겁니다. 나 자신에게 강제로 이 같은 도전을 부여한 겁니다.

나는 퐁텐블로 궁으로 갔습니다. 클리퍼드 커즌은 자신이 봐줄 레퍼토리 목록을 미리 공지했습니다. 학생들은 그중에서 두 곡을 골라야 했습니다. 목록에 없는 곡은 그가 봐주지 않을 거라는 말을 들었습니다. 나는 베토벤의 〈황제〉 협주곡과 영혼을 절절하게 울리는 브람스의 간주곡 E장조 op.116-4를 골랐습니다. 그가 시간이 나서 다른 곡들도 봐줄 수 있다는 말을 듣고 나는 리스트의 〈난쟁이의 춤〉을 연주하기로 했습니다. 내가 볼드윈 피아노 회사 사장 앞에서 연주했던 바로 그 멋진 곡입니다.

마스터 클래스 첫날이 되었어요. 수업은 퐁텐블로 궁 내의 주드폼 경기장이라는 건물에서 진행되었는데, 나폴레옹이 테니스를 쳤던 실내 테니스코트라고 합니다. 한쪽 면이 천장까지 호화로운 유리창들로 뒤덮인 아주 큰 건물이었습니다. 한쪽 끝에 마련된 연단 위에 두 대의 콘서트용 그랜드피아노가 놓여 있었습니다. 나디아 불랑제 교수와 모든 학생들이 그곳에 와 있었습니다. 클리퍼드 커즌이 연단에 오를 때 우레 같은 함성이 터졌습니다. 그가 청중을 향해 돌아서서 말했습니다. "연주하기를 원하는 피아니스트들의 목록을 받았습니다. 두 학생만 내가 보낸 요강에 있는 곡들을 골랐더군요. 그러므로 나는 이 학생들 연주만 내일 듣도록 하겠어요."

앤드루, 순간 항의의 웅성거림이 일어 당혹스러웠습니다. 마스터 클래스에서 연주한다는 희망에서 만만치 않은 돈을 지불하고 온 진지한 피아니스트들이 있었습니다. 그런 그들이 커즌의 요강을 무시했다는 것은 그냥 오만한 처사로밖에 볼 수 없었어요. 이제 나와 다른 여학생, 이렇게 둘만이 클리퍼드 커즌 앞에서 연주할 자격을 얻었습니다.

"속으로 생각했습니다.
이제야 진짜 피아노 레슨을 받는구나"

하비   그와의 첫 만남은 어떻게 되었습니까? 그는 선생님의 연주를 어떻게 들었나요?

번스타인   오, 이야기할 테니 잠깐만 기다려요. 커즌이 나에게 〈황제〉 협주곡 1악장 연주를 부탁했습니다. 그래서 오케스트라 파트를 맡아줄 다른 피아니스트가 왔습니다. 그날 나는 주드폼 경기장에서 하루 종일 혼자 피아노 연습을 했어요. 협주곡 첫 페이지에 보면 A♭과 B♭에 트릴이 있습니다. 내가 그렇게 멋지게 트릴을 연주한 것은 태어나서 처음이었을 겁니다. 클리퍼드 커즌 앞에서 연주하게 되었다는 생각에 고무되었던 모양입니다. 커즌의 〈황제〉 협주곡 연주는 전설적인 평을 듣는 명연이니까요. 내가 트릴을 연주하는 동안 방 안에 진동이 울렸고, 와장창 하는 소리가 들렸습니다. 공진동 때문에 창문 하나가 깨진 겁니다! 2년 뒤에 내가 주드폼 경기장에 다시 갔을 때도 창문은 여전히 깨진 상태였어요.

연주 당일이 되었고 클리퍼드 커즌과 나디아 불랑제는 강당 뒤쪽으로 갔습니다. 나는 무대 위에 앉아서 긴장을 다스리려고 애썼습니다. 첫 악장을 연주했고 힘찬 박수를 받았어요. 솔직히 말하자면 끔찍한 연주였다고 생각합니다. 그런데 뜻밖에도 커즌이 내 옆에 와서 이렇게 말했습니다. "전체 연주에 따분한 음이 하나도 없군." 그러고는 나의 연주를 봐주기 시작했습니다.

나는 하도 긴장해서 구부정한 상태였어요. 그가 제일 먼저 한 일은 내 뒤에 서서 등을 곧게 펴준 것입니다. 팔이 쭉 펴지자 나는 전에 한 번도 연주해본 적이 없는 방식으로 연주하기 시작했습니다. 속으로 생각했습니다. **이제야 진짜 피아노 레슨을 받는구나.** 커즌은 당연히 직접 시범을 보였고, 그의 아름다운 연주에 나는 기절할 지경이었습니다. 우리는 간주곡과 〈난쟁이의 춤〉도 이어서 연습했습니다. 내 삶에서 손에 꼽을 만한 영감의 순간이었습니다.

그날 나중에 퐁텐블로 거리에서 그를 만났을 때 그와 함께 공부할 수 있겠느냐고 그에게 물었습니다. 뜻밖에도 이런 대답

스승 클리퍼드 커즌

을 들었습니다. "내년에 연주를 쉬고 안식년 휴가를 얻을 참이네. 그러니까 자네가 런던에 올 수 있으면 자네를 여섯 달정도 가르치겠네."

"미안하지만 내가 너를 가르치는 것이 아니다.
그러니 레슨비는 받을 수 없다"

하비   세상에, 그가 선생님을 여섯 달 동안 가르치겠다고 했군요.

번스타인   그렇답니다. 나는 마사 베어드 록펠러 장학금 오디션을 봐서 여행 경비와 생활비를 충당했습니다. 아버지한테도 돈을 부탁했는데 레슨을 받으려면 상당한 돈이 필요하리라 생각했으니까요. 앤드루, 당신도 알겠지만 돈은 아버지와 나 사이에 조화로운 관계를 맺어준 유일한 언어였습니다. 나는 아버지가 지난 과오에 대한 나의 용서를 어느 정도는 돈으로 살 수 있으리라 마음속으로 생각했을 거라고 봅니다. 커즌은 내가 알렉산드르 브라일로프스키와 첫 레슨을 마치고 돈을 내려고 했을 때 그가 했던 말과 똑같은 말을 내게 했습니다. "미안하지만 내가 너를 가르치는 것이 아니다. 그러니 레슨비는 받을 수 없다."

런던에 도착했을 때 커즌은 어떤 지하철을 타야 하는지 내게 일러주었습니다. 그리고 컨버터블 자동차를 타고 지하철역까지 직접 나왔어요. 마치 영화 속 주인공이 된 기분이었습니다. 그가 운전하는 차를 타고 그의 멋진 저택에 갔는데, 그곳에는 어엿한 콘서트홀도 마련되어 있었습니다. 두 대의 콘서트용 그랜드피아노가 나란히 있었어요. 무척이나 근사해 보였습니다. 첫 레슨을 하기 전에 주위를 둘러보다가 조명을 단 장식장에 석고로 만든 손 모형이 있는 것을 보았습니다. 나는 누구의 손인지 물었습니다. 커즌은 나를 의자에 앉히고는 장식장에서 손 모형을 가져와 내 무릎에 올려놓았습니다.

"누구의 손인지 알아맞혀보렴." 그의 눈망울이 반짝거렸습니다.

나는 손가락 끝이 가늘어지고 특별히 크지 않은 손임을 보고는 이렇게 말했습니다. "오, 이건 여자 손이네요."

내 예상을 완전히 깨고 커즌은 쇼팽의 왼손이라고 말했습니다. 쇼팽이 죽고 나서 모형을 뜬 원본으로 아주 부유한 여성이 갖고 있다가 커즌에게 존경의 뜻으로 주었다고 했습니다. 앤드루, 나도 뉴욕에 복제 모형을 하나 갖고 있어요.

이렇게 해서 커즌과의 레슨이 시작되었습니다. 레슨이 어땠는지 내가 말할 수 있을지 모르겠네요. 설명이 불가능해 보여요.

하비   한번 해봐요.

번스타인   첫 레슨은 브람스의 D단조 협주곡으로 했어요. 낭만주의 레퍼토리의 걸작 가운데 하나죠. 클리퍼드 커즌의 이 협주곡 음반을 결정적인 해석으로 꼽는 음악가들이 많습니다.

하비   아아.

번스타인　　도입부는……

하비　　그가 줄리니의 지휘로 D단조 협주곡을 연주하는 것을 들었어요. 지금도 극적이고 열정적인 그의 연주의 전율이 느껴져요.

번스타인　　그 음반을 알아요?

하비　　멋진 음반이죠.

번스타인　　최고의 음반으로 꼽히죠.

하비　　이유를 알겠어요.

번스타인　　〈황제〉 협주곡과 브람스의 D단조 협주곡, 모차르트 협주곡 같은 작품들은 그야말로 장대한 연주죠.

하비　　그리고 슈베르트도 빼놓을 수 없는데 커즌이 연주한 슈베르트의 후기 피아노 소나타들은 유명하죠. 나는 경력의 끝자락에 있는 그가 옥스퍼드의 셸도니안 극장에서 Bb 장조 소나타를 연주하는 것을 들었습니다. 너무도 숭고한 연주여서 끝나고 아무도 박수를 치지 못했어요.

번스타인　　맞아요, 그런 사람이에요.

하비   그가 음악을 통해 빚어낸 영혼이 선사한 침묵의 깊이는 참으로 대단했습니다.

번스타인   맞습니다.

하비   그러니까 첫 레슨은 브람스의 D단조 협주곡이었네요.

번스타인   우리는 두 대의 피아노로 레슨을 했어요. 커즌은 도입부에 나오는 6도 음정을 시범으로 보였습니다. 부드럽게 이어서 연주하기가 무척 까다로운 대목입니다. 나는 그가 하는 것을 모방하려고 최선을 다했습니다. 하지만 한 시간이 흘렀는데도 네 마디를 넘지 못했어요. 커즌은 갑자기 피아노에서 손을 떼더니 이렇게 말했습니다. "나와 함께 공부하려고 4800킬로미터를 날아왔는데, 내가 너의 피아노 연주를 악화시키고 있구나." 말을 어쩜 그렇게 사랑스럽게 하는지요. 실제로 내 연주는 나빠지고 있었어요. 나는 연주를 바꾸려고 애쓰고 있었고, 커즌이 나에게 제시한 것을 어떻게 효과적으로 연주할지 아직 알아내지 못했거든요. 내가 앞에서 버둥거리는데도 그는 매력을 잃지 않았습니다.
           두 번째 레슨이 끝났을 때 그가 말했습니다. "다음에는 베토벤의 소나타 두 곡을 동시에 했으면 좋겠다. 나는 다음 시즌에 뉴욕에서 op.111을 연주할 예정이야. 이 곡을 쳐봤니?"
           나는 마침 그와 함께 배워보고 싶은 작품이었다고 말했습니다.
           "잘됐구나. 그럼 다른 소나타 하나를 골라라."

나는 소나타 op.31-2를 골랐습니다. 레슨은 오전 10시에 그 곡으로 시작했습니다. 몇 시간 뒤에 우리는 op.111을 연습하게 되었습니다. 도입부는 먼저 왼손이 감7도로 하강하는 포르테 옥타브를 연주합니다. 나는 항상 그 하강을 놓쳐서 첫 두 옥타브를 양손으로 나눠서 연주했습니다. 다시 말해 E♭ 옥타브는 오른손으로 치고 F# 옥타브는 왼손으로 쳤어요. 그러면서 두 옥타브를 한 손으로만 쳤을 때 일어나는 긴장을 흉내내려고 했습니다. 나는 그럭저럭 해냈다고 생각했습니다.

커즌이 내게 말했습니다. "얘야, 지금 무엇을 하고 있니? 모든 것을 쉽게 소리 내려고 하면 나중에는 기어서 피아노에 오르겠구나." 그의 말은 내가 까다로운 악구를 자꾸 더 쉽게 해내려고만 하면 당면한 도전에 응하는 기강을 잃을 수 있고, 이것 때문에 내가 피아노를 두려워하게 될 수도 있다는 뜻이었습니다.

이 무렵에 그가 이런 말도 했습니다. "그리고 말인데 나에게는 클리퍼드라는 멋진 북유럽식 이름이 있다. 그러니 '커즌 씨' 같은 호칭은 이제 그만두렴." 나는 그를 이름으로 부르는 것이 어색하고 당혹스러웠습니다. 하지만 시간이 지나자 적응이 되더군요.

op.111의 도입부로 다시 돌아가서 나는 이렇게 말했습니다. "하지만 클리퍼드 선생님, 두 번째 옥타브를 자꾸 놓치게 돼요!"

"그렇게 심각한 문제는 아니잖아? 제대로 짚는 법을 배우면 돼."

그러고 나서 그 문제는 더 이상 거론하지 않았습니다.

이제 내가 당신에게 말하려는 것은 계시라는 말로밖에는 표현할 수 없을 것 같군요. op.111의 2악장은 내가 '세상의 끝'이라고 부르는 음악으로, 음악사에서 손꼽히는 그야말로 심오한 음악입니다. 당신도 알다시피 이 소나타는 두 개의 악장으로만 되어 있어요.

당신은 베토벤의 제자이자 전기 작가 신들러를 알고 있겠죠?

"베토벤이 음악을 통해
우리를 십자가형으로 이끌었다는 데
의심의 여지가 없습니다"

하비   한심하고 거짓말이나 하는 신들러 말이죠.

번스타인   맞아요. 신들러가 쓴 많은 말들이 사실이 아닙니다. 아무튼 그는 베토벤에게 이렇게 물었습니다. "선생님, op.111의 3악장은 쓰지 않으시려는 겁니까?" 베토벤은 제자가 그처럼 어리석은 질문을 하는 것을 듣고 기가 막혔을 겁니다. 자신이 op.111의 마지막 C장조 화음으로 소나타 형식에 마침표를 찍었다는 것을 신들러가 이해하지 못했음을 깨닫고 베토벤은 이렇게 대답했습니다. "쓸 시간이 없네."

토마스 만은 소설 『파우스트 박사』에서 베토벤의 op.111 소나타에 대해 멋지게 설명하고 있습니다. 크레츠슈마르 교수가 제자들에게 피아노를 치며 강의를 하는데 끝없는 트릴, 그가 '트릴의 연쇄'라고 부르는 대목에 이릅니다. 트릴이 영원히 계속될 것처럼 이어집니다. 그러다가 갑자기 트리플 트릴이 나옵니다. 세 성부에서 동시에 트릴을 연주하는 것이죠. 오른손은 계속해서 트릴을 연주하며 음높이를 높여서 천국으로 올라가고, 왼손은 순차적으로 점점 하강합니다. 그렇게 해서 양손이 다섯 옥타브 반 간격으로 멀어졌을 때, 트릴이 마침내 멈추고 긴 음들이 등장하여 우리에게 숨 돌릴 여유를 줍니다. 앤드루, 내가 당신에게 무슨 말을 할 수 있을까요? 내가 처음 이 대목에 이르렀을 때 나는 눈물을 흘리며 생각했습니다. **십자가에 못 박혔구나.** 베토벤이 음악을 통해 우리를 십자가 형으로 이끌었다는 데 의심의 여지가 없었습니다.

양손이 최고로 멀리 떨어지는 바로 그 대목에서 베토벤은 악보에 **크레셴도**라고 적었습니다. 음악을 해석하면서 나 자신에게 이런 말을 하기는 처음이었습니다. **미안하지만 크레셴도는 할 수 없어. 당신이 그렇게 하도록 시켰다는 것은 알겠어. 당신이 누구인지 알아. 루트비히 판 베토벤이지. 하지만 크레셴도는 할 수 없어. 십자가에 못 박혔으니 아무래도 반대로 해야겠어. 여기는 디미누엔도가 어울려.**

나는 클리퍼드 커즌 앞에서 그렇게 연주했습니다. 그는 내 연주를 중지시키고 이렇게 말했습니다. "애야, 지금 무엇을 하는 거니?"

내가 말했습니다. "클리퍼드 선생님, 나를 꾸짖어도 어쩔 수 없어요. 여기 크레셴도가 표기되어 있다는 것을 나도 알지만 그렇게 못하겠어요."

"애야, 네가 왜 그러는지 알겠다. 하지만 요란하게 크레셴도를 지킬 필요는 없어. 그저 소리를 키우기만 하면 돼."

"못하겠어요. 소리를 키울 수 없어요. 나는 사멸해야 해요. 도저히 안 되겠어요."

"왜 그렇게 고집을 피우지, 시모어?"

"오, 클리퍼드 선생님, 내가 버릇이 없기는 하죠."

클리퍼드는 짜증을 냈습니다. "그냥 넘어가자. 이 문제는 더 이상 논의하고 싶지 않다."

앤드루, 이제 이야기의 정점으로 들어서려니까 소름이 돋네요. 유럽 데뷔 공연을 마치고 뉴욕으로 돌아와 보니 내 친구 실라 알덴도르프가 보낸 소포가 집에 와 있었습니다. 그 안에는 베토벤의 op.111의 자필 악보 복사본이 들어 있었어요. 대가가 직접 쓴 이 걸작의 악보를 보는 순간 나는 압도되고 말았습니다. 베토벤이 2악장의 '십자가형' 대목에 뭐라고 썼는지 보고 싶어서 참을 수 없었습니다. 페이지를 넘겨 문제의 마디에 점차 가까워지자 내 손이 떨려왔습니다. 마침내 숨이 턱 하니 막혔습니다. 베토벤이 악보에서 크레셴도라는 말을 지운 겁니다. 곧바로 런던에 전화를 걸어 클리퍼드에게 내가 본 것을 말했습니다. 그는 전혀 믿을 수 없어 했습니다. 이런 정보를 알려줘서 고맙다고 했습니다.

클리퍼드는 이듬해 뉴욕에 와서 헌터 칼리지에서 독주회를 가졌습니다. 베토벤의 op.111이 첫 곡이었어요. 그는 도입부의 옥타브를 왼손으로만 연주했고, 내가 양손으로 나눠서 연주하기 전에 그랬듯이 두 번째 검은건반 옥타브에서 미끄러지고 말았습니다. 나는 속으로 생각했습니다. **당신이야말로 고**

집이 세군요. 베토벤의 왼손만 고집하더니 연주가 엉망이 되었잖아요.** 클리퍼드는 자신의 원칙을 고수했습니다. 베토벤이 옥타브를 왼손으로만 연주하도록 썼다면 그대로 지켜야 한다는 원칙이죠. 나는 그와 함께 공부하는 내내 이런 고집스러운 면을 보았어요. 거리낌 없이 양손을 사용하여 악구를 자주 재배치했던 호로비츠와 달리 그는 한사코 그러기를 거부해서 음들을 종종 놓쳤습니다.

"스승이 기꺼이 제자가 되려 한다는 것을
처음으로 확인한 순간이었습니다"

하비   두 사람 사이에서 일어난 일은 참으로 감동적이네요. 그가 선생님의 교사였던 것만이 아니라 선생님도 그에게 없어서는 안 되는 인물이었어요. 그는 선생님에게 자신이 연주하는 것을 잘 보고 더 나아지도록 도와달라고 부탁한 셈이죠?

번스타인   맞아요, 앤드루. 결과적으로 나는 그의 삶에서 대단히 중요한 역할을 한 셈입니다. 클리퍼드는 2년에 한 번은 미국에 왔습니다. 뉴욕에서 항상 협주곡을 연주했고 가끔 독주회를 갖기도 했습니다. 그가 뉴욕에 있을 때면 매일 밤 스타인웨이 건물 지하실에서 그를 만났습니다. 프로그램으로 예정된 협주곡의 오케스트라 파트를 내가 맡아서 연주했고, 그런 다음 저녁을 함께 먹었죠. 나는 그가 좋아하는 갓 짜낸 오렌지주스를 항상 가져갔습니다. 당신도 알겠지만 클리퍼드는 상당히 까다로운 사람이었어요. 갑자기 이유 없이 화를 덜컥 냈습니다. 밖에 바람이 심하게 불어 내 머리가 엉클어진 것을 보고는 이렇게 소리쳤습니다. "머리 좀 빗고 다녀! 꼴이 앵무새 같잖아!" 그가 매니저에게 심하게 말하는 것을 듣기도 했고, 심지어 지휘자에게도 그러는 것을 들었습니다. 그럴 때면 그가 분열증을 앓고 있는 게 아닐까 하는 생각도 했죠. 나 또한 그가 연주할 때면 항상 심한 긴장에 시달렸다는 것도 압니다. 나는 그가 공개적인 자리에서 했던 연주도 좋지만, 스타인웨이 지하실에서 그가 차분한 상태로 연주했던 것 같은 위엄 있는 연주는 그 어디서도 들어보지 못했습니다. 초월적인 연주였습니다.

언젠가 저녁에 그는 모차르트의 K.488 협주곡을 치다 말고 이렇게 물어 나를 깜짝 놀라게 했습니다. "이제 이 대목을 어떻게 생각하니?" 선생님은 내가 자신을 비판하는 것을 정말로 원하는 걸까? 잠자코 있자 그가 계속해서 물었습니다. "시모어, 진지하게 묻는 거다. 어떻게 생각하니?" 스승을 비판한다는 생각에 당혹스럽고 어색했지만, 그와 문제의 악구를 논의했고 클라이맥스는 다른 톤으로 연주하는 것이 좋겠다고 제안했습니다. 그랬더니 어땠는지 알아요? 그는 그날 저녁 카네기홀에서 연주할 때 내가 제안한 대로 연주했답니다. 나의 스승이 기꺼이 제자가 되려 한다는 것을 처음으로 확인한 순간이었습니다.

한번은 이런 일도 있었습니다. 그가 다니엘 바렌보임의 지휘로 연주하기로 되어 있었는데, 리허설 때 나를 카네기홀의 박스석에 앉히고는 내 무릎에 총보를 올려놓고 연필을 쥐어주었습니다. "이제부터 생각나는 모든 것을 여기에 적어라." 휴식 시간이 되어 클리퍼드는 나를 무대로 불렀습니다. "네가 악보에 적은 말을 전부 다 보여다오." 나는 그렇게 했고, 이번에도 그는 그날 밤에 그렇게 연주했습니다.

언젠가 저녁을 먹으면서 클리퍼드는 자신과 내가 똑같은 음악 반응을 보인다고 말했습니다. 퐁텐블로에서 내 연주를 듣고 곧바로 알았다고 했어요. 그런 다음 최고의 칭찬을 내게 했습니다. "요전 날 루실에게 말했다. 내가 만약 제자를 골라야 한다면 생각하고 있는 사람은 너밖에 없다고." 스승이 나를 그렇게 높이 평가하는 것을 들으니 날아갈 것 같았습니다.

하비   그와 선생님이 똑같은 음악 반응을 보인다는 말이 무슨 뜻이라고 생각해요?

번스타인   클리퍼드 역시 '음악이 자신을 연주한다'고 느꼈다는 뜻이겠죠.

하비   내 생각에는 그보다 더 깊은 뜻이 있는 것 같아요. 선생님은 모르겠지만 클리퍼드 커즌은 내가 젊었을 때 가장 좋아했던 피아니스트랍니다. 열여섯 살에서 스물여섯 살 때까지 나는 시간이 날 때마다 그의 연주를 보러 다녔습니다.

번스타인   오, 그랬군요.

하비   그것은 내가 다른 어디에서도 듣지 못한 세 가지를 그의 연주
       에서 들었기 때문입니다. 우선 완벽하게 매끄러운 연결입니
       다. 모든 것이 다른 모든 것과 자연스럽게 연결됩니다. 나는
       소리의 투명함을 들었습니다. 모든 소리가 절묘하리만치 정
       확하게 울립니다. 마지막 것은 규정하기가 상당히 까다로운
       데, 모든 것을 연결하는 황홀한 내적 시정詩情입니다. 나는 이
       런 특징들을 선생님의 연주에서도 듣습니다. 그래서 선생님
       이 클리퍼드의 제자였다는 것을 모르고 처음 연주를 들었을
       때 클리퍼드 커즌을 떠올렸습니다. 어렸을 때 그의 연주를 들
       으며 경험했던 것을 50년이 지나서 선생님의 연주를 통해 경
       험하고 있었으니까요.

번스타인   흥미로운 사실이네요. 내가 그와 공부했다는 이야기를 듣고
       어땠나요?

하비   신기하다고 생각했지만 찬찬히 돌아보면 놀랄 일은 아닙니
       다. 창조적인 삶에서 일어나는 가장 놀라운 기적은 운명으로
       엮인 존재는 어떻게든 만나서 서로에게 도움을 주는 것이라
       고 생각합니다. 이런 존재들은 자신의 깊고 비밀스러운 기질
       을 공유하죠.

번스타인   무척 흥미로워요.

하비   나를 가르친 위대한 스승들 모두가 그랬어요. 그들을 일일이

다 살펴볼 수는 없겠지만, 나에게 클리퍼드 커즌 같은 존재는 위대한 베네딕트 수도사 베데 그리피스 신부였습니다. 20세기 최고의 기독교 신비주의자였죠. 내가 그를 만났을 때 그는 80대였는데, 우리의 만남은 서로에게 크나큰 변화를 이끌어 냈습니다.

번스타인　　오, 참으로 놀랍네요.

하비　　베데와 나는 얼핏 보기에는 너무도 다른 사람이지만, 많은 것들로 연결되었습니다. 시간이 흐를수록 서로의 기질의 많은 측면들이 닮았다는 것이 드러났죠.

번스타인　　아름다워요.

하비　　이렇게 미묘하게 연결된 내적 고리 덕분에 나에게는 그가 클리퍼드 같은 존재였습니다. 괴테가 '친화력elective affinities'이라고 부른 것으로, 비전이나 열정, 기질, 혹은 그 모두가 밀접한 관련성을 보이는 것이죠. 덕분에 여기에 공감하는 사람들이 신비롭게 우리에게 끌리고, 우리가 그들을 좀 더 풍요롭게 살고 심오하게 발달하도록 도울 수 있습니다. 클리퍼드로 다시 돌아가자면, 나는 선생님들의 관계가 어떻게 진전되었는지 알고 싶습니다. 선생님은 항상 그와의 관계에서 어려움을 극복하고 넘어갈 수 있었나요, 아니면 그와 거리를 두어야 했던 때가 있었습니까?

번스타인   그와 함께 지내는 일은 개인적인 이유로 무척이나 어려웠어요. 문제가 아주 심각해서 심리학자 친구에게 상담을 받기도 했지요. "나는 그와의 관계를 끊는 대신 최고의 음악적 훈련을 받는 것을 포기하느냐, 아니면 묵묵히 참고 이 사람에게서 음악적으로 끌어낼 수 있는 것을 배우느냐, 둘 중 하나를 결정해야 해." 나는 후자를 선택했습니다. 클리퍼드에게서 받는 음악적 영감 없이는 살아갈 수 없었으니까요. 그래서 무척 힘든 정신적 문제들을 참아야 했습니다.

"높은 음들은 그렇게 쉽게 내면 안 된다.
높은 음들은 도달하기가
무척 어려운 것처럼 굴어야 해"

하비   선생님이 클리퍼드에게서 참아야 했던 것을 생각하더라도 그는 선생님에게 값을 매길 수 없는 선물을 주었습니다. 선생님이 그에게서 얻은 것은 무엇이었습니까? 그를 생각하면 어떤 피아니즘의 환영幻影이 떠오릅니까?

번스타인   앤드루, 당신은 질문에서 '피아니즘의 환영'이라는 멋진 표현을 사용했어요. 클리퍼드는 연주하는 동안 환영에 사로잡힌 것처럼 보였습니다. 어쩌면 '아름다움의 환영'이었다고 말하는 것이 보다 정확하겠지요. 그는 자신이 기계적으로 돌아가는 악기를 연주하고 있다는 것을 항상 잊으려고 했습니다. 실제로 그는 내가 아는 한 공연 중에 피아노 보면대를 그대로 두도록 고집하는 유일한 피아니스트였습니다. 언젠가 이 문제를 물어보았는데, 그는 연주 도중에 피아노 안에서 해머와 댐퍼가 움직이는 모습을 보고 싶지 않다고 했습니다. 요컨대 그가 구현하고자 한 것은 타악기의 질감을 성악의 질감으로 승화시키는 것이었습니다. 그 결과 그의 연주에서 절묘한 프레이징이 만들어졌습니다. '이제 이 음은 더 세게, 이 음은 앞의 것보다 훨씬 세게, 이번에는 살짝 여리게' 하고 속으로 생각하는 것은 아니었겠지만 말입니다. 프레이징을 어떻게 할지 정하고 나서 그래프를 그려보고 생각을 바꿀 수도 있습니다. 하지만 여기서 중요한 것은 그런 결정에 이르는 과정입니다. 클리퍼드와 내가 그런 결정에 이르는 과정은 앞서 말한 바와 같습니다. 음악이 우리에게 특별히 무엇을 하라고 말합니다.

이것은 또 하나의 중요한 논점을 제기합니다. 음높이는 올라갈 수도 있고 내려갈 수도 있어요. 일반적으로 음높이가 올라가면 음의 세기도 커지려고 하죠. 하지만 클리퍼드와 나는 본능적으로 높은 음들이 나오면 거의 모든 경우에 몸을 뒤로 젖힙니다. 퐁텐블로에서 클리퍼드가 한 제자에게 이렇게 말하는 것을 들었어요. "너는 어렵게 올라가야 해. 높은 음들을 그렇게 쉽게 내면 안 된다. 높은 음들은 도달하기가 무척 어려운 것처럼 굴어야 해. 가수들처럼 말이다." 내가 앞서 말했듯이 우리는 성대로 음악을 느꼈던 겁니다. 실제로 클리퍼드는 연주하면서 소리를 냈어요. "쯔으으으으" 혹은 "츠으으으으" 하고 말입니다. 당신도 알겠지만 위대한 모든 피아니스트들은 프레이징을 할 때 가수들을 모방해야 한다고 말합니다. 그러나 불행히도 우리는 가수들처럼 하나의 음을 점점 세게 키우거나 약하게 줄일 수는 없습니다. 클리퍼드는 이런 말을 자주 했습니다. "피아노로 아름답게 연주하려면 착각을 일으키는 것이 필요해. 건반 쪽으로 몸을 부드럽게 밀며 반주 음형들을 크레셴도로 연주하면, 선율을 이루는 하나의 긴 음이 크레셴도로 연주되는 듯한 착각을 만들 수 있다."

하비   마술사와 다를 바 없네요.

번스타인   앤드루, 이제 슬픈 이야기를 할 차례네요. 어느 날 클리퍼드가 혈액 질환으로 위중하다는 말을 들었습니다. 나는 가슴이 덜컹 내려앉아 그에게 전화를 했습니다.

"클리퍼드, 몸이 안 좋아요?"

"오 그래, 시모어구나. 많이 안 좋다. 혈액 질환이야." 그러면서 이렇게 말했습니다. "왜 전화했니? 내가 죽을까봐 두려워?"

"맞아요."

그는 애써 쾌활한 말투로 대답했습니다. "어차피 모두가 죽는단다."

왠지 불길하게 들렸습니다. 상황이 위중하다는 것을 알겠더군요. 그는 곧바로 1982년 9월 1일에 세상을 떠났습니다. 향년 일흔다섯 살이었습니다.

하비   내가 좋아하는 이야기로 그가 기사 작위를 받는 데 선생님의 도움이 있었을 수도 있다는 이야기가 있는데요. 그 이야기를 해주시죠.

번스타인   아, 그 이야기요. 그게……

하비   아무튼 그는 세상을 떠났을 때 클리퍼드 커즌 경이었으니까요.

번스타인   그렇죠. 그리고 작위는 그에게 큰 의미가 있었습니다. 어느 날 나는 엘리자베스 여왕에게 편지를 썼습니다. 한 번도 여왕에게 편지를 써본 적이 없어서 어떻게 해야 하는지 몰랐습니다. "존경하는 폐하"라고 썼는데, 그냥 "폐하"라고 쓰거나 "부인"이라고 쓰는 게 옳았다고 생각합니다. 앤드루, 그게 옳은 거죠?

하비   글쎄요. 왕실 예의규범이 가물가물하네요.

번스타인   아무튼 나는 이렇게 썼습니다. "미국에 있는 우리들은 클리퍼드 커즌이 유명한 영국 예술가들에게 수여되는 작위를 왜 여태까지 받지 못했는지 궁금합니다. 우리 미국인들은 그의 연주를 흠모합니다." 대충 이 같은 내용을 적고 서명하고 "엘리자베스 여왕, 버킹엄 궁전, 런던"으로 부쳤습니다. 즉흥적인 기분에서 벌인 일이었습니다. 편지가 여왕에게 제대로 전달

될까 의아해하면서 말이죠. 크리스마스 무렵이어서 온갖 흥미로운 봉투들이 내 우편함에 가득할 때였습니다. 그 가운데 인상적인 봉투가 하나 내 눈에 띄더군요. 뒷면에 빨간색 사자 문장이 박힌 아름다운 흰색 봉투였어요. 나는 생각했습니다. **와우, 누가 대단히 근사한 크리스마스카드를 내게 보냈네.** 봉투를 열었더니 이런 내용이 적혀 있었습니다. "여왕 폐하께서 당신의 편지를 수상에게 전달하도록 명령했습니다." 그리고 엘리자베스 여왕의 비서 서명이 있었습니다. 나는 기절할 뻔했습니다! 내 편지가 진지하게 받아들여진 겁니다. 한 달 뒤에 클리퍼드가 내게 전화해서 작위를 받았다고 말했습니다. 내가 한 일을 그가 알았다면 링컨센터에 단두대를 세우고 내 목을 쳤을 겁니다. 물론 내 편지가 작위 수여에 영향을 주었는지, 그저 우연한 일인지는 확실치 않습니다.

하비   제자가 용감하게 행동에 나서서 우주에 대고 자신의 교사를 찬양하도록 외치고 우주의 응답을 받아낸 아름다운 이야기입니다.

번스타인   나도 그렇게 생각합니다.

메인 주 이웃 조지 멜러(George Mellor)가 찍어준 사진

교습과 일상의 삶

"교습을 시작할 때보다 끝내고 난 뒤에 더 생생합니다.
에너지가 넘치고 더 살아 있음을 느끼죠"

하비   시모어, 교습의 경험에 대해 이야기해보죠. 매일매일 학생들을 가르치는 일은 어떤가요? 진이 빠지게 합니까? 학생들의 요구에 스트레스를 많이 받습니까?

번스타인   많은 동료들은 하루의 교습이 끝나고 나면 기진맥진해서 침대로 가고 싶다고 말합니다. 나는 이렇게 말합니다. "나는 교습을 시작할 때보다 끝내고 난 뒤에 더 생생합니다. 에너지가 넘치고 더 살아 있음을 느끼죠. 춤이라도 추고 싶습니다." 그것은 내가 제자들이 스스로에 대해 좋은 기분을 느끼도록 돕는 데서 큰 기쁨을 느끼기 때문입니다. 문밖으로 나가는 그들을 보면 들어올 때와는 상당히 다른 사람이 되었다는 것을 알 수 있습니다. 그들은 새로운 깨달음을 얻었어요. 스스로에 대한 자신감을 더 얻었고, 한 시간 반 동안 무조건적인 사랑을 받았어요. 오로지 스스로를 더 낮게 만들고, 잘못된 점을 받아들이고, 무엇보다 자신의 장점을 강조하겠다는 일념으로 말입니다. 이미 존재하는 것을 바탕으로 더 쌓아가려고 했습니다. 그래서 나는 하루 일과가 끝나면 오히려 더 생생합니다.

매일 그렇다고는 말하지 못하겠습니다. 모든 학생이 다 내 교습에 반응을 보이지는 않으니까요. 그래서 가끔은 몇몇 학생들을 돌려보내기도 합니다. 내가 다가갈 수 없고 변화시킬 수 없는 학생들이 있습니다. 그들은 내가 하려는 것을 좋게 받아들이지 않습니다.

하비　　그렇다면 선생님은 교사로서 상당한 안목이 필요하겠군요. 무엇보다 자신이 교사로서 재능을 타고났지만 모두를 다 가르칠 수는 없다는 것을 겸손하게 인정해야 합니다.

번스타인　　물론입니다.

하비　　두 번째로 선생님이 알아야 하는 것은 선생님을 찾아오는 어떤 학생은 본인도 모르는 해악을 갖고 있을 수 있다는 사실입니다. 이것은 미묘한 방식으로 선생님의 재능을 파괴할 수 있고 선생님이 다른 사람에게 나눠주는 재능도 망가뜨리므로 이것을 반드시 인식해야 합니다.

번스타인　　그런 경우에는 자기방어 기제가 작동해야겠죠.

하비　　　그래서 말인데 선생님은 어떻게 그렇게 포용적이고 사랑을 베풀면서 자신을 보호하죠? 자기방어를 위해 선생님은 어떤 전략을 사용합니까?

번스타인　　내가 제자에게 최고의 것을 주고 그들이 나에게 좋은 것을 돌려주지 않으면, 경각심을 느끼고 기다립니다. 레슨을 하면서 혹시 변화가 있는지, 내가 그들에게 하는 것을 그들이 알아본다는 표시가 있는지 살펴봅니다. 어떤 관계에서든지 서로 주고받는 것이 핵심이라고 믿습니다. 받지 않고 줄 수는 없습니다. 그 반대도 마찬가지고요.

하비　　　춤 상대를 하는 것과 비슷하군요.

번스타인　　맞습니다. 우리는 함께 안무를 짜야 합니다. 그러지 못하겠다 싶으면 각자의 길을 가는 수밖에 없습니다. 내가 가르친 세월에서 또 하나의 경우가 추가되는 겁니다. 나는 열다섯 살 때부터 가르치기 시작해서 지금 여든여덟이고, 지금도 어느 때보다 열심히 가르치고 있습니다. 열다섯 살부터 여든여덟 살이면 몇 년이죠?

하비　　　73년이네요. 지금까지 선생님이 가르친 제자들 중에서 장족의 발전을 한 예를 하나만 소개한다면 누구일까요? 수줍음 많고 집중력이 흐트러진 아이였는데 대단히 각성해서……

번스타인   리처드 서크가 생각나네요.

하비   그에 대한 이야기를 해주세요.

번스타인   오, 너무도 슬픈 이야기예요. 그는 이 세상 사람이 아니거든
          요. 이명이 심해서 귀의 신경을 절단하는 수술을 했는데 의료
          진들이 그를 죽였어요. 부주의하게도 잘못된 약을 처방하는
          바람에 식물인간이 되어 죽었습니다.
          그가 처음 나를 찾아왔을 때는 답이 없었습니다. 재능은 정
          말 출중했지만 엄격하게 연습하지 않았어요. 나는 한 달에 한
          번 제자들을 위해 연주 수업을 가졌습니다. 내가 말했습니다.
          "리처드, 베토벤의 협주곡 1악장을 연주하는 게 좋겠다. 이제
          네가 연주할 차례야."
          "아직 준비가 안 되었어요."
          다음 달에 내가 말했습니다. "리처드, 네가 좋아하는 초콜릿
          이다. 베토벤의 협주곡 1악장을 연주하면 초콜릿을 주마. 연
          주하지 않으면 초콜릿을 가질 수 없어."
          그는 연주했습니다.

하비   재밌네요.

번스타인   나는 그가 자바의 가게에서 파는 살라미 소시지를 좋아한다
          는 것을 알아냈습니다. 그래서 가게에 가서 살라미를 사서는
          다음 수업 때 이것으로 그를 유혹했습니다. "내가 널 위해 부

266

억에 무엇을 사다놓았는지 아니? 쇼팽의 환상곡을 연주하면 네가 좋아하는 살라미를 요리해주마." 그는 쇼팽의 환상곡을 연주했습니다. 나는 이렇게 그릇된 보상을 내세워 그를 키웠습니다.

그러다가 결실을 보는 날이 왔습니다. 리처드가 레셰티츠키 경연 대회에서 우승을 차지했습니다. 부상으로 툴리홀에서 데뷔 무대를 갖게 되었는데, 그는 연주를 앞두고 신경이 곤두섰습니다. 이때쯤이면 그는 내가 가르친 모든 것을 자신의 것으로 소화하고 세세하게 다듬어서 더 이상 내가 그의 질문에 일일이 답할 수 없는 상황이었어요. 그는 데뷔 무대 첫 곡으로 베토벤의 소나타 op.110을 골랐습니다. 4성부 화음으로 시작하는 곡이죠. 그는 매 시간마다 나에게 전화해서 이런저런 질문을 했습니다. "여기서 맨 위 성부의 소리가 가장 커야 하죠?"

내가 말했습니다. "물론이지."

한 시간 뒤. "그런데 말이죠, 베이스와 테너가 같은 음량인가요? 아니면 테너가 베이스보다 소리가 작나요?"

"리처드, 그 질문에 대한 답은 모르겠다. 내가 볼 때는 다른 성부들이 다 여린 소리야."

"그 말은 똑같은 음량으로 연주하라는 뜻이죠?" 그는 살짝 화가 난 목소리였습니다.

"리처드, 너는 너무 깊게 파고들고 있어. 지나치게 분석하면 음악이 사라진다. 이쯤에서 그만하자."

연주회는 대단한 성공이었습니다. 그는 당신의 상상 이상으로 엄청난 피아니스트로 성장했습니다. 나는 아주 처음에는 그를 비음악적이라고 분류하고 평생 모든 악구 하나하나를 다 가르쳐야 하겠다고 생각했습니다. 하지만 때가 되자 그는 새로운 레퍼토리를 알아서 익혔고, 자연스러운 표현을 실어 연주했습니다. 나는 그의 깊은 곳에 있는 음악성을 끌어내도록 도왔을 뿐입니다.

하비 오랜 과정을 통해 그의 안에 있는 무엇이 깨어났군요.

번스타인 나는 그의 타고난 음악적 본능을 질식시키는 장벽들을 제거했습니다. 그것은 심리적인 것일 수도 있고 신체적인 것, 정신적인 것, 그 모든 것이 될 수도 있어요. 무슨 일이 일어났는지는 모르겠지만 갑자기 그는 자연스럽고 표현적인 피아니스트가 되었습니다. 내 주위의 모두가, 그리고 그 주위의 사람들도 모두 이런 변화를 알아보았습니다. 그는 엄청난 피아니스트였고, 멋진 교사가 되어 제자들의 존경을 받았습니다. 그리고 우리가 보는 가운데 세상을 떠났죠. 그 슬픔은 이루 말할 수 없습니다.

"기계적으로 음악을 하는 이들이 많아요.
그리고 피아노 앞에 앉아서 연주하며
쇼맨십에 치중하는 경향이 있어요"

하비 우리가 지금까지 여러 차례 말한 한 가지는 많은 음악가들이 이런 관점에서 음악 활동에 접근하지 않아서 슬프다는 것이었는데요.

번스타인　　맞습니다. 기계적으로 음악을 하는 이들이 많아요. 그리고 피아노 앞에 앉아서 연주하며 쇼맨십에 치중하는 경향이 있어요. "내가 무엇을 연주할 수 있는지 잘 봐요" 하는 식으로요. 환호에만 의지하는 연주자들이 많고, 현실은 그들이 엄청나게 많은 청중을 끈다는 것입니다. 그들은 청중이 모두 자신을 찬양하려고 모여든 이들이라고 생각하기 쉬워요.

일반화시켜서 말하자면 많은 사람들이 옳은 동기로 일을 하지 않습니다. 예를 들어 대학을 졸업하는 제자들이 있습니다. 그들에게 앞으로의 계획을 물어봅니다.

"대학원에 진학해서 석사 학위를 받을 겁니다." 한 명이 말합니다.

"왜 석사 학위를 받으려는 거지?"

"그게 말이죠, 학위가 없으면 좋은 일자리를 얻을 수 없거든요."

"학위가 있으면 좋은 일자리를 얻는다고 누가 그러던? 경쟁이 어떤지 몰라서 그래? 설령 박사 학위가 있어도 500명이 넘는 사람들과 이름 없는 도시의 작은 대학에서 일자리를 얻으려고 경쟁해야 해. 그게 네가 하고 싶은 일이니?"

"계속해서 나를 계발하고 싶어서 대학원에 진학하려는 겁니다." 이렇게 말한다면 행운을 빌어줄 겁니다. 그러나 학위를 받으려는 이유가 오로지 더 많은 봉급이라면 스스로를 망가뜨리는 일이 될 겁니다.

하비   많은 음악가들이 음악을 하면서, 실제로 스스로를 변화시키고 있고 삶의 신비와 춤을 추는 법을 배우고 있다는 것을 깨닫지 못한다는 문제로 돌아갑시다.

번스타인   그러죠.

하비   위대한 피아니스트들 중에 정신적으로 아주 불행한 사람, 대단히 통합되지 못한 사람이 많습니다. 영화에서 선생님은 글렌 굴드에 대해 많은 이야기를 했는데요. 글렌 굴드는 천재이지만 선생님이 생각하기에 연주의 잘못된 모든 것을 보여주는 인물로 그려집니다.

번스타인   맞습니다. 하지만 내 생각에 그는 신경증적 성격이 연주에 영향을 미친 대표적 예입니다. 그의 추종자가 많다는 것은 당신도 알겠죠. 그들은 나를 공격할 준비가 되어 있습니다. 질의응답 시간에 여러 지역에서, 특히 캐나다에서 나를 꾸짖는 청중들이 종종 있었습니다. "당신은 왜 글렌 굴드에 대해 그런 말을 하죠? 그가 연주하는 바흐가 얼마나 통찰력이 있는데요."
내가 말했습니다. "당신의 반응이 흥미롭다는 것은 알겠지만, 예술가에 대해 각자 생각하는 바가 다르다는 것을 왜 인정하지 않습니까? 애석하게도 나는 그의 바흐에서 통찰력을 느끼지 못합니다."

그 남자는 자리에 앉았습니다.

이제 글렌 굴드의 신경증적 성격이 그의 연주에 나쁜 영향을 미쳤는지, 아니면 그의 신경증적 연주가 성격에 나쁜 영향을 미쳤는지 이야기해봅시다. 어쩌면 둘은 나란히 가는지도 모르겠습니다. 다큐멘터리에서 에단은 음악과 연기에서 위대한 예술가였지만 개인적 삶에서는 괴물이었던 사람들을 언급했습니다. 그는 비범한 재능에 있는 뭔가가 영혼에 악영향을 미치는 것은 아닐까 생각했습니다. 이 범주에 들어맞는 사람이 있는데 이야기할까요?

하비   네.

번스타인   클리퍼드 커즌입니다.

하비   그럴 줄 알았습니다.

번스타인   그는 최고의 위치에 오른 예술가이면서 인간적으로는 망가진 사람입니다. 나는 위대한 예술가가 되기 위해 필요한 모든 긍정적 요소가 개인적인 삶과 통합되는 과정이 항상 자연스럽게 일어난다고 믿지는 않습니다. 대부분의 예술가들은 의식적으로 이 과정에 주목해야 하고, 어렵게 얻은 예술적 성취를 일상의 삶으로 끌어들이기 위해 노력해야 합니다. 여기에 어려움이 있습니다. 어떤 이들은 이것이 가능하다는 것을 전혀 모르며, 클리퍼드 커즌 같은 예술가들은 그렇게 할 생각이 없습니다. 실제로 내가 커즌에게 『자기발견을 향한 피아노 연습』이라는 책을 쓰고 있고, 생산적인 연습과 연주를 통해 더 나은 음악가는 물론 더 나은 사람이 될 수 있다는 것을 말하는 책이라고 했을 때 그는 이렇게 반응했습니다. "흥미롭구나. 나는 내 예술을 사회적 세계로부터 오염되지 않게 지키려고 노력한단다." 결국 그는 내가 당신에게 피하도록 권하고 있는 바로 그 구분을 하고 있었던 겁니다. 이상적으로 말하자면, 예술가 클리퍼드 커즌과 인간 클리퍼드 커즌 사이에는 차이가 없어야 합니다.

하비　　확실히 그는 자신의 성격을 불편하게 여겼고, 예술가 클리퍼드 커즌을 인간 클리퍼드 커즌으로부터 보호하려고 한 것 같습니다.

번스타인　　예술가 클리퍼드 커즌이 인간 클리퍼드 커즌과 좋은 방향으로 조화될 수 있다는 생각이 그에게는 결코 떠오르지 않았어요. 이것이 내 책에서 말하는 것입니다. 다큐멘터리의 주제도 그것이라고 생각합니다.

하비　　사람들이 왜 그런 생각을 하지 못할까요?

번스타인　　그건 모르겠습니다. 아무튼 최고의 예술가이면서 무척이나 신경질적인 사람이 많습니다. 에단도 영화에서 그런 배우들을 몇 명 언급했죠.

"나는 내 예술을 위해서라면
전쟁에도 나갈 수 있어요"

하비   그리고 선생님의 삶의 깊은 의미에는 예술과 삶의 이 같은 통
         합을 실현하는 것이 포함됩니다. 나는 이것이 선생님이 콘서
         트 무대를 떠난 중요한 이유라고 생각해요. 어느 순간 선생님
         은 이런 삶을 계속하다가는 자신이 파괴되고 대단히 신경질
         적인 사람이 되리라는 것을 알았을 겁니다. 연주력은 최고의
         상태로 남았겠지만 그 대신 삶이 망가졌겠죠.

번스타인   지금은 이렇게 말할 수 있어요. 내가 독주자 경력을 계속 추
         구했다면 오래전에 죽었을 겁니다. 일단 중압감이 엄청났을
         겁니다. 그러나 나는 중압감은 개의치 않습니다. 다큐멘터리
         에서도 말했지만 "나는 내 예술을 위해서라면 전쟁에도 나갈
         수 있어요." 내가 견디지 못하는 것은 상업적 세계와 다른 사
         람들의 재능에 기대어 살아가는 매니저들의 위선입니다. 그
         런 모습은 도저히 참을 수 없습니다.

하비   그 말을 듣고 보니 이런 질문이 생각나네요. 선생님은 우리가
         이야기하고 있는 이런 식의 통합이 명예와 명성을 미친 듯이
         추구하는 사회에서 이루어질 수 있다고 생각해요?

번스타인   네. 그런 통합이 가능하다는 것을 예술가가 안다면 말이죠.

하비   그런 예를 본 적이 있나요? 예술과 삶이 통합되어 행복한 삶을 사는 유명한 음악가들 말입니다.

번스타인   안톤 루빈시테인은 대단히 조화로운 삶을 살았습니다. 요요 마도 멋진 삶을 살고 있죠.

하비   완벽한 예네요. 음악가로서 최고의 것을 이루었으면서 사랑스럽고 너그럽고 친절하고 겸손해요.

번스타인   소니의 전 회장 오가 씨가 전 세계 기업 회장 중에서 전문적인 지휘자이기도 했던 유일한 사람이라는 사실 알고 있었나요? 그의 비서이자 내 친구 히로코 오노야마를 통해 오가 씨와 요요 마가 드보르자크의 첼로 협주곡을 연주할 예정이라는 것을 들었습니다. 그들은 템포와 해석의 문제를 논의하려고 리허설을 하고 싶어 했고, 그래서 오케스트라 파트를 맡아줄 피아니스트가 필요했습니다. 히로코가 나에게 관심이 있는지 물어보았고, 나는 기꺼이 하겠다고 대답했습니다. 나는 피아노 편곡 악보와 첼로 독주 악보를 구입해서 철저하게 익혔습니다. 요요 마 파트도 연주할 수 있을 정도로 모든 음 하나하나를 다 익혔어요. 그런데 우리가 만나기로 한 날에 요요 마가 폐렴에 걸려 병원에 입원했습니다.

하비   그러니까 결국은……

번스타인   리허설을 하지 못했죠.

하비   하지만 선생님은 그를 개인적으로……

번스타인   아 맞아요. 개인적으로 잘 알아요. 만날 때마다 그는 나를 여
            기저기 소개시켜주고 친근하게 굽니다. 외향적이고 따뜻한
            사람입니다.

하비   그가 하는 마스터 클래스에 간 적이 있는데, 그 역시 선생님
            과 마찬가지로 제자들을 기쁨으로 넘치게 하는 교사더군요.

번스타인   제자들을 사랑하죠.

하비   정말 제자들을 온몸으로 사랑해요. 그가 제자들에게 존경을
            요구하거나 자신의 지위를 이용하는 것은 한 번도 보지 못했
            습니다. 그는 가르친다는 영광에 매료되어 있었습니다.

번스타인   그 자신이 제자가 되는 겁니다. 겸손해집니다.

하비   선생님의 말에 진심으로 동의할 또 한 명의 음악가가 생각나
            네요.

번스타인   누구죠?

하비   예후디 메뉴인입니다.

번스타인   나는 그를 개인적으로 모릅니다.

하비   예후디를 여러 차례 만난 적이 있습니다. 그는 참으로 아름다
           운 사람이었어요. 깊고 풍요로운 심성의 소유자였고, 인디언
           영성과 요가에 관심이 많아서……

번스타인   그 이야기는 저도 알아요.

하비   자신의 존재를 의식적으로 단련하는 방법으로 삼아서 스스로
           음악의 악기가 되고자 했습니다. 참으로 비범하고 놀라운 사
           람입니다.

번스타인   그가 세계 최고의 음악 신동 가운데 한 명이었다는 사실을 알
           고 있죠?

하비   네, 그의 인생 이야기를 좀 알죠. 그는 열세 살 때 작곡가 엘
           가 자신과 함께 그의 바이올린 협주곡을 녹음했습니다. 1년
           뒤에는 은둔 작가 윌라 캐더의 대리 아들이 되었고, 말년에는
           위대한 시타르 연주자 라비 샹카르와 함께 작업하여 음악에
           서 동서양 화합의 선구자가 되었습니다. 그는 놀랍도록 충만

하고 과감하게 탐구적인 삶을 살았습니다. 그러나 그가 세계 최고의 신동이었다는 사실보다, 세계 최고의 바이올리니스트였다는 사실보다 더 중요한 것은 그가 음악을 통해 한평생 현실에 몸 바쳤다는 점입니다.

번스타인   맞습니다.

하비   또 다른 사람으로 파블로 카살스도 떠오르네요.

번스타인   그도 상당히 비슷하지요.

하비   나는 카살스가 비단 위대한 첼리스트였을 뿐만 아니라 음악의 보편적 의미를 이해하고 몸과 마음과 영혼으로 음악과 하나가 되려고 자신의 생을 바친 대단히 훌륭한 존재였다고 생각합니다. 그러니까 그는 음악을 연주한 것만이 아닙니다. 자신의 존재를 통해 음악의 영혼을 드러낸 음악가였습니다.

번스타인   두 가지 점을 말하고 싶습니다. 먼저 예후디 메뉴인에 관한 것으로, 그는 클리퍼드 커즌과 아주 가깝게 지냈습니다. 클리퍼드는 내게 말하기를 메뉴인이 요가 자세로 물구나무서기를 하는데 목뼈에 치명적인 부상을 입을 우려가 있다고 했습니다. 그는 그 점을 이해할 수 없다고 했습니다. 그러나 예후디 메뉴인은 열두 살에 뉴욕 필하모닉과 베토벤의 바이올린 협주곡을 연주했습니다. 아무리 신동이라도 베토벤의 바이올린 협주곡을 연주할 수는 없어요. 왜냐하면 아이가 이해하기에는 너무도 심오한 작품이니까요. 하지만 메뉴인의 연주가 끝났을 때 오케스트라의 단원들 모두 감동의 눈물을 흘렸습니다.

그런데 그의 스승 제오르제 에네스쿠는 메뉴인에게 바이올린 연주의 기초를 결코 가르치지 않았습니다. 메뉴인은 완전히 천부적인 재능을 타고났던 겁니다. 그가 10대였을 때 어느 날 스스로에게 이렇게 말했다고 합니다. **내가 이걸 어떻게 하는지 모르겠어.** 그러니까 그는 자신이 어떻게 그리고 왜 그렇게 잘 연주하는지 몰랐던 겁니다. 그는 자의식이 강했고 그의 연주는 죽을 때까지 계속 악화되었습니다. 그 말은 음악 신동이었을 때를 기준으로 악화되었다는 뜻입니다. 심지어는 음정에 맞지 않는 소리를 내기 시작했습니다. 참으로 안타까운 일이었죠. 나는 그가 신비주의 훈련에 관심을 기울인 것이 이런 딜레마에서 벗어나는 방법을 찾기 위함이었다고 생각합니다. 혹시나 도움이 될까 싶었던 거죠. 그러나 그에게 정말 필요했던 것은 그가 한 번도 받지 못했던 괜찮은 음악 교습이었습니다.

하비 　참으로 슬픈 이야기네요.

번스타인 　그렇죠. 이제 카살스에 대한 이야기를 할까요. 놀랄 만큼 많은 연주자들이 그렇듯이 그 역시 연주에 대해 양면적인 태도를 보였습니다. 그의 전기에 보면 20대에 산사태를 만나 돌하나가 비탈에서 굴러 떨어져 그의 왼손을 쳤다고 합니다. 그의 경력이 절정에 달했을 때였습니다. 그는 자서전에 이렇게 썼습니다. "신이시여, 감사합니다. 이제 사람들 앞에서 다시는 연주하지 않아도 되겠어요."

"무대 공포증도 마찬가지예요.
예전에는 부끄러워서 아무도 그런 이야기를 하지 않았어요"

하비　위대한 연주자들 대부분이 연주에 대해 상반된 감정들을 가졌다고 생각해요.

번스타인　나도 그렇게 생각합니다. 카살스의 이야기를 통해 진실이 마침내 밖으로 나왔습니다. 무대 공포증도 마찬가지예요. 예전에는 부끄러워서 아무도 그런 이야기를 하지 않았어요. 지금은 다들 아는 상식이 되었죠. 위대한 연주자들이 그에 대해 털어놓으니까요. 에단이 다큐멘터리에서 용기 있게 말하는 것을 봐요.

하비　맞습니다.

번스타인　세계에서 손꼽히는 한 피아니스트의 매니저였던 사람을 압니다. 그가 이런 말을 했습니다. "당신은 그가 무대로 나가기 전에 무슨 일이 벌어지는지 상상도 못할 겁니다. 그는 누워 있고 누군가 그의 등을 마사지해서 긴장을 풀어주어야 합니다. 그는 만신창이였습니다."

하비   나는 세실 비턴영국 왕실의 초상 사진과 패션 사진으로 유명한 사진작가이 죽기 전에 그를 만났는데, 언젠가 마리아 칼라스가 코번트가 든에서 오페라 〈메데아〉를 노래할 때 그를 무대 옆방으로 오라고 했다고 합니다. 그는 생각했습니다. **마리아가 왜 나를 여기에 있으라고 하는 거지?** 나중에 메데아가 무대로 올라가야 할 차례가 되었을 때 몸을 덜덜 떠는 여성이 자기 옆에 서 있는 것을 보았다고 합니다. 그녀가 칼라스임을 알아보고 그는 놀랐고, 그녀는 떨리는 목소리로 그에게 이렇게 말했습니다. "도저히 못 올라가겠어요. 나를 좀 밀어줘요."

번스타인   우아.

하비   그래서 세실 비턴은 칼라스를 밀어서 무대로 올렸는데, 그는 그 순간을 자신의 삶에서 가장 묘한 순간으로 기억합니다. 이처럼 무기력하고 안절부절못했던 그녀가 무대 위에 올라서는 완전히 딴판으로 변했기 때문입니다. 그녀는 팔을 쭉 폈고, 메데아의 입장을 알리는 화음이 울려 퍼지자 무시무시하게 주술적인 존재로 탈바꿈했습니다.

칼라스는 불행히도 선생님의 논점을 뒷받침하는 좋은 예는 아닙니다. 위대한 예술가임에는 틀림없지만 그녀는 아주 어렸을 때부터 심리적으로 망가졌고 끔찍한 고통을 받다가 비극적으로 생을 마쳤으니까요. 나는 음악을 통해 통합된 존재가 되는 법을 배우면서 선생님이 갖게 된 이런 환영이 일종의 기도라고 생각합니다. 그것은 선생님에게 일어난 일이고, 그것이 가능하다는 것을 선생님은 압니다. 그리고 선생님은 몇 몇 위대한 예술가에게서 이런 일이 일어난 것을 보았어요. 하지만 더 많은 제자들, 더 많은 예술가들에게서 이런 일이 일어나지 않았다는 것도 보았습니다. 그러므로 결실을 맺는 것은 솔직히 말해서 정말로 드문 일입니다.

번스타인   그런 일이 일어날 수 있는 한 가능성은 열려 있습니다.

하비   이렇게 말하죠. 그런 일이 일어날 수 있는 한 우리가 그것을 쟁취하려고 노력해야 한다고 말입니다.

번스타인   당연한 말입니다.

하비   그래요.

번스타인   그것이 가르치는 이유입니다. 모두를 다 살릴 수는 없지만 시도는 해야 합니다. 나처럼 풍요로운 자산으로 채워진 사람은 다른 사람들과 나누어야 해요. 그러지 않으면 내 안에서 위축되고 말 겁니다.

춤

"생산적인 연주와 연습을 통해
우리의 영적·정서적·지적 세계를 건강하게
돌아가는 신체라는 틀 내에서 하나로 총합할 수 있습니다"

하비   이제 교육관에서 내가 가장 감동을 느끼는 부분이 남았네요.
그것은 바로 악기를 연주하는 법을 배우는 것은 자신의 충만
한 존재로 삶을 연주하는 법을 배우는 것이라는 말입니다.

번스타인   정확히 그렇습니다. 그것은 삶을 연주하는 법을 배우는 것입
니다.

하비   이것은 제게 깨달음을 줍니다. 내가 피아노를 배우고 지금까
지 음악을 사랑하면서 경험했던 바와 일치하니까요. 선생님
앞에서 피아노를 연주한 적은 없지만, 아마 그랬다면 제 피아
노 솜씨가 제 이탈리아어 솜씨처럼 수다스럽지만 부정확하다
고 여길 겁니다. 아무튼 내가 모차르트나 바흐의 단순한 곡을

치느라 쩔쩔매고 있으면 갑자기 내가 몸과 마음과 영혼에서 음악과 하나가 된 듯한 기분이 들고, 내 앞에 놓이는 것이 무엇이든 이런 식으로 그것과 조화를 이루고 집중하며 살아야 한다는 생각이 들 때가 있습니다. 그러나 선생님을 만나기 전까지는 이런 깨달음을 그토록 완전하게 실천하고 그것을 그토록 철저하게 이해한 사람을 만나지 못했습니다. 그래서 말인데, 시모어 선생님, 당신은 어떻게 이것을 이해하게 되었나요?

번스타인   내가 연습할 때 일어나는 나의 반응에 유심히 주목하면서 이런 관점이 내 안에서 생겨나기 시작했다고 믿습니다. 작가로 크게 성공한 내 친구가 내게 이런 말을 한 적이 있습니다. "글쓰기는 나에게 삶의 방식이 아니라 삶 자체다." 나는 **글쓰기** 대신 **음악**이라는 말로 바꿔놓고 음악이 삶이라고 확실하게 말하고 싶습니다. 왜 삶일까요? 그것은 건강한 사람을 구성하는 모든 것을 포괄하기 때문입니다. 생산적인 연주와 연습을 통해 우리의 영적·정서적·지적 세계를 건강하게 돌아가는 신체라는 틀 내에서 하나로 통합할 수 있습니다. 이것은 심리학자들의 말과 다르지 않습니다. 건강한 사람은 정신적·지적 세계가 건강하게 돌아가는 신체라는 틀 내에서 통합되어 있는 사람입니다.

이제 내가 음악 작품을 연습한다고 합시다. 가장 먼저 일어나는 것은 정서적으로 음악에 반응하는 것입니다. 음악은 기본적으로 감정의 언어이기 때문입니다. 정서적으로 반응하고 나면 이제 작곡가가 기록한 수많은 표기들이 보입니다. 예를 들어 테누토라는 지시는 "점진적으로 느려지지 말고 바로 그 대목에서 템포를 느리게 하라"라는 뜻입니다. 그러지 않으면 작곡가가 마디에 표기하면서 느꼈던 감정에 내가 가까이 다가가지 않는 겁니다. 그러므로 나의 지성이 작동하게 되죠. 이렇게 해서 감정과 사고가 통합됩니다. 무엇이 더 중요하다고 말할 수 없습니다. 서로 섞여서 더 이상 구분되지 않으니까요.

하비　　함께 어울려 음악에 봉사하므로 어떤 것이 감정이고 어떤 것이 사고인지 확실하게 말할 수 없습니다.

번스타인　　통합되죠.

"정확한 운지법을 익히지 않으면
감정과 사고의 통합에 다다를 수 없어요"

하비　　함께 춤을 춥니다.

번스타인　　**통합**이라는 말이 최고의 표현입니다. 하나로 합쳐지는 것이니까요. 이제 나는 무생물의 대상을 구슬려서 이를 실현하려고 합니다. 자, 이렇게 생각해봅시다. 피아노에는 총 88개의 건반이 있습니다. 이 가운데 하나를 누르면 해머가 작동해서 일정한 속도로 현을 때립니다. 속도가 빠르면 센 소리가 나고 속도가 느릴수록 여린 소리가 나죠. 이제 우리는 열 손가락을 상대한다고 상상해봅시다. 각 손가락은 저마다 성격이 있겠죠. 이 모든 것은 하나로 통합되어야 합니다. 더 이상 열 손가락이 있는 것이 아니라 열 손가락이 모여 생겨나는 하나의 개념이 있습니다.

피아니스트가 실제로 이를 생각하면서 연주하지는 않습니다. 나는 그 과정이 어땠는지 나중에 생각한 것을 정리해서 말하고 있는 것뿐입니다. 자신이 연주하는 악기를 알게 되면 신체적으로 관여해야 합니다. 건반을 누르고 당신이 감정과 사고를 통합한 것에 어울리는 정확한 속도로 해머가 움직입니다. 이것이 우리가 연습을 하는 이유입니다.

그러려면 가장 필요한 조건이 무엇일까요? 여기서 우리는 쇼팽에게 고마워해야 합니다. 그가 죽기 전에 피아노 연주법을 체계적으로 정리해놓았으니까요. 그는 교사로서의 재능도 탁월했습니다. 쇼팽이 남긴 음악을 생각할 때 그는 피아노로 음악을 연주하기 위해 가장 시급하게 배워야 할 것이 무엇이라고 생각했을까요? 나는 이렇게 짐작했습니다. "모든 것은 시적으로 연주하느냐에 달려 있다" 혹은 "모든 것은 아름다운 톤에 달려 있다". 그러나 쇼팽은 이렇게 썼습니다. "모든 것은 정확한 운지법에 달려 있다."

이제 이런 의문이 들 겁니다. "그는 왜 그렇게 생각했을까?" 이유는 이렇습니다. 건반에 편안해지지 않으면 표정을 담아 연주할 수 없기 때문입니다. 정확한 운지법을 익히지 않으면 감정과 사고의 통합에 다다를 수 없어요. 모든 손가락은 제각각 움직이므로 악기 연주자는 손가락을 놀리는 법을 터득해야 합니다. 그리고 마지막으로 양발로 페달을 밟는 것을 통합하는 과정이 따릅니다. 아르투르 루빈스타인이 이를 멋지게 표현했습니다. 오른쪽 페달을 가리켜 "피아노의 영혼"이라고 했습니다. 이 모든 것이 연습에 들어가고 제자와의 소통에 들어가 그를 음악의 심장부로 인도합니다. 당신 말대로 삶의 과정과 다르지 않습니다.

하비　　　내가 40년 동안 개인적으로 해왔던 수행과도 다르지 않습니다. 나는 매일 하루에도 여러 차례 만트라 주문을 외우고 내가 좋아하는 심상을 머릿속에 그립니다. 광대하고 맑고 명료하고 다정하고 동정 어린 자각의 흐름에 머물도록 합니다. 내가 그처럼 무한한 자각을 유지할 수 있다면 하루에 무슨 일이 일어나든 대처할 수 있고, 거기에 휘둘리는 것이 아니라 음악을 만들 수 있다는 것을 알기 때문입니다. 위대한 음악에 절제되고 반복적인 집중을 요하는 까다로운 대목이 있는 것처럼, 영적 수양의 엄격함에 바친 삶에도 곤경과 저항이 일어나 그를 집어삼킬 수 있습니다. 그것을 막으려면 끈질기게 그리고 겸손하게 그것을 돌파하는 은총을 구하고 노력해야 합니다.

번스타인　　이제 당신은 더 이상 희생자가 되지 않겠군요.

하비　　　네, 나는 현실에 의해 망가지거나 불구가 되거나 왜곡되기보다 현실과 춤을 추겠습니다.

번스타인   당신은 **춤**이라는 말을 무척 자주 사용하는군요.

하비   맞습니다.

번스타인   그 이유를 설명해줄 수 있어요?

하비   나에게……

번스타인   당신은 지금 당신과 내가 함께 춤을 추고 있다고 믿어요?

하비   네, 그래요.

번스타인   춤이라는 것이 두 사람 사이에 존재하는, 또는 당신과 당신이 자기 안에 끌어들이려고 하는 특정한 경험 사이에 존재하는 친교 같은 겁니까?

하비   선생님한테는 사실을 말해야겠어요. 나에게 성스러운 것은 춤추는 사람의 모습을 하고 있어요. 신성한 것을 나타내는 최고의 이미지는 내가 태어난 인도 지역에서 찾을 수 있는데, 그곳에서 신은 한 손에 파괴의 횃불을, 다른 손에 창조의 북을 들고 있는 춤추는 사람으로 그려집니다.

번스타인   오, 종교적 성화인가요?

하비   네, 시바 나타라자라고 부릅니다. '춤의 왕'이라는 뜻이죠. 전해 내려오는 이야기들이 시바의 춤추는 대지라고 부르는 인도 남부의 조각들을 보면, 시바는 아름답고 우아하고 역동적인 젊은 남자가 춤추는 포즈를 취하고 있는 모습으로 나타납니다. 손이 네 개인데 위의 오른손은 창조의 북을, 왼손은 파괴의 횃불을 들고 있습니다. 아래의 오른손은 쭉 뻗어서 영원한 보호의 제스처를 취하고 있고, 왼팔은 오른발을 향해 늘어뜨려 춤의 신이 그를 숭배하는 사람들에게 주는 영원한 은총을 상징합니다. 한편 왼발은 이기적인 자아를 나타내는 난쟁이를 짓밟고 있습니다. 위대한 기독교 신비주의자 니콜라우스 쿠사누스는 "신은 대립하는 것들의 일치"라고 말했습니다. 우리는 나타라자의 모습에서 신성한 존재의 역설적인 특징과 힘을 가장 완벽하게 매혹적으로 담고 있는 이미지를 봅니다.

번스타인   이것에 대해 들은 적이 있지만 이렇게 깊은 의미까지는 몰랐습니다.

하비   나의 가장 신실한 믿음은 춤추는 사람으로 나타나는 신에게로 향합니다. 단편적으로 전해지는 오래된 위경僞經인 『요한 행전』에 보면 예수는 마지막 만찬에서 춤을 추고 사도들에게도 춤을 권한 것으로 나옵니다. 지식을 통해 영성에 접근하는 영지주의 입장에서 쓰인 이 텍스트에서 이런 문장을 볼 수 있어요. "예수께서 잡히시기 전에…… 우리들을 모두 불러놓고 이렇게 말씀하셨다. '하늘에 계신 아버지께 찬송하고 우리

아래에 놓인 것을 맞으러 가자.' 그러고는 우리에게 원형으로
둘러서서 서로의 손을 잡게 하셨다. 예수께서 가운데 서시더
니……"

번스타인   춤을 췄어요? 정말로?

하비   네, 예수는 십자가형의 고난을 겪고 부활하기 전에 사도들과
함께 춤을 췄습니다.

번스타인   그들도 정말로 춤을 췄습니까?

하비   네, 예수는 춤을 추면서 뭔가를 노래했는데, 그것이 나의 은
밀한 신조 같은 것이 되었습니다. 『요한행전』에서 예수는 이
런 말을 합니다. "우주는 춤추는 자에게 속한다. 춤추지 않으
면 무슨 일이 벌어지는지 알지 못한다."

번스타인   예수가 춤이라는 것으로 말하려 했던 것은 정확히 무엇이었
을까요?

하비   신을 춤추는 자로 이해하는 사람은 이런 것을 의미합니다. 삶
자체가 대립하는 것들, 빛과 어둠의 춤이고, 우주는 물질과
빛의 부단한 춤이며……

번스타인   움직임을 말하는 것이로군요.

하비 　 움직임과 정체, 빛과 물질, 빛과 어둠. 이 모든 대립하는 것들이 함께 어울려 춤을 춥니다.

번스타인 　 그렇다면 춤은 은유네요.

하비 　 단순히 은유가 아니라 궁극적인 실체입니다. 이제 우리는 양자물리학을 통해 빛의 에너지가 작용하는 방식이 춤과 아주 비슷하다는 것을 압니다. 그러므로 우주는 춤이고, 삶은 춤입니다. 선생님이 진정으로 완전히 각성하려 한다면 삶의 다른 측면들과 춤출 수 있어야 합니다. 그리고 선생님의 전체, 몸과 마음과 정신 모두를 춤의 열정, 아름다움, 역동성 안으로 끌고 들어와야 합니다. 내가 왜 이런 이미지를 좋아하는가 하면, 춤을 추려면 존재 전체가 요구되기 때문입니다. 진정으로 깨어 있는 삶을 살고 싶다면 자신의 존재 전체가 사랑과 열정과 용기와 지성에 의해 환해지는 경험을 할 필요가 있어요. 그리고 내가 선생님이 음악을 대하는 관점을 무척 좋아하는 이유 하나는 피아노 앞에 앉아서 음악 구조의 진실에 마음을 집중하고, 음악이 주는 영광스러운 메시지에 가슴을 열고, 몸을 훈련시키는 과정을 설명하는……

번스타인 　 뇌를 빠뜨리면 안 됩니다.

하비 　 내가 마음이라고 말한 것이 뇌예요.

번스타인   그렇군요.

하비   마저 마무리할게요. 위와 같은 선생님의 설명이 춤추는 사람
          의 규율이라는 것입니다.

번스타인   이제 알겠습니다.

"처음에 본능적으로 떠오르는 것을
그냥 밀고 나갑니다"

하비   그러니까 피아니스트는 음악과 춤을, 작곡가의 심오하고 신
          성한 의도와 춤을 추는 것입니다. 그리고 이렇게 춤을 추려면
          비범한 자유분방함과 비범한 절제력을 겸비해야 합니다. 이
          렇게 대립하는 것들을 조화시켜야 해요.

번스타인   상황이 벌어지는 대로 두고, 그런 다음 무슨 일이 일어나고
          있는지 관찰해서 의식적으로 파악합니다. 상황이 벌어질 때
          끼어들어서는 안 됩니다. 그냥 일어나도록 내버려둬요. 그것
          이 나의 과정입니다. 처음에 본능적으로 떠오르는 것을 그냥
          밀고 나갑니다. 그런 다음 나의 본능적 판단이 어떤 것인지
          파악해서 정리합니다.

하비   선생님의 교습 문제로 돌아갑시다. 선생님은 사람들이 이런
          식으로 음악과 춤을 추도록 돕고 있습니다.

번스타인　　실제로 댄서들은 바로 이런 일들을 합니다.

하비　　　　맞습니다.

번스타인　　그들은 정서적 반응에 따라 움직이고, 몸의 어떤 부위가 작동
　　　　　　해야 하는지, 어떻게 움직여야 하는지 마음으로 파악합니다.
　　　　　　악기를 연주하는 것과 다르지 않습니다.

하비　　　　그렇죠. 그들은 자신의 악기를 연주하는 겁니다.

번스타인　　그들의 몸이 바로 그들의 악기예요.

하비　　　　선생님이 연주하는 모습을 볼 때 나는 춤을 추는 사람을 보고
　　　　　　있습니다. 차분하고 현명하고 스스로를 대상에 내맡긴 댄서.
　　　　　　선생님의 존재 전체가, 선생님의 몸과 마음, 영혼과 가슴이
　　　　　　모두 음악이라고 하는 이 보이지 않는 세계와 춤을 춥니다.

번스타인　　흥미로운 사실을 하나 알려드릴까요? 내 책『자기발견을 향
　　　　　　한 피아노 연습』의 중심에 있는 장 제목이 무엇인지 알아요?
　　　　　　'피아노의 안무'입니다.

하비　　　　그렇군요.

번스타인　　춤입니다.

하비   네.

번스타인   거기서 나는 이렇게 썼습니다. "우리는 어떻게 보면 댄서들이
          다. 우리가 하는 모든 동작들이 춤이다. 손가락, 손목, 팔, 몸
          통, 페달에 놓인 다리까지. 우리는 이 모두를 사용하여 적절
          한 안무 동작을 만들어야 한다. 안 그러면 우리가 느끼고 생
          각하는 것이 밖으로 드러나지 않는다." 그래서 나는 피아노에
          서 **안무**라는 말을 사용합니다. 하지만 영적 세계, 신비적 세계
          에서 춤을 추는 신을 말하는 사람을 내가 만날 줄은 미처 몰
          랐네요.

하비   에너지. 신은 의식의 에너지입니다. 가벼운 의식의 에너지죠.
          이런 가벼운 의식의 에너지가 춤을 추며 세상에 존재하는 만
          물을 만듭니다. 그리고 춤을 추며 생명을 존속시키고 춤추게
          합니다. 대립하는 모든 것들이 함께 어울려 춤을 추므로 어마
          어마한 규모의 춤입니다.

번스타인   대우주의 소우주라는 이야기를 하는 건가요?

하비   맞습니다.

번스타인   우주가 춤을 추는군요.

하비   우주 전체가 춤을 춥니다.

번스타인   그러니까 우리는 소우주네요.

하비   맞습니다. 그리고 내가 선생님의 교습법에 그토록 열광하는 이
          유입니다. 선생님이 가르치는 것은 물론 음악의 정수를 진정으
          로 소통하는 아주 정밀한 방법이죠. 그러나 그보다 훨씬 중요
          한 것도 가르칩니다. 바로 현실과 춤추는 법입니다. 명료하고
          자발적이고 절제된 자유분방함을 터득하는 법. 그러고 나면 무
          슨 일이 일어나든 민감하게 곧바로 반응할 수 있어요. 그것이
          바로 대가의 경지입니다. 달라이 라마도 부처도 예수도 라마크
          리슈나도 그것이 삶의 목표라고 인정할 겁니다. 그래서 우리가
          지금 이렇게 소파에 앉아서 이야기를 나누고 있는 것이죠. 각
          자 다르지만 깊은 곳에서는 통하는 방법으로 이런 통합을 추
          구합니다. 선생님은 음악의 헌신을 통해 아름답고 견실하고 열
          정적으로 추구하고, 나는 신비적 수행을 통해 그것이 가능하게
          할 수 있는 찬란한 통합의 비전을 추구합니다.

번스타인   결과적으로 똑같네요. 우리는 똑같은 것을 추구하는 셈입니
          다.

하비   우리가 찬양하는 것은 똑같은 현실입니다. 선생님은 그것을
          저장고라고 부르고, 나는 내가 원하는 이름으로 부를 수 있습
          니다. 이름은 중요하지 않아요. 중요한 것은 춤입니다.

번스타인   맞습니다.

하비 　중요한 것은 이렇게 활기차고 미묘하고 다정하고 명료한 에너지가 항상 우리 안에서 일어나도록 유지하는 것입니다. 그럴 때 우리는 삶을 최고로 충실하게 살 수 있습니다. 자신의 재능의 깊은 곳까지 경험하고, 친구들을 넘어 천국을 사랑하고, 현실 자체의 고뇌와 희열을 즐길 수 있습니다. 우리는 춤을 추듯 살 수 있어야 하고, 죽음을 우리의 마지막 춤으로 만들 수 있어야 합니다. 루미가 쓴 멋진 시에 이런 말이 나옵니다. "어느 날 선생님의 와인 가게에 들러 와인을 조금 마신 나는 몸에 걸친 예복을 벗어 던지고 술에 취해 이런 창조가 조화임을 알았으니, 나는 창조와 파괴, 둘 모두를 위해 춤을 추네." 〈하머클라비어〉 소나타를 연주하는 위대한 피아니스트는 소리로 기념비적인 우주적 춤을 연주하는 것입니다. 그는 그 춤의 열광적인 단계 하나하나를 모두 전달할 수 있는 댄서가 되어야 합니다.

번스타인 　그래요.

"이것은 팔과 손과 손가락이
대단히 미묘한 안무로 움직이는 춤입니다"

하비 　그리고 그런 댄서가 되려면 피아니스트는 선생님이 설명하는 모든 방법을 다 익혀야 할 뿐만 아니라 진정으로 위대한 베토벤의 해석자가 되어야 합니다. 현실의 춤이라는 적나라하고 혹독한 장에 발을 들여야 하고, 베토벤이 왜 이렇게 음악의 모든 힘을 총동원하여 대립하는 것들의 이런 거대하고 우주적인 발레를 전하려는지 이해해야 합니다.

번스타인   단 하나의 음을 연주하는 행위조차 양팔과 손의 미묘한 대조적 움직임이 수반되는 일종의 춤입니다. 나는 마서스비니어드 휴양지로 유명한 매사추세츠의 섬에 있을 때 두 명의 성인 피아니스트에게 마스터 클래스를 했습니다. 한 명은 전문적인 피아니스트, 다른 한 명은 아마추어 피아니스트였는데 두 사람 모두 연주를 아주 잘했어요. 나는 그들의 음악성과 몸의 움직임을 관찰했습니다. 두 사람 모두 연주하려는 곡의 첫 음에 손가락을 올려놓고 건반을 눌렀습니다. 나는 이것을 작살을 던져 음을 포획한다고 표현합니다. 이어서 나는 첫 음을 누르는 문제에 대한 상세한 설명으로 들어갔습니다.

여기에는 과학 법칙이 있습니다. 움직임을 일으키려면 반대 방향에서 예비 스윙 동작이 필요합니다. 골프를 예로 들자면, 골프공을 멀리 보내려면 먼저 골프채가 공을 날리기 위해 필요한 속도로 뒤에서 날아와야 합니다. 먼 거리를 드라이브로 날리려면 스윙 동작이 빨라야 하고, 그저 짧은 거리를 퍼팅한다면 예비 동작은 그보다 느리겠죠. 어쨌든 이것은 팔과 손과 손가락이 대단히 미묘한 안무로 움직이는 춤입니다.

이제 피아노 건반을 보자면, 모든 것은 피아노에서 반대 방향으로 작동합니다. 건반을 누르면 해머가 올라갑니다. 오른쪽 페달을 밟으면 댐퍼가 올라가죠. 피아노로 큰 소리를 내고 싶다면 손목을 낮게 해서 건반 표면에 손가락을 올려놓습니다.

이제 손목을 재빨리 들었다가 잽싸게 내리쳐서 빠른 속도로 건반을 누릅니다. 이렇게 하면 에너지가 해머로 전달되고 빠른 속도로 현을 때려서 큰 소리가 납니다. 여린 소리는 예비 동작이 이보다 느리겠죠. 여기서 기억할 점은 소리가 예비 스윙 동작의 속도로 설정된다는 것입니다.

"모든 것을 가르쳐주지 않는다고
뭐라고 할 수는 없습니다.
나머지 시간에는 스스로 배워야 합니다"

하비　　　특정한 테크닉에 대한 지식도 중요하지만, 그것들을 다 걷어내고 핵심을 보면 결코 고갈되지 않는 연주의 신비가 있습니다.

번스타인　　맞습니다. 우리가 어떤 테크닉을 어떻게 배웠든지 간에 결국에는 자신의 동기에 이끌려 자기 안에 있는 진실을 찾고 자신의 **영혼의 저장고**에서 진정한 비밀을 끌어냅니다. 모든 비밀이 거기에 있습니다. 그리고 우리는 겸손해야 하고 멘토로부터 최대한 많은 것을 배우지만, 그들이 우리에게 모든 것을 가르쳐주지 않는다고 뭐라고 할 수는 없습니다. 누구도 모든 것을 가르쳐줄 수는 없으니까요. 그래서 나머지 시간에는 스스로 배워야 합니다. 실제로 내가 만나본 모든 진지한 연주자들은 스승이 자신을 어떤 지점까지만 데려갈 수 있었고 나머지는 자신이 알아냈다고 인정했습니다.

다큐멘터리의 마스터 클래스 장면

하비 가르침에 관하여 내가 배운 가장 중요한 것은 위대한 스승들이 배움의 본보기가 된다는 사실입니다. 달라이 라마와 함께 있으면 나는 당연히 경외감이 들고 겸허해지고 나의 깊은 곳을 들여다보게 됩니다. 나는 몸과 마음, 영혼과 가슴을 활짝 열고 그의 정수를 하나도 빼놓지 않고 흡수하려고 노력합니다. 그 어떤 말로도 그에 대한 나의 사랑을 나타내지 못합니다. 그러나 나를 가장 감동시키는 것은 자신이 가르치는 것을 겸손한 자세로 배우려는 그의 몸가짐입니다. 결국에는 이것이 나에게 가장 완전하게 다가오는 그의 면입니다.

번스타인 그렇군요.

하비 그리고 내가 그와 같은 몸가짐을 가질 때에만, 그와 같은 성실과 투명함, 정직함과 깊은 유머를 갖출 때에만 그로부터 배울 수 있습니다.

번스타인 멋진 말입니다.

하비 클리퍼드 커즌은 선생님에게 무엇을 안겨주었나요? 그가 선생님에게 본보기가 된 것은 이미 선생님 안에 활기차게 있던 무엇이라고 생각하는데요. 프레이징을 어떻게 만드는지 가르치는 일에 매진하여 음악의 아름다움과 진실로 사람들을 고양시키는 것이 아닐까요?

번스타인   가장 기억나는 것은 건반 앞에 앉은 그의 모습을 지켜본 것이
           었습니다. 그가 피아노에서 끌어낸 소리는 내가 노력해서 얻
           어야 하는 목표였습니다. 그래서 나는 그런 소리를 재현하려
           면 어떤 춤동작을 안무해야 하는지 알아내야 했습니다. 안 그
           러면 제대로 된 소리가 나오지 않을 테니까요. 방법은 자신을
           정말 솔직하게 대하고 피아노에서 나오는 소리에 귀 기울여
           듣는 겁니다. 나는 제자들에게 항상 이렇게 말합니다. "우리
           는 복화술사와 아주 비슷하지. 피아노 앞에 앉아서 각기 다른
           속도로 건반들을 누르면 소리는 저만치 떨어진 곳에서 나와.
           해머가 작동하여 현을 울리고 댐퍼가 오르고 내리는 그곳 말
           이다. 너의 귀는 건반이 아니라 그곳에 집중해야 한다. 물리
           적으로는 건반에 있지만 너의 귀는 복화술사처럼 인형의 입
           에 가 있어야 해." 앤드루, 내 말 이해하겠어요?

하비   네. 이제 마지막 질문입니다. 모든 교사에게 가장 하고 싶은
           말은 무엇입니까?

번스타인   첫째, 여러분은 제자를 가르치는 것이 아닙니다. 사람을 가르
           치는 것입니다. 둘째, 여러분이 제자를 위해 할 수 있는 가장
           중요한 것은 그들이 음악의 모든 것만이 아니라 더 중요하게
           는 삶의 모든 측면에도 정서적으로 반응하도록 만드는 것입
           니다. 그게 최우선 과제입니다. 다른 모든 것은 그 이후의 일
           입니다.
           앤드루, 당신도 영적 지도자라고 불리는 사람들에게 한마디

하시죠.

하비   먼저 신성한 현실의 음악에 맞춰 자신의 삶을 아름답게 춤추
는 법을 배워야 합니다. 최대한의 규율과 동정심을 갖고 최대
한 아름답게 말이죠. 그러고 나면 선생님이 가르치는 것이 춤
추는 신 나타라자의 리듬에 따라 고동칠 겁니다. 시바의 열렬
한 추종자이자 인도의 루미로 불리는 마니카바사가르는 이런
글을 남겼습니다. "오 사랑하는 이여, 당신의 춤의 스텝들을
내게 가르쳐주소서. 내가 그것을 겸허하게 다른 이들과 나눌
수 있도록. 나와 그들이 함께 당신의 춤을 출 수 있도록."

코다 — 삶에 대한 경의

"대답 없는 질문이 존재한다는 것을
무조건적으로 받아들이는 것이야말로
내가 생각하는 겸손함의 미덕입니다"

하비 선생님, 선생님과 함께 일주일을 보내면서 식사도 같이하고
한가롭게 놀기도 하며 삶의 많은 측면들을 이야기했습니다.
어제 우리가 우체국에 갔을 때 수줍음 많고 친절한 우체국장
을 대하는 선생님의 방식은 내 마음속에 깊게 각인되었습니
다. 그녀는 힘든 일을 겪고 있었는데 갑자기 선생님에게 속
마음을 털어놓았습니다. 선생님은 그야말로 공손하게 그녀
의 말에 귀 기울여 듣고 반응했습니다. 우리도 일상에 복귀하
기 전에 할 일이 많았는데 그걸 다 내려놓고 말이죠. 선생님
은 말을 많이 하지 않았어요. 그저 사랑스럽게 그녀를 쳐다보
고 손을 잡고 어깨를 토닥였습니다. 그것으로도 선생님이 그
녀를 존경하고 사랑하고 그녀의 고통을 이해한다는 것이 충
분히 전해졌습니다. 우체국을 나서면서 뒤돌아보았을 때, 그

녀는 평온하게 자신을 받아들이는 모습이었습니다.

어젯밤 침대에 누웠을 때 그 광경이 계속 머릿속에 떠올랐습니다. 내가 왜 그 광경의 일상적이면서 비범한 아름다움에 그토록 끌렸는지 한동안 이해하지 못했다가 갑자기 깨달았습니다. 선생님은 삶의 이 단계에 이르러 자신이 하는 모든 일, 그러니까 방을 청소하거나 나를 위해 멋진 닭 요리를 준비하거나 제자들을 가르치거나 바다를 쳐다보거나 하는 일에 내가 '삶에 대한 경의'라고밖에 부를 수 없는 태도로 접근합니다. 오랜 세월이 흐르면서 선생님은 **영혼의 저장고**에 항상 접속하고 있어서 온 세상을 편안하게 대하고, 선생님 앞에 있는 사람이 누구든지 그에게 본능적인 치유의 손길을 자연스럽게 내밀 수 있는 겁니다.

그러고 보니 우리 두 사람을 깊게 연결하는 것이 또 하나 있더군요. 우리 모두 조직화된 종교에 대단히 회의적인 태도를 보입니다. 종교는 사람들을 동원하고 배제, 편견, 폭력 같은 끔찍한 행위들을 용납하기 때문이죠. 이렇게 조직화된 종교에 대한 의심에도 불구하고 우리는 내가 신성한 것이라 부르고 선생님이 **영혼의 저장고**라고 부르는 것을 멀리하지 않습니다. 오히려 사람이 만든 독단에 대한 환멸은 계속해서 펼쳐지는 거대한 신비로 우리를 이끕니다. 인간이 붙일 수 있는 이름과 정의를 모두 초월하는 신비에 우리는 경외감을 느끼고 직접적으로 연결되고자 더 깊이 몰입합니다.

번스타인 　삶의 기적을, 계속 팽창하는 우주를 생각하면 나는 경외감과 경이감에 사로잡혀 무릎을 꿇습니다. 틀림없이 무언가가 이 모든 것을 맡고 있습니다. 하지만 그런 힘에 이름을 붙이는 것은 무례한 짓이라 생각합니다. 그것은 이름을 초월합니다. 겸손한 마음으로 나는 그와 같은 심오한 신비에 대한 대답을 내가 알도록 주어지지 않았다고 확신합니다. 대답 없는 질문이 존재한다는 것을 무조건적으로 받아들이는 것이야말로 내가 생각하는 **겸손함**의 미덕입니다.

하비　나는 루미가 쓴 이 문장을 좋아합니다. "진정한 연인들은 겸손함의 황홀 속에서 신비에 봉사하는 자다." 내게 이 말은 가장 고귀하고 뭉클한 진실을 보여주는 말입니다. 시모어, 선생님은 신을 믿나요?

번스타인　종교에 대한 나의 견해를 못마땅하게 여기는 친구가 어느 날 내게 이렇게 말했습니다. "측정할 수 없는 무한한 공간에 은하가 계속 이어지는 광대한 우주를 생각해봐. 너는 이것이 어떻게 생겨났다고 생각해? 어떤 지성적 존재가 그것을 만들고 통제한다고 말해야 하지 않겠어?"

나는 늘 하는 말로 그를 실망시켰습니다. "모르겠어."

사람들이 그런 현상을 신이나 다른 이론의 관점에서 설명하려고 할 때마다 화가 납니다. 왜 사람들은 어떤 것은 설명될 수 없다는 사실을 받아들이지 못할까요? 알베르트 아인슈타인은 이런 말을 했어요.

나는 자신의 피조물에 상과 벌을 내리는 신을, 혹은 우리가 경험하는 것과 같은 의지를 가지고 있는 신을 도저히 상상할 수 없다. 또 물리적인 죽음을 겪고도 살아나는 사람을 상상할 수 없고 상상하고 싶지도 않다. 두려움이나 터무니없는 이기심에 빠진 유약한 영혼이나 그런 생각을 믿을 뿐이다. 나는 삶의 영원성이 신비로 남은 것에, 그리고 내가 현 세계의 멋진 구조를 엿볼 수 있다는 사실에 만족하며, 자연에서 스스로 드러나는 이성의 일부를, 그것이 아무리 작은 부분일지라도, 이해하려고 노력할 뿐이다.

나 역시도 어떤 힘이 우주를 지배한다는 생각을 합니다. 이름 없고 신비한 힘, 우리의 이해를 훨씬 넘어서는 힘이죠. 그런 힘에 이름을 붙이는 것은 불경한 짓입니다.

나는 머리를 조아리고 기도하고 싶다는 생각을 해본 적이 없습니다. 그러나 존재의 신비, 자연의 신비, 창조적 천재들이 수백 년의 세월에 걸쳐 이룩한 놀라운 위업의 신비 앞에서는 경외감과 경이감에 머리를 숙일 수 있습니다. 내가 이런 경이를 설명하거나 이름을 붙이려 하지 않는 것은 겸손함 때문입니다. 나는 어떤 질문에는 결코 답할 수 없다는 사실을 겸허히 받아들입니다. 사실은 내 존재 자체도 영원한 물음표라고 생각합니다.

하비   시모어 선생님, 우리 모두는 자신만의 독특한 방식으로 **영혼의 저장고**에 은밀하게 연결되어 있어요.

번스타인 물론입니다. 하지만 우리가 거기에 더 깊이 연결될수록 삶의 신비는 더 넓어지고 깊어집니다. 많이 알수록 우리가 얼마나 많은 것을 모르고 있는지 더 잘 깨닫게 되는 것이죠. 그리고 우리가 모든 존재와 우주에 겸손하고 존중하는 마음을 가질 수록 우리는 더 깨우친 존재가 될 수 있습니다.

하비 우리가 함께 경험하고 의견을 나눈 모든 것들 덕분에 내 마음 이 넉넉합니다. 이제 할 말은 다 한 것 같죠. 선생님, 여기서 인사를 드려야겠네요.

번스타인 할 일 하나가 아직 남았어요. 우리의 책을 마치는 지금, 나는 축복의 마음을 말이 아니라 음악으로 표현하고 싶습니다. 음 악을 통해서만 말할 수 있는 것이 많으니까요. 바흐를 연주하 고 싶습니다. 바흐는 우리 둘에게 가장 위대한 작곡가죠. 독 자들도 이 마지막 음악 축복을 함께 들을 수 있도록 마지막 페이지에 유튜브 주소를 올립니다.

하비 (시모어는 웃으며 소파에서 일어나더니 천천히 피아노로 걸어간다. 메인 주 그의 아파트 거실 모퉁이에 놓인 피아노 앞에 앉아 바흐의 칸타타 〈하느님의 시간이 최상의 시간이로다〉에 나오는 곡을 피아 노로 연주하기 시작한다. 그는 뉴욕에서 우리가 처음 만났을 때 저 녁 식사를 하고 나서 딱 한 번 이 곡을 연주한 적이 있었는데, 지금 들으니 마치 처음 듣는 곡 같다. 그토록 권위가 실리고 숭고한 애정 을 담은 연주는 그의 연주든 다른 사람의 연주든 이제까지 들어본 적이 없다. 모든 음, 모든 화음이 필연적으로 전혀 힘들이지 않고 이어진다. 공간의 감각이 점차 확장되어 어느덧 음악은 우리가 있는 방뿐만 아니라 우리 주위의, 그리고 그 너머의 세상을 꽉 채운다. 그가 나만 축복하는 것이 아니라는 것을 안다. 그는 우리의 우정, 우리가 함께한 작업은 물론 그 자신과 세상 모든 존재의 생명을 축복하고 있다. 마지막 화음이 울렸을 때 우리 둘 다 말이 없었다. 영원처럼 이어지는 한순간에 나와 시모어, 따가운 햇살이 내리쬐는 잔디, 눈부시게 빛나는 바다, 정원으로 난 계단에서 아몬드를 물고 있는 다람쥐는 평화롭게 하나가 되었다.)

*시모어의 마지막 축복의 연주, 바흐의 칸타타 〈하느님의 시간이 최상의 시간이로다〉는 유튜브에서 'Seymour Bernstein, Bach, Gottes Zeit ist die allerbeste Zeit'를 검색하시면 들어볼 수 있습니다.
https://www.youtube.com/watch?v=idREATkJrnc

감사의 말

앤드루 하비

    춤의 제왕 시바 나타라자, 영혼의 누이이자 오랜 친구로 믿음을 갖고 책 작업을 맡아준 패티 기프트, 너그러운 영혼의 소유자로 아낌없는 도움을 준 네드 리빗, 애정 어린 정확함을 보여준 재닛 토머스, 온전한 지혜와 친절함을 베풀어준 앤 앤드루스, 사랑하는 프랜시스와 마이크 코훈, 내 아칸소 가족, 항상 든든한 채즈 이버트, 굳건하고 지칠 줄 모르는 일꾼 엘런 건터, 마지막으로 내게 큰 기쁨이 되는 사랑스러운 고양이 제이드.

시모어 번스타인

　당연한 말이지만 책 한 권 만드는 데 도움을 준 사람들을 다 합치면 한 군락을 이룰 것이다. 책의 부제가 '시모어와의 대화'라는 이야기를 들었을 때 유명한 학자 앤드루 하비가 질문을 맡아준다는 것을 알고 내가 지혜의 말을 맡아야겠구나 생각했다. 하지만 지금 원고를 여러 차례 읽어보고 나니 앤드루의 메시지가 나이와 직업을 막론하고 모든 독자에게 크나큰 울림을 주리라는 확신이 든다. 나 또한 그로부터 엄청나게 많은 것을 배웠다.

　책의 편집과 출판에 대해 말하자면 이보다 더 따뜻하고 세심하고 신중하게 나를 대하는 팀은 결코 상상할 수 없었을 것이다. 진지한 음악가가 한 음 한 음을 대하듯 원고를 정성들여 손보고 편집했다. 패티 기프트와 네드 리빗은 영감이 넘치는 이들이다. 나를 이끌고 격려하고 교정하여 책의 중심을 든든하게 잡아주었다. 헤이하우스 출판사의 다른 모든 직원들에게도 베풀어준 사랑과 도움에 진심으로 감사한다.

삶을 더 아름답게 연주하라

출판사로부터 이 책을 소개받고 나서야 시모어 번스타인에 대해 알았다. 그에 관한 에단 호크의 다큐멘터리가 국내에 개봉된 것을 알았고, 그가 때맞춰 한국에 온다는 소식을 들었고, 그의 책 두 권이 이미 한국어로 번역되어 있는 것을 확인했다. 그는 일반 대중뿐 아니라 내게도 낯선 인물이었다.

책은 시작부터 흥미로운 질문을 던진다. 바로 삶과 예술의 관계다. 그는 음악을 단순한 직업으로 보지 않고 그 사람의 정체성이라고 생각한다. 삶이 음악에 영향을 주는 것은 물론이요, 음악도 삶에 영향을 미친다고 강조한다. 한마디로 음악이 우리를 더 좋은 사람으로 만들 수 있다고 믿는다.

오늘날 우리는 예술과 예술가를 구분해서 보는 데 익숙하다. 사회적 논란을 일으킨 예술가라고 해서 그가 만든 예술마저 색안경을 끼고 보지는 않는다. 예술은 예술일 뿐이다. 음악은 명시적 내용이 없어서 더 그런 경향이 있다. 번스타인도 음악의 자율성을 인정한다. 물질적인 세계와 무관한 그 자체의 영역으로 본다. 그가 주목하는 것은 음악이 요구하는 통합적 과정이다. 음악을 한다는 것은 신체, 감성, 지성, 영혼 모두를 가동하는 행위로, 이 모든 것이 하나로 통합되어야 좋은 음악이 나온다. 그는 이 같은 통합의 과정이 우리의 삶을 보다 건강하게 만든다고 믿는다.

이런 관점은 피아노 교사라는 그의 위치와 떼어놓고 생각할 수 없다. 교사는 제자들이 최고의 결과물을 만들어내도록 돕는 사람이지만, 그의 말마따나 사람을 가르치는 사람이다. 번스타인은 연주하는 사람이 음악을 하는 과정에서 배운 것을 음악에서 멈추지 않고 삶으로 가져가기를 원한다. 음악의 해석자를 넘어 삶의 해석자가 되어야 한다고 말한다. 삶을 일종의 연주로 보고, 삶을 더 아름답게 연주하라 말하는 것이다.

그의 이 말이 각별한 울림으로 다가오는 것은 번스타인이야말로 이런 통합, 이런 삶의 해석을 온몸으로 보여주는 인물이기 때문이다. 아흔의 피아니스트 겸 교사의 다큐멘터리가 전 세계 많은 이들에게 감동을 선사한 이유다. 이 책은 다큐멘터리의 후일담으로 시작하여 그가 살아온 삶과 음악관, 교육관 등을 살펴본다. 인터뷰 형식으로 된 일종의 회고록이다. 문필가 겸 영성 지도자인 앤드루 하비가 인터뷰를 맡아서 특유의 공감과 긴장감으로 대담에 생기를 불어넣었다. 하비는 번스타인을 에단 호크에게 소개시켜서 그에게 국제적 유명세를 안겨준 다큐멘터리를 제작하도록 발판을 마련해준 장본인이기도 하다. 두 사람의 지혜를 독자들에게 전하게 되어, 그리고 고령임에도 아직 정정한 그에게 한국어판 책을 보여줄 수 있어 행복하다.

2017년 6월

장호연

책 · 편 · 매체 · 영화명